尋龍記
卷5
虎穴
無極
著

目錄

第一章　金娃怪魚

項思龍得孤獨行畢生精血和他的十層北冥神功內力輸入自己體內，傷勢復原後不但絲毫不損道魔神功的威力，且體內更多一股絕世功力，使內力更是精純內斂，達到了返璞歸真之境。看著孤獨行死後的慘狀，項思龍心中一陣悲然，不由得撲在孤獨行身上低聲哭泣起來。

上官蓮輕輕的走到項思龍身邊，蹲身扶起他低聲道：「龍兒，死者已矣，不要太過悲傷了吧！」

頓了頓又道：「我已替你應下孤獨行前輩，讓你做他的記名弟子，這是你師父留給你的遺物。」說著遞過孤獨行留給項思龍的天機棒和革囊，並把孤獨行施功前的遺言對他說了一遍。

項思龍接過師父孤獨行的遺物在手，不覺更是悲從中來。是的，孤獨行雖是沒有教過項思龍一天的武功，但是他體內已有了孤獨行輸給他的十層功力，所以認孤獨行作師父也可算是情合理然。

上官蓮輕拍了項思龍的肩頭兩下，合什道：「你師父死前很是樂觀，我想只要你能代替他回北冥宮去看看，他也就會覺得自己死得其所了。」

項思龍脫開上官蓮的手臂，跪地朝孤獨行的遺體行了個三跪九叩的大禮，臉色神色一正的沉聲道：「師父，你放心吧，我一定會去北冥宮拜祭師公、師婆他們的！師姑知道你的消息一定會很高興的！師父，你安息吧！你一生孤獨漂泊，徒兒以後再也不會讓你的靈魂也沒得歸宿，我會把你的骨灰帶回北冥宮，讓你重回家中。我想我這樣做你不會怪我吧！你已經原諒了師公，你的親人也深切的思念著你，你死後的靈魂應該重回北冥宮的！」

說完身形霍然站起，朝洞口正泣然肅立的四位護法道：「你們去谷中拾些乾柴來！」

四護法沉聲應「是」，身形一閃，向洞外掠去。

待得四人走後，項思龍目中滿含深情的再次望了孤獨行的遺體一眼後，又轉望向正憐愛的望著自己的上官蓮，低聲問道：「姥姥，我這樣做，師父不會怪我吧？」

上官蓮臉上露出笑意道：「不會！你師父這一生毀就毀在他性子太過死板這點上，其實在他內心深處，還是非常想念著親人的，你這樣做才是真正了卻了你師父的心願。」

項思龍點了點頭道：「待我西域之行完成任務後，我就趕去西北的大沙漠去北冥宮。」

上官蓮沉默了一陣後道：「龍兒，你中原的事情辦完後，一定要來西域看望姥姥。還有你要好好的待蘭兒她們。若是中原有什麼困難事情，就來西域找人幫忙，地冥鬼府的勢力雖在這一百多年來大是衰敗，但它的核心實力還是存在的，就是你欲爭天下，憑地冥鬼府的實力也可去與天下群雄一較長短。」

項思龍想不到上官蓮也看出了他志在天下的野心，那她定也看出了自己起先對他們虛與委蛇想利用地冥鬼府的目的，所以才會說出這一番話來，想著臉上不由一紅，感激中帶著尷尬道：「姥姥，我……」

上官蓮擺手道：「龍兒，你不要說了，姥姥知道你的意思，但你的出發點是善意的，是為拯救天下萬民作想的，在我們隱居通天島的這幾十年來，目睹了幾世的天下風雲變幻之局，現今的秦王朝殘暴苛民，確是氣數已盡了，所以若是我們地冥鬼府能為拯救天下蒼生脫離於水深火熱，也就是真正的發揚光大我們地冥鬼府了。龍兒，你放手而為吧！姥姥和地冥鬼府都會支持你的！不過，無論天下局勢發展至怎樣境地，你一定要……活潑的來見姥姥。」

說到最後雙目竟是落下淚來，項思龍聽了上官蓮這一番通情達理的開明之語，心頭不由一陣激動，再次撲進上官蓮懷中哽咽的道：「龍兒一定不會辜負你對龍兒的期望的！還有六年，天下一定會出現大一統的和平局面，那時戰爭就會平息了，龍兒的歷史使命也就可說完成了！」

項思龍情緒激蕩之中，一言洩露了天機，上官蓮聽得軀體一陣劇震道：「歷史使命？龍兒，你負著什麼歷史使命？你怎麼敢這麼斷定天下戰亂六年後就一定會平息呢？」

項思龍聞言頓知自己說漏了嘴，忙胡編道：「這個……我是從『鬼谷子』師父遺留下的星卜神算的書中學來的天命推測之法，推算知當今天下今後的局勢的，我想我既已推算知道今後天下局勢的發展趨勢，那我就有歷史責任為天下的和平獻出自己的一份能力，所以我才會如此的關注天下戰情的。」

上官蓮聽了將信將疑的道：「星卜神算之術真有如此靈驗？那你又為何非常關切那叫劉邦的人呢？我據探子回報，他只是一介市井流氓啊！難道天命之相的人會是他？」

項思龍想不到上官蓮對天下局勢也瞭若指掌，不由道：「劉邦是我的結義兄弟，盛情比親兄弟還親，我自是不管他是不是天命之相的人也定會全力幫他的，俗話說幫親不幫外，我脫不了親情的束縛。」

上官蓮聽了這話卻是大為高興的道：「龍兒既是性情中人，那可不要忘了姥姥也是你的親人噢！你將來可不要把我給忘了！」

項思龍見上官蓮別過話題，不由暗鬆了一口氣，口中欣然道：「龍兒怎麼會忘掉姥姥呢？待得天下太平了，我還要帶著你所有的孫媳婦一起來西域隱居呢。」

上官蓮大喜道：「你可不要騙姥姥啊！到時姥姥這一把老骨頭就是爬不動了，也會掙扎著給你帶我的曾孫兒曾孫女的！」

項思龍臉上一紅道：「姥姥的身體可健朗得很呢！看到曾孫兒的曾孫兒也會依然如故的。」

上官蓮呵呵笑道：「你這小鬼頭就會說讓姥姥開心的話來！那時姥姥豈不有二三百歲了？活成了精啊！」

二人這刻心情開朗起來，暫脫離了孤獨行死去的心中悲哀，稍覺舒心的談笑時，四個護法已是各都手提著劈好的乾木柴進得洞內。

項思龍見了頓刻又回復到孤獨行死去的沉重心情。黯然的吩咐四個護法把木柴堆放好，再抱起孤獨行的屍體輕放在木堆之上，解下自己外面的長袍把孤獨行的臉面掩去，再退離至木堆遠處跪下「咚咚咚」叩了三個響頭之後，虎牙一咬，把至剛至陽的真氣提至掌心，猛地朝木堆一揮，掌心頓時吐出一條火舌向木柴燃去，不消片刻，洞中已是燒起了熊熊大火，項思龍望著越來越猛的火光，雙目已是珠光瑩瑩。

項思龍的傷勢能夠這麼快就好過來，上官蓮和鬼青王及諸地冥鬼府的教眾還是非常興奮的，雖然孤獨行為救項思龍而死，有些讓人神傷魂斷，但很快就被興奮的心情沖淡以至乎遺忘了，倒是項思龍時時的想起懷中孤獨行的骨灰盒，想起他是為救自己而死去，臉色顯得陰沉沉的一點也開心不起來。

此刻若是有什麼冒失鬼來招惹他的話，那他可說不定會把心中的這股怨氣用大開殺戒給發洩一通。可惜，眾人一路行的都是山脈，根本就看不著半個人影，只有一批倒楣的狼群被今非昔比的項思龍給殺了個肢體橫飛。

上官蓮和鬼青王等見著項思龍的狂態，知他心中苦悶，也皆沒有阻攔他。只是事後上官蓮才出言安慰他道：「龍兒，過去的事情就不要總是放在心上了，你不是說你還肩負著什麼歷史使命嗎？那麼你要實現你的使命還任重道遠呢！振作點，為了你的明天！」

項思龍聽了這話渾身一震，心神一斂，沉吟了片刻，朗聲道：「對！姥姥，為了明天，我定會振作起來的！」

說完倏地仰天發出一聲清嘯，聲音貫注真力發出，直沖雲霄，在山脈的各峰之間縈繞經久不息，震得山中的飛鳥盡皆淒鳴而起，走獸盡皆駭然而驚。上官蓮和鬼青王等一眾高手也覺耳膜「嗡嗡」作響，足有數分鐘耳中混沌一片。那些武功較弱的教眾則是感覺一陣昏頭轉向，半天也沒有清醒過來。

這時，就在這清嘯聲中傳來一聲隱隱的暴喝聲道：「是什麼人在這裡鬼叫？驚擾了老夫的金娃魚，老夫不跟你拚命才怪！唉呀！金娃魚？金娃魚果真不見了！老夫在這瀑潭中釣了一百三十年呀！這次以為穩可釣上，誰知卻叫這怪叫聲把我的金娃魚給嚇跑了！是誰？是誰在這裡怪叫？」

話音剛落時，卻見得前面三四百米的一個山頭處，突地一個身形沖天而起，朝項思龍這方快若流星趕月的飛馳而來。

項思龍和上官蓮等驟聞這深山之中還有人聲，心中均是大驚時，一道白影已是飛至了眾人身前，舉目望去卻見一個一頭白髮足有三四尺長，白眉毛、白鬍子、白皮膚，長著一張娃娃臉的白衣老者，一雙圓溜溜的眼睛正兇神惡煞的瞪著眾人。

目光落在剛剛呼嘯完畢意猶未盡的項思龍身上，似顯出一絲驚詫之色，但口中卻是聲音清脆若孩童的衝著項思龍喝道：「小子，剛才是你在怪叫嗎？你把我的金娃魚嚇跑了，現在你怎麼賠我呢？」

項思龍心中對這突如其來的怪老者微微一笑道：「那前輩要我怎樣賠呢？」

怪老頭愣了愣，側頭思忖了一會後道：「當然是要你賠我金娃魚啦！」

項思龍雙手故意一攤道：「可是我身上沒有你所說的金娃魚啊？」

怪老頭眼珠一轉道：「這沒關係，只要你給我作魚餌，去把那潭中的金娃魚給誘出來就可以了！」

用人作魚餌？這倒是天下怪聞！項思龍不由又好氣又好笑的道：「前輩用我作魚餌，認為一定可以誘出那條金娃魚嗎？」

怪老頭似頗為認真的圍著項思龍轉了兩圈，從頭到腳的打量了他一番後道：「這個我也不知道！不過嘗試一下就知道了。看你這小子長得如此結實高大英俊，那金娃魚的王后一定會看得上你的。」

說完自我感覺良好，甚是滿意的點了點頭。項思龍聽得這話真是哭笑不得，聽這怪老頭的話，似是在給什麼金娃魚的王后選老公一般似的，但人魚通婚可是天下奇聞。想著想著，項思龍不由沒好氣的冷笑道：「前輩不要開什麼玩笑了，在下方才打擾前輩清靜多有冒犯，還望前輩見諒一二。」說完朝怪老頭拱手躬了一身。

豈知怪老頭卻是正色道：「小子，誰跟你開玩笑了？金娃魚的王后最愛美，前年我用一朵靈芝水仙花就把那金娃魚的王后引出洞來過一次，豈知那金娃魚天王卻跑出來把靈芝水仙花給吃了，弄得王后失望之下又跑了回去，這次我又用一株千年成形參王引出那對金娃魚，豈知被你這小子的怪叫聲給嚇了回去！嘿，你小子體內含有千年朱果的精氣，這朱果乃是罕世難求的寶物，金娃魚嗅覺比我還靈敏，你猜牠們會不會看上你呢？」

頓了頓又道：「小子，我不會讓你去冒什麼險的啦！這對金娃魚在這一百多年來也不知吃掉了我多少用來引誘牠們的魚餌，所以一般靈物是引不出牠們的了！只有這千年朱果牠們還沒吃過，所以只要你運氣把朱果的異能逼入潭中，我想定可引得那對金娃魚出洞。」

說著是一臉的乞求與興奮之色。項思龍聽了他這番話頓刻恍然大悟，倒是被自己先前的怪異想法給逗得失聲笑出來，但看著這怪老頭望著自己的企盼之色，不由意興大發道：「好！我就答應給前輩作『魚餌』！但不知這金娃魚是什麼東西？前輩費盡心血抓這金娃魚又去作什麼用途呢？」

怪老者聽了這話，臉上神色突地一黯道：「還不是為了我那侄女孤獨梅鳳，她……」

怪老頭的話還未說完，項思龍和上官蓮已是同聲脫口道：「什麼？孤獨梅鳳？」

怪老頭聞言大訝道：「二位怎麼啦？難道認識我侄女嗎？」

項思龍強行的平靜了一下心懷，語音還是顫抖的道：「是不是北冥宮的宮主孤獨梅鳳？」

怪老頭聽了神色大變的厲聲道：「你怎麼也知道北冥宮？你們到底是什麼人？」

項思龍從孤獨行送給自己的革囊裡取出北冥宮少宮主的令牌遞給怪老者道：「在下是孤獨行的記名弟子，北冥宮的情況是師父告訴我的！」

怪老者雙手顫巍巍的接過令牌仔細的審視了一番後，口中喃喃自語的道：「啊！果真是行兒的令牌！小子，你師父他……他現在在哪裡？」

項思龍傷感的低聲道：「師父他……他已經仙逝了！」

怪老者聽了渾身一陣顫抖，衝上前一把抓住項思龍的胸前厲聲道：「什麼？

你說什麼？行兒他……他死了？」

剛剛燃起的希望又告熄滅，怪老者神情一陣激動後又趨悲然，緩緩的鬆開了抓住項思龍胸前的雙手，一副失魂落魄的模樣，倒一時完全忘了要去抓金娃魚的事了。

沉默良久，項思龍才忐忑的低聲道：「前輩，你……你沒事吧。」

怪老怪聞言突地跳了起來哇哇大哭道：「行兒死了，鳳兒又得了怪病長睡不醒，我們北冥宮這幾十年來都快銷聲匿跡了，江湖中都把我們北冥宮給忘卻了！自從大哥大嫂去了以後，北冥宮就群龍無首一盤散沙了！而我又要為鳳兒的怪病來抓這金娃魚去給她治病，沒得精力來管治北冥宮。」

說到這裡突地又奇怪的看了項思龍半天道：「小子，你的北冥神功已經練到了第幾層？」

項思龍正見得他忽地大哭像孩子一樣撒嬌而不知所措，這刻聞得此問愣了一愣道：「十層左右吧！」

怪老頭聽了倏地哈哈一陣大笑道：「真是天上掉下來個好寶貝！好，小子，現在你二師公命你即刻返回大沙漠的北冥宮去接任宮主一職！」

說著從腰間掏出一面有手掌般大的白綠玉令牌，神色肅然的推給項思龍道：

「這是北冥宮宮主的令牌，現在我把它傳給你，也不講什麼授位儀式了，你是行兒的徒弟，完全夠資格接任宮主之職。

「唉，自從你大師公去世後，鳳兒因病長睡不醒，行兒失蹤，宮中就為爭這宮主之位而掀起了無窮無盡的風波，我們北冥宮也因此聲勢日下，比起地冥鬼府的勢力都差多了！

「想當年你師公一劍打敗中原武林盟主楚原，使得我北冥宮聲勢大震，聲勢如日中天，比地冥鬼府猶有過之。唉，想不到幾十年光景就已物是人非！」

項思龍略一遲疑時，卻見上官蓮連連向自己使眼色，示意自己接過碧玉令牌，便依言雙手恭敬的接了過來。怪老頭心情此時似是興奮許多，拉過項思龍的手，欣然道：「我叫孤獨驚鳴，是行兒的二伯。對了小子，你叫什麼名字？他們是什麼人？你們到這太行山中來幹什麼？」

面對他這連珠彈發的問話，項思龍正不知怎麼回答時，上官蓮在旁就接口道：「他是我孫女婿項思龍，我們是他的家人和護衛武士，因被官兵追擊才躲進太行來的。」

怪老頭只是「噢」了一聲，卻沒有理上官蓮，只是又向項思龍道：「龍兒，那你們又為什麼會被官兵追擊呢？」

項思龍見他這種打破沙鍋問到底的問法，不由大感頭痛的也胡編道：「因為……因為我想造反！」

孤獨驚鳴聽了大驚的正想再問些什麼時，項思龍已是忙轉過話題道：「對了，二師公，我們還是去抓那金娃魚吧。」

項思龍這話點醒了孤獨驚鳴，道：「對了！我還要抓那金娃魚呢！嘿，這次有你之助，我們定可抓住那對金娃魚！抓住金娃魚後，我們一道去北冥宮。」

項思龍聽了心中暗暗叫苦，想著自己可先要去西域的地冥鬼府時，孤獨驚鳴又道：「龍兒，你先盡你全力發出一掌試試，讓我看看你的功力到底有多深？但聞你方才的那聲嘯聲，應該是差不多的！」

項思龍心中雖覺多此一舉，但還是依言朝一足有十噸多重之巨的巨石聚起孤獨行輸入自己體內的北冥神功全力擊去，只聽得「轟」的一聲震天動地的巨響，距離項思龍足有七八丈之遙的那塊巨石，被北冥神功的真力擊得石屑紛飛，全然破裂。

孤獨驚鳴見了大喜的道：「龍兒，你的北冥神功似是不止練至第十層嘛！」

項思龍因孤獨行輸入的功力本已使他達到了返璞歸真之境，因此面相看去已是讓人看不出他是個練有武功的絕頂高手，所以憑孤獨驚鳴的精明，雖是嗅出了項思龍服食過朱果，但還是看不出項思龍的功力到底有多高。

只是依項思龍驚擾他的那聲清嘯，推斷出項思龍是個年輕高手，聞聽得他說練成了十層功力的北冥神功，本以為可以解釋項思龍那聲清嘯為何如此的震人心魄了。

但這刻項思龍運功擊石，在提運北冥神功功力的同時，已與北冥神功漸漸融合為一體的道魔神功功力也自然而然的提升起了少許，使得擊出的掌勁比先前所說的十層北冥神功功力大得多。

項思龍聞言心念電閃的又自我圓謊道：「這個……我也不清楚自己到底練到了第幾層功力，只知自從一年前我在一山洞無意偶獲了十幾枚朱果吃下以後，我的功力就大增了。」

孤獨驚鳴對他的這種解釋倒是非常相信，點了點頭，喜極中又帶駭異的道：「什麼？你一下子就吃下了十幾枚朱果？哈哈，每一枚朱果足可抵一甲子的功力，你吃了十幾枚，那你體內蘊藏的真力就如一個取之不盡，掘之不完的寶庫了！只要稍加開發引導，你就可以把我們北冥宮的北冥神功練至最高境界，那時就是我們北冥宮的出頭之日了！」

頓了頓又道：「對了，龍兒，你是怎麼化解那麼多朱果充盈在你體力的熱力的呢？一般人吃了一兩顆朱果也會承受不住其中的熱力脹體！」

項思龍聽了此問，也是不得其解的搖了搖頭。

對於來這古代後的種種奇遇，本身就有許多事情讓項思龍想不透了。比如自己的「玄陰心經」本是師父李牧傳給自己的，為什麼鬼冥雙怪卻說「玄陰心經」是「鬼谷子」的獨門神功呢？是否師父李牧與「鬼谷子」也有什麼偶遇，「鬼谷子」把「玄陰心經」心法傳給了師父李牧？

但是李牧卻沒告訴自己這其中的關係啊！然「玄陰心經」確與地冥鬼府的「鬼冥神功」相輔相成，自己也練成了二者合而為一的「道魔神功」，那麼師父李牧的「玄陰心經」也確是學自「鬼谷子」了。

再又想到自己因禍得福，跌下萬丈山崖不死，反獲「鬼谷子」的遺學，倒不知大白二白給自己吃的那些山果到底是不是什麼朱果，不過鬼冥雙怪也曾說過自己吃過什麼朱果，現在孤獨驚鳴又如此說來，那自己吃下的大白二白採來的山果說不定其中真有什麼朱果吧。

但是自己當時卻怎麼一點感覺都沒有呢？聽孤獨驚鳴之說，這朱果是什麼助長功力的靈藥且會產生強猛的熱力，可自己是怎麼承受住其中熱力的呢？難道是因自己乃現代人，抵抗能力比這古代人強？亦或是自己常練「玄陰心經」，這心經在自己體內產生的真氣把那朱果的熱力給化解了？

嗯，自己練「玄陰心經」時不是常覺體內有一股熱力充盈嗎？說不定就是這「玄陰心經」的功力把朱果熱能化解了。還有山谷中的那個「不死之湖」說不定也有什麼功效，自己每次覺得體內悶熱時就去湖中洗一個澡，使渾身舒適透人，可能真的不只是其中含大量礦物質和受地熱影響具有療傷功能。

反正這古代奇奇怪怪的事物多得是，有時不能以現代科學角度來看，原本自己絕對不會相信有可開天劈地的掌力，可是卻親眼目睹了這古代武功的神奇啊！且自己就練成了匪夷所思的「道魔神功」，還有「縮地成寸」奇功，要是拿到現代，就可以大破世界紀錄，獲馬拉松世界冠軍！

項思龍這刻被孤獨驚鳴的問話勾起了許許多多古古怪怪的想法，一時竟出了神，倒忘了回答他的問話。

孤獨驚鳴見了項思龍發怔的怪樣，大訝的道：「喂，龍兒！你在想些什麼呢？我的話你聽清楚了沒有？」

項思龍被他這聲大喝驚了一跳，忙斂起心神，訕笑道：「想了半天我也沒想通我自己是怎麼化解那朱果的熱力的，或許是我運氣好吧！」

孤獨驚鳴聞言「噓」了一口氣，道：「我還以為你撞邪了呢！想不通就算了嘛，總之啊，你是傻小子有傻福了！」

說到這裡頓了頓又道：「好啦！咱們不閒扯了，去那邊的瀑潭去抓金娃魚吧！」

說著撿起項思龍就飛身向前面山谷掠去，急得項思龍連連道：「二師公，待我向姥姥他們交代幾句，咱們再走嘛！這麼急迫嗎？」

孤獨驚鳴不依道：「你就讓他們在那裡等你好了，咱們二人聯手抓那對金娃魚花不了幾天時間的。」

項思龍失聲道：「什麼？要姥姥他們等幾天？這……還不如讓他們一起來幫著抓那金娃魚好了，人多力量大嘛。」

孤獨驚鳴邊掠身形邊皺眉道：「人多力量大？要是他們把金娃魚嚇跑了找誰？」

項思龍氣道：「找我好了！頂多我下潭去抓那什麼金娃魚就是了！」

項思龍的水性在特種部隊時是數一數二的，可以在水底閉氣兩個多小時，因為他有一套特殊的呼吸方法，可以用周身的毛孔呼吸水中微量的氧氣補給身體需要，所以這刻項思龍說出這等自信的話來。

孤獨驚鳴聞言瞪著一雙怪眼道：「小子真是不知天高地厚！你知道那是什麼

潭嗎？世界所罕有的火龍潭！水溫高達三百多度！你下潭去抓魚？我看你魚沒抓著，人就已給潭水煮熟了！」

項思龍聽了不禁咋舌，三百多度的水溫，確是非人體所能承受得住，但那金娃魚卻怎麼可以在如此高溫的水中生存呢？

項思龍心中正如此想，孤獨驚鳴的話剛好解釋了這個疑團，只聽得他道：「小子奇怪吧，那金娃魚竟可以在這火龍潭中生存？你卻不知道，這金娃魚五行屬火，本是至剛至陽之物，除了這世所僅見的火龍潭中可以讓這更是罕之又罕的金娃魚生存外，其他之地都不出產這種魚。我為了能治好侄女兒孤獨梅鳳因自小就患上的天絕寒陽毒，尋遍天下才在這太行山的這處山谷裡發現了這火龍潭中有兩條金娃魚。

「為了能抓住這對金娃魚，我花去了一百三十年的功夫還是沒能如願。可鳳兒的天絕寒陽毒卻又只有這聚納了火龍潭熱力的金娃魚可解。」

說到這裡突地歎了一口氣，頓了頓又道：「唉，說起鳳兒會患上這種世所罕見的絕症，卻是因大哥孤獨無情修練北冥神功所致，因為他體內所有的精血都因練北冥神功而含有了極為陰寒的寒毒，而嫂子受孕期間正值大哥北冥神功練至最高境界，體內寒毒最強之時。

「因為如此之故，所以鳳兒一生下來就患有先天性的天絕寒陰這種絕症。而北冥神功又可算得上是天下至陰至寒的毒功之祖。連地冥鬼府的鬼冥神功也不是北冥神功之敵，要想去找一個練有功力比北冥神功更強的至剛至陽之人，天下間除了三百年前的『乾坤真人』的『玄意神功』和『混元無極神功』之外，可以說是再也找不出什麼人來了。』但是『乾坤真人』早已仙逝，他的傳人孫子也已不在人世，世上也沒有他們什麼傳人的消息。因此要治好鳳兒的絕症就只有這金娃魚莫屬了。大哥曾想盡一切辦法想去掉鳳兒體內的天絕寒陰毒，可全告失敗。

「在鳳兒二十歲那年，她體內寒毒突地發作，至使她昏迷不醒，還幸得大哥用北冥神功化水為冰把鳳兒軀體給冰住，所以保持了她的一絲心脈，至今未死。現在只要把金娃魚抓住，把這怪魚的至剛至陽的精氣輸入鳳兒體內，她就可復活過來。」

項思龍聽得他這一席話，心中不勝唏噓，但又怪怪的想著不知自己的「玄陰神功」可比得過那三百年前的乾坤真人的什麼「玄意神功」強否？要是差不多的話，那麼憑自己的「玄陰神功」也可逼出那孤獨梅鳳體內的什麼「天絕寒陰毒」了嘛！

正如此想著時，孤獨驚鳴突地道：「到了！」

項思龍其實早就感到陣陣熱浪逼體了。這刻聞言舉目向前方望去，卻見身前二十多米遠有一個十多見方的瀑潭，瀑布從足有四五十米高的岩壁上直洩下來，猶如一匹長長的銀鍊，又如奔馳戰場的千軍萬馬。瀑布沖入潭中發出「轟隆」「轟隆」的巨響，震得山谷也發出回音的轟鳴。

潭水是血紅色的，滾著氣泡發出「波波」的炸裂聲和「咕咕」的沸騰聲。潭上霧氣籠罩，熱氣騰騰，潭邊周圍岸上十多丈之內全是寸草不生，就連遠處的樹木雜草也被熱浪蒸得一片死色。潭邊的岩石也是血紅色的，白色的瀑布洩入潭中也變成血紅之色。

項思龍見了心中不禁納悶，水的氣化點也只有一百度，但這潭中的水卻怎麼會有三百多度而不氣化呢？

還有也不見這潭水流向哪兒？

那小小的潭子怎可容納這瀑布的水流量呢？

孤獨驚鳴見得項思龍臉上之神色，知他心中所想，當下解釋道：「火龍潭乃是由地心溶岩的熱力全都從潭中釋發出來而形成的，這火龍潭本是一活火山的噴口。」

項思龍聽了心中大悟時，二人已走至距離潭邊二米多遠處，一陣陣旋捲的熱浪襲體而來，讓得項思龍不得不運起七層以上的北冥神功才可抗禦得這股撲面的熱力。

孤獨驚鳴自地上拿起一個不知用什麼質料做成的絲網和一根足有四五十米長的天蠶絲，天蠶絲的頭端還吊掛著半截人參，這人參倒確已成人形，看來孤獨驚鳴說項思龍嚇跑了金娃怪魚的話並不假，項思龍不自然的聳肩笑了笑，孤獨驚鳴的怪眼向他瞪來時壓低聲音道：「小子，待會你把功力提升至頂點，用『柔』字訣把功力緩緩貫注入潭水中，且用『禦』字訣儘量把功力散開分佈，但又要凝成一束束的氣流使功力射入潭中，越深越好。千萬記住，不可用力過猛過急，使潭水發生炸裂，這樣金娃魚就會察覺出來我們的目的。與這對怪魚打交道了一百二十多年，我已經很熟悉牠們的性子了——牠們們很是精明，也具有人的某些智慧呢！」

說著時，自己則在擺弄那張魚網又道：「這金娃怪魚力道大得很，且身上的魚翼堅利非常，一般品質的魚網，被牠們用力掙扎彈跳之下，就會被牠們那鋒利的魚翼劃破。六十年前我用一枚千年何首烏作餌網住了這對金娃魚。可由於那魚網是用犀牛筋編成的而不夠牢，因此被牠們劃破魚網逃跑了，我氣得花了整整十年的時間去採集了這種天山冰蠶絲編織了這張網。嘿，這天蠶絲與冰蠶絲韌堅度差不多，那怪魚劃不斷我這根作魚線的天蠶絲，那這冰蠶絲製成的魚網牠們一定劃不破了。嗯，小子，你可以向潭中發功了！」

說完舉著那天山冰蠶絲的魚網作嚴陣以待狀，項思龍聞言則是心神一斂，凝神靜氣，把北冥神功提升至極限，同時巧妙的輔以道魔神功的功力，雙掌緩緩向潭中推出，運用「柔」字訣和「禦」字訣使功力柔和的貫注潭水之中。功力中的寒氣沖散了潭面的熱氣，使得潭面灼熱的霧氣頓然盡退，潭水頓時清晰入目。

且潭中表層翻滾的水面也受得北冥神功寒氣所致也不再翻滾，潭面變得平靜如鏡，血紅的潭水也顯得清澈晶瑩，而那洩入潭中的瀑布則也無聲無息起來，再也沒有發出「轟轟轟」的衝擊聲。項思龍邊朝火龍潭中貫注真力，邊目不暇瞬的注視著潭面的動靜，而孤獨驚鳴更是凝神專注，連粗重的呼吸都不敢大喘，但是喉嚨裡卻發出了「咕咕」吞嚥唾涎的聲音。

水面終於出現動靜了，一個個小泡蕩起一圈圈小波紋，卻見兩個通體如黃金般的影子在水下二三米深處晃動，但一閃一閃的讓人根本看不清牠們的虛實位置。孤獨驚鳴睜大雙目盯著那兩個金黃色的影子，嘴角抖動著，似在自言自語的嘀咕些什麼，神色平靜中顯得十分的激動。

項思龍知道那兩個金色影子就是什麼金娃魚了，心中也不由自主的「咚咚」

跳了起來，把功力再提升了一層，這樣一來項思龍功力中的朱果異味香氣頓時濃烈了許多，果然引得那對金娃魚又往上浮升了一米多，這刻卻是模糊可見那對怪魚的輪廓來。

卻見那對金娃魚通體金黃透明晶瑩，個體並不算大，只有十來寸長左右，頭部顯得比較圓大而尾部卻很狹窄。牠們的遊動方式不像常魚，身體並不彎曲擺動，全身似是渾為一體，上下左右移位都像現代的汽艇船一般靈活而不生硬。牠們口中發出的聲音似是剛剛墜地的嬰兒發出的啼哭聲般，清脆而又響亮。想來這金娃魚取名的由來就是因為牠們身體的色澤和發出的怪異叫聲而取的吧。

孤獨驚鳴似是絲毫未覺察出項思龍提升了功力，見得金娃魚又浮升了上來，臉上露出喜色，手上的天山冰蠶絲魚網躍躍欲投，但見金娃魚的身體還在緩緩上浮而終未投下。

項思龍見提升功力可引得那金娃魚上浮，忙又緩緩提升功力，金娃魚確又是往上浮升而漸至水面。孤獨驚鳴見了已是終於忍耐不住，手中冰蠶絲網貫注功力閃電飛出向潭中那對金娃魚網去。

金娃魚果是敏感得很，剛見孤獨驚鳴甩下魚網，已是聞聲先動，身體急劇向潭下沉去。

眼見就要功虧一簣，項思龍頓然把鬼冥神功和北冥神功二者混而為一，發出了至寒的寒氣直穿潭水深處，灼滾的潭水二十多米深處竟被他射出的寒氣給冰封住了。

金娃魚下沉的身速雖是極快，但怎奈項思龍功力的射出比牠們下沉的身速還快，當觸及堅硬的被項思龍功力凝住的冰塊時，二魚與之相碰，竟使得水面波動翻滾起來，且水中傳來了「啪啪」的怪魚撞擊冰塊的聲音。

孤獨驚鳴正見金娃魚逃出他冰蠶網而差點失聲驚呼出聲，這刻見得項思龍竟然用掌中發出的寒氣冰封住了灼熱的潭水，且可從水中央的深處冰封，這份功力和巧勁就是自己也望塵莫及，這小子倒是怎麼會有如此強大的內力？

心中雖是對項思龍功力的突增感到訝異非常，但更多的是喜悅，當即也把功力提至極限，通過與魚網相接的手中的兩根天蠶絲把功力貫注魚網，使之也沉入潭中二十米深的水中，凝神聽金娃魚和「冰牆」發出的聲響，手中天蠶絲連抖，不待片刻突聽得孤獨驚鳴口中發出一陣喜極而又悲哀的哈哈大笑道：「網住了！網住了！金娃魚被網住了！」

說著雙目竟是情不自禁的落下了兩行熱淚來。

項思龍聽了孤獨驚鳴這哽咽著的喜悅歡呼，心中也只覺酸酸的，孤獨驚鳴這時則是在激動中連連收拉天蠶絲，似是在收緊冰蠶絲魚網的開口，然因金娃魚在網中的掙扎跳動，使得孤獨驚鳴的雙手竟被震得抖動著，可見這金娃魚的勁力確是狂猛之極。

孤獨驚鳴這時可能已自覺收緊了魚網的口子，只得他倏地大喝一聲，雙手的天蠶絲猛地向上一拉，身形躍起往後疾退，「嘩」的一聲冰蠶絲網從潭中飛出，裡面兩隻金娃魚果真被網在裡面且還在作強弩之末的掙扎，口中發出的如若嬰兒般的叫聲，這時卻是了無悠閒之意，倒是顯得甚是惶急和恐懼非常，聽來讓人甚覺憐愛，真想生出惻隱之心把牠們放回潭中。

孤獨驚鳴臉上露出非常開心的笑容，手舞足蹈的對著手中的兩隻金娃魚道：「好傢伙！你們這次總算被我逮住了吧！爭鬥了一百多年最後終是我勝利了！」

頓了頓又哈哈大笑道：「這下鳳兒終於有救了！哈哈！好！好龍兒！這次你立的功勞最大！救治了鳳兒就讓你做我們北冥宮的宮主！若是鳳兒喜歡上你的話，就讓你們兩個成婚好了！」

項思龍聽得孤獨驚鳴最後的一句話，不由得驚得目瞪口呆，這孤獨梅鳳與孤獨行是兄妹，現今的年紀至少也有一百四五十歲了吧，可是……可是孤獨驚鳴竟說要把孤獨梅鳳許配給自己，這……這是開的什麼國際玩笑？

第二章　西域之行

項思龍真以為孤獨驚鳴是在說什麼瘋話，或許是因抓著了金娃魚興奮過度而刺激得精神錯亂了吧！心下想來，滿臉通紅的慌急道：「二師公，你……你沒事吧？」

孤獨驚鳴怪眼一瞪道：「我當然沒事啦！倒是你臉色這麼紅，語氣這麼急才真是有事呢！是不是不喜歡鳳兒，嫌她年紀大了啊！嘿，我告訴你小子，鳳兒的年齡至今雖是有一百五十一歲了，但她因被冰住昏迷不醒，所以身體的整個組織都還保持在她二十歲時的狀態中。

「你今年也有二十幾歲了吧！二十歲的姑娘許配給你這二十幾歲的小夥子有什麼不對勁的呢？不過，鳳兒看不看得上你這小子還不知道呢？嗯，我倒是挺中意你這小子做我侄女婿的！行兒收徒弟的眼光倒也不錯。」說著竟是越看越喜歡的細細打量起項思龍來。

項思龍被孤獨驚鳴盯在自己身上的目光看得起了一身雞皮疙瘩似的，渾身不舒服，心中大是哀怨的大喊道：「俗話說只有丈母娘看女婿才會越看越喜歡，這二師公孤獨驚鳴不會看侄女婿也愈看愈中意吧！唉，自己可是倒了哪輩子的楣喲！竟遇著這等事情！這古代的婚姻似乎不講什麼倫理輩份似的！自己是孤獨行的記名弟子，應稱呼孤獨梅鳳叫師姑，可自己若與她……什麼什麼的，那這輩份不全亂套了麼？嘿！倒是希望那孤獨梅鳳師姑不要在自己他日去北冥宮時像孤獨驚鳴一樣看上了自己，那可就慘了！」

旋又想到還有一個姥姥上官蓮的師父天山龍女中了什麼「移情淫花」，需要自己去施救，到時也不知會是一種怎樣尷尬的局面，更是不由得頭大如斗起來，真想來個不負責任的一溜了之，但是自己是否溜得了呢？

看到項思龍像吃了黃蓮似的苦瓜臉，孤獨驚鳴甚是不悅的又道：「小子，我那侄女孤獨梅鳳可是個天下間數一數二的大美人，要不是她患有絕症，當年追求她的武林世家公子哥兒不排隊足有十里才怪，你能娶她為妻卻是你的造化呢！也算是報答你抓到金娃魚的恩情吧！好了，不要哭喪著臉了，去跟你的姥姥他們通報一聲，你要跟我去北冥宮，待你接掌了我們北冥宮宮主之位後，再來中原與他們聯繫吧！」

項思龍聽得這話，抬頭看了看天色，竟已是夕陽斜掛西邊山頭的時分了，想不到自己陪孤獨驚鳴抓這金娃魚，不知不覺花去了大半天的時間，那姥姥上官蓮他們豈不在那邊山頭等急才怪。

想到這裡，當下也顧不得與孤獨驚鳴爭什麼自己還要去西域地冥鬼府的事了，忙道：「唉呀！太陽已是快落山了呢！我們快點去見見姥姥他們！」

說著，不待孤獨驚鳴像是還要對自己說些什麼，身形已是幾個起落的向前飛出，氣得孤獨驚鳴連喊道：「喂！小子！等等我嘛！」邊喊時身形也已飛出跟上。

不消片刻，二人已是飛掠至了上官蓮等所在的山頭。卻見上官蓮滿臉焦憤之色的正在一空曠石坪處踱步來踱步去，而鬼青王和幾個地冥鬼府的護法正在指揮著眾武士擇地紮營。

見得項思龍歸來，上官蓮焦急的臉上頓然露出喜色，忙止住踱步走向迎上來的項思龍，率先開口道：「龍兒，怎麼去了那麼長的時間？我還以為那老怪物把你給綁架走了呢！」

說著雙目朝項思龍身後趕至的孤獨驚鳴瞪了一眼，似是在氣恨他把項思龍給硬架去，給他作什麼引誘金娃魚的魚餌。

項思龍正待出言答話，孤獨驚鳴已是搶先回敬了上官蓮瞪他的眼神和猜度他的話道：「你這老乞婆瞎說個什麼呀？我幹嘛要綁架龍兒呢？我只是現在要帶他去北冥宮接任宮主之職罷了。」

上官蓮聽了嗤笑道：「哼！你以為你說了算嗎？北冥宮宮主也沒什麼大不了的！龍兒現在是要跟我們去西域接任地冥鬼府的鬼王之位！」

上官蓮氣怒之下已是決定不再隱瞞什麼身分了，何況在上一代北冥宮宮主和地冥鬼府鬼王歐陽明本身就有過節，這刻就是打起來也好報當年歐陽明夫婦敗在孤獨行手上的一箭之仇。

孤獨驚鳴聞聽得上官蓮這話瞪大怪眼道：「什麼？你們是地冥鬼府的人？龍兒要去西域接任鬼王之位？這……行兒怎麼會收個地冥鬼府的人來做徒弟呢？」

頓了頓又道：「難怪剛才龍兒發出的功力竟能使火龍潭的沸水凝結為冰，原來他是集了天下間兩大絕世寒功於一身！嘿嘿！這個真是好極了！有這樣的高手去任我們北冥宮宮主，宮中的教徒還有誰敢不服？我這老不死的老頭也可放心的去陪大哥大嫂和行兒他們了！」

說到最後一句話，忽地長長歎了一口氣，語中盡是傷感之意，聽得上官蓮一時竟也沒有即時出言與他再行爭執，但心中被他這滄桑語氣的感染只有片刻，沉默不多久，上官蓮緩和了一下語氣道：「要龍兒去你們北冥宮也得先讓他去西域接任了地冥鬼府的鬼王之位和辦完了府中的一些事情，待他日再說。」

孤獨驚鳴怪眼一翻道：「為什麼先要去你們地冥鬼府，而不可先去我們北冥宮？龍兒可也是我的侄孫徒兼我未來的侄女婿，他和我的親屬關係也並不比你疏呀！」

上官蓮聽了又氣又訝的道：「龍兒什麼時候成了你的侄女婿了？你又有什麼侄女兒呢？」

孤獨驚鳴道：「孤獨梅鳳就是我的侄女兒嘛！」

上官蓮聽了失聲道：「什麼？你叫龍兒去娶你那侄女孤獨梅鳳？他們……嘿！這怎麼可能呢？龍兒不會娶她的！」

孤獨驚鳴道：「這事我已經與龍兒商量好了，待龍兒接任了北冥宮宮主之位，鳳兒的病好了之後，我就為他們二人完婚！」

上官蓮哭笑不得的望了項思龍一眼問道：「龍兒，這……可是真的？」

項思龍滿臉通紅尷尬的不知所措，訥訥道：「我……沒這回事的啦！」

上官蓮聽了心中放下一塊石頭，衝著孤獨驚鳴冷笑道：「你以為龍兒他是瘋子啊？會娶你那一百四五十歲的侄女兒孤獨梅鳳？這不是千古笑話麼？」

孤獨驚鳴怪叫道：「小子，你怎麼可以出爾反爾呢？我那侄女兒我不是向你介紹過了麼？她還只有二十歲，並且是個大美人！」

上官蓮聽了忍不住失笑道：「一百四五十歲的人怎麼會是個二十歲的大美人呢？老怪物，你不要在這裡瘋言瘋語了吧！」

項思龍聽了忍不住接口道：「這個……二師公說的確是實話呢！師姑她是只有二十歲！」

項思龍的這話不但使得上官蓮訝異得合不攏嘴來，就是已圍了上來的鬼青王等諸人聽了也感啼笑皆非，而孤獨驚鳴則是一臉的得意之色。

項思龍見了上官蓮等的神色，當下把孤獨驚鳴對自己的解釋說了一遍，最後又神色黯然的補充了一句道：「師姑她可也確是可憐得很呢！自一出世就患有此等絕症，不過現在卻好了。抓到了這對金娃魚，師姑的絕症已經有救了！」

聽完項思龍的一番解釋，上官蓮等對孤獨驚鳴的話終於恍然大悟，但上官蓮卻還是問了項思龍一句道：「龍兒，你可真打算娶這孤獨梅鳳做老婆？」

項思龍羞窘道：「這怎麼會呢？她是我師姑呢！」

上官蓮沉吟了一會忽道：「孤獨梅鳳姑娘那麼可憐，若是她將來真喜歡上你的話，你倒是不妨娶她為妻算了。」

說到這裡頓了頓，突又衝著孤獨驚鳴道：「喂！老怪物，你若是答應我讓龍兒先跟我去西域，我就替他應允你讓他娶了你那侄女兒，怎麼樣？」

孤獨驚鳴側著娃娃臉，抖動著長長的白眉毛沉思了好一陣後道：「好吧！我答應你！但是以三個月為限，若是三個月後龍兒還未來我北冥宮，我就跑到你們地冥鬼府去要人了。」

說完又朝項思龍翻了個怪眼道：「小子，現在你姥姥已替你訂下這門親事了，到時你可不能反悔啊！記著，三個月後趕去北冥宮！」

說完，提著那裝有兩隻正在「哇哇」大叫的金娃魚的冰蠶絲網，身形幾個起落，已是消失於夕陽的黃昏之中。

待得孤獨驚鳴的身影終於在視野消失不見後，項思龍臉上皺著眉頭望向上官蓮道：「姥姥，我……我怎麼可以娶師姑為妻呢？這……這不是有違常倫麼？」

上官蓮微笑道：「這有什麼不可的呢？人家可還只是個大姑娘嘛！何況她在

這世上已只有孤獨驚鳴一個親人，也確實是需要愛情的滋潤才可讓她承受住她甦醒過來後痛失親人的打擊。龍兒，算是你做件善事吧！待西域之事辦完了後，你就抽空去一下北冥宮，待孤獨梅鳳姑娘醒來後，你要細心的去照顧她，讓你在她心目中烙下印象，讓她覺得你就是她的親人，這樣才可讓她對生活充滿信心和希望。何況你做了北冥宮的宮主，有了他們勢力的相助，也可為你將助劉邦打天下增加一份實力呢。」

項思龍聽了上官蓮這席入情入理的話，雖是覺得自己確是應該如此做，且如此做來對劉邦將來爭天下也確實有好處，但心中總是有一種怪怪的感覺讓他甚是不舒心。

唉，走一步算一步吧！有些事情確也是需身不由己的作出一點犧牲的！無論怎樣，自己來到這古代維護歷史的責任才最是重大，其他的事情是有時需勉為其難的委屈一下自己的！何況娶一個美女也並不是一件苦差事呢！

項思龍自己為自己找藉口，安慰著心中的怪怪感覺。想到這裡，也確實是適然了許多，臉上繃緊的肌肉也漸漸鬆了下來。

項思龍一行在這連綿不絕的太行山脈中足足行了二十多天，終於見到人跡，眾人沉悶的心情也都活躍歡欣起來。

上官蓮臉上露出笑容，看著前方正炊煙裊裊的村落，長長的舒了一口氣道：「這二十幾天來可真要把人給悶死了，吃的全都是獸肉和山果之類，這下去找個鎮集，咱們好好的去吃它一頓。」

上官蓮話音剛落，身後的武士頓時轟然叫好。項思龍做了幾個舒散筋骨的動作，笑道：「是得去好好的吃它一頓！這些天來大家都累瘦了許多呢！」

鬼青王接口道：「累倒是不覺得累，只是氣悶得慌。還虧得少主懂得觀星辨向之術，要不然大家可能還迷途轉悠在太行山中，不知何日才能走出太行山脈呢！」

這話說來，顯得鬼青王對項思龍佩服之極。顯是通過與項思龍這段時間的交往，不但深服了他的武功，且深服了他的才智。頓了頓，鬼青王又道：「少主，需不需我帶幾個武士去探聽一下路途，待得我們打點好了再來迎接少主和夫人等？」

項思龍對鬼青王表現出對自己的忠心也甚感滿意，暗暗慶幸自己收得了個好助手，聞言微笑著點頭道：「嗯！順便探聽一下這裡是什麼地方？儘量找個可避人耳目的場所，以免再生事端！」

鬼青王得令應「是」，叫了幾個武士隨自己向山下的村落飛馬而去。

上官蓮望著鬼青王等消失的背影道：「思龍，你可真是會擇人善用，鬼青王的確也是個辦事細心得力的好助手，鬼血王西門無敵一生雖是凶殘毒辣，但教出的徒弟倒也是個人才，不知他其他的三個弟子怎樣？

「想來鬼血王外出中原敢放手把地冥鬼府的事務交給他們打理，應該也是出類拔萃的人才吧，到得西域，你可也要把他們收服過來，若是不服者就殺無赦，免得成為日後的禍患！」

說到最後一句話時，目光厲芒一閃，語氣也加重了許多，聽得身旁地冥鬼府的幾大護法心神都是一震。

項思龍則是淡然道：「鬼血王已經伏誅，他們若是明智的話，我想是不會作殊死抵抗的吧！但若真敢作亂，那自是要用武力相向了，但那卻不是我們所願意發生的事情。」

上官蓮冷冷地道：「龍兒，你已練成了道魔神功，他們若敢反抗，那是自取滅亡。」

說到這裡，突地轉過話題道：「倒是怕他們在你為我師父天山龍女運功逼毒時，突地倒戈相向，那境況就危險了。」

項思龍心中也是一沉道：「這倒確實是需要防備的問題。地冥鬼府被鬼血王統領了這麼多年，勢力已經是根深蒂固，而我們鬼王府的實力卻又散開來，無法制壓他們，若是他們一旦趁我為天山龍女前輩療傷時作反，情形可大是不妙！」

上官蓮目中殺機一閃道：「那就待先找出鬼血王的死黨，把他們一個個誅除了後，再去為我師父驅毒。」

說著時目光威嚴的掃視了身後的幾個地冥鬼府護法一眼，嚇得他們一個個都臉色肅然，突地同時單膝跪地躬身道：「屈下等誓死效忠少主和夫人！若是有得異心，定教屬下等萬毒穿心而死！」

項思龍上前把他們一一扶起後，正色道：「幾位的忠心我自是不會懷疑，只是對於地冥鬼府中那些尚未降服的教眾，有些擔心罷了！」

頓了頓又徵詢諸人道：「不知幾位護法可有得什麼良策可控制住教眾不有背叛之心否？你們對現今地冥鬼府的形勢比較熟悉，可知其中有哪些人勢力較大，性子頑固且有野心呢？」

幾位護法聞言遲疑了一陣，其中一個似是在幾人中較有威信的老者站出來朝項思龍行了一禮後恭聲道：「稟少主，鬼血王西門無敵的四大弟子在教中各有一派勢力，但又以總護法鬼青王深得西門無敵的寵信，所以教中割據的暗中勢力要以總護法為最大。然西門無敵的其他三個弟子各在暗中撐有一批不可小視的實力，且他們又以西門無敵二弟子鬼靈王為首連在一派。鬼青王則從不與鬼靈王他們來往，致使鬼靈王甚是嫉妒鬼青王。其餘二人鬼笑王和鬼哭王則不攻自破，只要總護法對他們稍施壓力，二人定會向少主降服的。」

頓了頓，臉上突地一紅道：「教中第三股勢力就是我們這鬼王八護法了，屬下是前鬼王歐陽明的四護法之首，鬼血王謀奪了鬼王之位後，屬下……雖是投靠了西門無敵，但實則心中還是懷念前主人的。

「現在，少主誅除了叛徒西門無敵，屬下定會誓死向少主人效忠！同時也請少主責罰屬下對前主人的不忠投敵！」

說完又向項思龍雙膝跪地下去，一臉愧慚之色。

在旁的上官蓮罷了罷手道：「過去的事情就不再計較，只要你們日後盡忠少主就好！對了，你們八人中還有三位是前鬼王的護法嗎？」

話音剛落，當即有三個老者越眾而出，脆聲道：「屬下三人是前主人手下的護法！請夫人、少主降罪！」

項思龍暗運一股內力托起三人身形，沉聲道：「你們既已悔過自新，那麼大家以後只要齊心協力共同對敵，發揚光大我地冥鬼府，那也就是將功贖罪了！今後你們還是我的護法！」

說著又望向其他的四名前護法道：「你們四人是鬼血王新增的四護法吧！看來你們在教中是為鬼血王立過不少功勞，才會被提升為護法的吧！」

項思龍這話帶著一股威嚴氣勢，嚇得四人忙也跪地道：「屬下等今後誓死為少主效忠！請少主懲治屬下等對前主人不忠之罪！」

第三章　路見不平

項思龍淡淡道：「知過能改還是善莫大焉。不過為了肅我教規，還是把你們的地位降低一級以作懲治。嗯，今後你們就任我地冥鬼府的四大執法吧。專管教中犯過之人，負責監管教中有不軌行為的勢力。任是何人你們都有權對其進行監督，連今後的鬼王也不例外。」

這一職務是項思龍新想出來的。目的是為了嚴肅教規，便於管理教務，職權其實也比護法低不了多少。

四人聞言大喜的朝項思龍行了一禮恭聲道：「屬下等必會為少主盡職盡責，堅守自己的崗位，絕不拘私枉法！」

項思龍突地發笑道：「好了，你們也起來吧！日後教中的事務可全得靠你們打點呢！」頓了頓，目光投向正飛速向山上飛奔而來的鬼青王眾人又道：「鬼青王他們轉回來了，不知找到什麼較好的休息地方沒有？」

語音甫落不多時，鬼青王等已是到得近前，只見他三步並做兩步的衝到項思龍身前恭聲道：「稟少主，前面已是博陽郡城的邊郊，據這一帶的村民說，博陽城剛被秦將章邯奪下不久，陳勝大軍已被迫往大澤鄉一帶撤退。現在鎮守博陽城的是秦將王離，城中有兵四萬。我們在距離此地四里多路處到了一個叫作排市鎮的鎮集，那裡離博陽郡城有五六十里之遙，尚無多少秦兵出沒，只有一些地方上的秦兵武裝力量。此鎮因沒有被戰場波及，所以尚還有不少店鋪開業。」

項思龍聞聽了鬼青王的這一番報告，心中不由自主的泛起一陣悲哀感覺。陳勝王被迫撤往他最先發動起義的大本營大澤鄉，這也就預示著他距離最終敗北的時候不遠了。

下城父距離大澤鄉不過一百多里之遙，當章邯大軍再攻下大澤鄉，把陳勝逼至下城父，那也就是中國歷史上第一位發動聲勢浩大的農民起義的將領，壽終就寢的時候了。

因為據歷史上的記載，陳勝是在下城父時被手下御者莊賈殺死，從此歷史上的第一次真正對後世有深遠影響意義的農民起義也宣告失敗。

想著這些，項思龍心中雖甚是傷感，但沒有昔日剛來這古代時的衝動，生出想要去營救陳勝的想法來。經過這一年多來的洗禮，項思龍的心性已是變得堅毅而冷漠起來。歷史上陳勝終究是兵敗身亡的結局，自己也不可去干涉，否則就是自己去改變歷史了。

項思龍心中雖是在歎息，但還是為自己找出個安慰自己的藉口來。

見著項思龍臉上突地顯出慘然神色，鬼青王還以為是自己說錯了什麼話，忙惶恐地道：「屬下探聽來的消息就這麼多，少主你……」

項思龍被他的話打斷神思，見了鬼青王慌忙之神色，笑道：「你辦得很好！我們現在就趕去那排市鎮集，找個酒樓好好的吃它一頓，喝個痛快！」

鬼青王聞言心下才放鬆起來，臉上也恢復了常色，卻聽得項思龍又問道：「對了，我們到西域境內還要走多少天？」

鬼青王神情一肅道：「若是路上不再發生什麼變故，快則二十天可至，慢則二十五天可達。」

項思龍點了點頭，又問道：「那我們如果一路儘量的避開秦兵駐城，又要多少時日呢？」

鬼青王略一沉思道：「那我們前途需要繞過臨淄、中都、馬邑、雲中等郡城，時間將延長十五天左右，那我們到達西城還需四十天左右的時間。」

項思龍目光遠視了一下山下的村落，沉聲道：「好！我們就繞過這些郡城，四十天就四十天吧！目前我們還不能與秦軍相觸，彭城已經給了我們一個教訓了！」

上官蓮聽了這話老臉一紅，不過這次倒是沒有出言反對。

項思龍轉身向身後的一眾武士大聲道：「好了！大家準備下山！儘量把兵器收藏起來！」

說完上前去扶住上官蓮的手臂，心情舒暢的道：「姥姥，我們下山去吧！」

一行人到得排市集鎮時，卻見這裡果也沒有遭受戰爭破壞的痕跡，原因或許是因它是座落在一個四面環山的山谷平原裡面。受到交通不便之故才得以倖免的吧。

這鎮集先前或許是一個比較貧窮且冷清的地方，但由於受得戰爭的影響，許多富豪之家都逃亡到了這裡來避難，所以鎮集有許多新造的木房且有不少大型的木構建築正在興建之中。鎮中的店鋪並不見多，市集中交易的商品也大半是些穀物和牛、羊、雞、鴨之類，其他的雜物並不多見，但鎮中的酒樓還是不少，有許多還是剛剛興建開張營業的。

來往的行人也甚是頻繁，也有像項思龍這群人一樣有二三百之眾的或許是剛剛逃亡到此地的家族，所以項思龍這一群人人數雖眾，但是也並不十分顯人耳目，這裡的人對這樣龐大的人群似是憑空見慣，倒是有不少客棧酒樓的老闆不斷的向他們打招呼，想為自己拉得這樣一批大有賺頭的顧客。

項思龍甚是讚賞的看了鬼青王一眼微笑道：「此地確實是個避難的世外桃源呢！今晚我們就在這裡找家客棧投宿一晚，休息一下算了！」

頓了頓又對鬼青王道：「待會你領幾個武士去這鎮集轉悠一番，看看有沒有馬匹可購，若是有的話，就儘量多購些馬匹過來，最好是能夠為一人購得一騎，這樣我們就可加快些腳程了。」

說著從革囊裡取出一串在通天島臨行前鬼冥雙怪叫他帶著花費的斗大珍珠，遞給鬼青王道：「這些夠購置六百匹馬了吧！」

鬼青王卻是沒接珍珠，沉聲道：「屬下購置馬匹的金子還有，少主你就收回這些珍珠吧！」

項思龍聞言也不推辭，當下又把那串珍珠放進革囊。這時眾人正行至一叫作

「萬家樓」的客棧門前，那客棧店主見得項思龍手裡拿出一串顆顆斗大晶瑩的珍珠，眼睛都睜得如龍眼般大，忙滿臉笑容的打招呼道：「諸位客官，投店吧！本店乃是本鎮最大的一家客棧，服務周到，賓至如歸。並且可為諸位解決一切困難，比如幫你購房啦，買田啦，買地啦。保證讓你們事事如意。」

項思龍見對方把自己等也當作是逃亡的家族，心下暗笑，但卻還是對那店主道：「好！我們就在你這家客棧投宿，但不知你們這裡可有這麼多客房否？」

那店主見得一隻大肥羊到手了，眉開眼笑的連連道：「有！有！公子不知道，本客棧有三家分店，這裡是其中一家。『萬春樓』是本棧的總部，待會我去向傅寬大爺商量一下，叫他把『萬福樓』騰出一些客房來讓諸位客官住下就是了。」

說完又指了指前方百多米遠的一家客棧道：「那裡就是我們的『萬福樓』了！很近的！『萬春樓』在鎮集東頭的水雲閣那裡，離這裡也只有二里之遙。嘿，客官，來這排市鎮的富豪之家大半都是到我們這三家客棧投宿的，我們傅寬大爺在這鎮上也有勢力啦！連官家也怕他！諸位要是想在這排市鎮住下去，那就找我們傅大爺庇護再好不過了！這裡啊也是個安家的樂土，因為有太行山脈的天然屏障保護，任是天下如何大亂，戰爭也打不到咱這排市鎮來。」

項思龍聽了這店家自吹自擂的話只一笑置之，倒是不大在意，但傅寬這個名字卻似乎甚是耳熟。

傅寬？歷史上似乎記載有這個人！對了，此人似乎是劉邦的手下！歷史上記載的是他在劉邦率軍進攻關中時，傅寬以魏國五大騎將的身分投奔劉邦的，後來還因功而被劉邦任命為齊國的右丞相。那麼他就是原魏國的將領了！

嗯，此人既是邦弟將來的手下，自己何不勸他去投奔邦弟呢？讓人才埋沒在這樣的一個偏僻山溝裡，豈不是暴殄天物？

想到這裡，項思龍故作大喜的道：「噢？是嗎？我們真想在這裡買下一座莊院，但不知店家你能否替我們打點一下，叫那傅寬大爺為我們操勞關照一下呢？」

說著已自革囊中掏出了一塊足有十兩重的金錠塞到那店家手中，同時又接道：「現在外頭兵荒馬亂的，我們就求能找個安穩的地方定居下來。這排市鎮集我也是據朋友介紹才來到這裡的，現在見了果也是個避世的好地方，不過我們初到此地，人生地不熟的，還望店家在傅寬大爺面前為我們多說幾句好話，叫他日後對我們多多照顧一二。」

上官蓮和鬼青王等聽了項思龍這話均大感訝異，少主在弄什麼玄虛啊？竟然說要在此地購房置田？莫非他是看中了這裡與世隔絕的清靜，想在此地隱居下來？

眾人正一臉訝然的看著項思龍怪怪想著時，那店家可就迥然不同了。項思龍一出手就是打賞十兩黃金，如此出手的闊少爺，這店家可還是首次碰到，有錢能使鬼推磨，店主笑顏逐開躬身連連的朝著項思龍媚笑道：「這個……公子爺請放心，此事包在小的身上！噢，對了，諸位請到客棧裡坐下休息吧！」

說著接過項思龍遞過的金錠，納入懷中，躬身作了個「請」的姿勢，同時連連衝著店裡的小二叫喝，吩咐他們接待貴客，端茶送水上來。

項思龍等進入客棧坐定後，那店家親自為項思龍一席人端上茶水。這時鬼青王掏出了一錠有三十兩重的黃金遞給店家道：「為我們這裡所有的人都準備一頓豐盛的酒席。要讓我們吃個痛快喝個痛快！」

店主見金子樂開了花，連連陪笑道：「這個沒問題，這個沒問題，我們『萬家樓』服務的宗旨就是讓顧客滿意！小的馬上叫小二他們去為諸位準備酒席！嘿！我們這『萬家樓』今天就算是給諸位爺們包下好了，只做你們的生意！」

他這話雖是說得動聽，但平時他這「萬家樓」要是能收入十兩黃金已經算是生意不錯了，今日一下收入四十兩黃金，那就是發一筆小財了，哪還不盡拍眾人馬屁？說不定項思龍等一高興又是十兩十兩的黃金打賞呢！要知道在這時的十兩黃金已經足夠一個小家庭比較富裕的安安穩穩過上一輩子了。

項思龍則是看了一眼廳中還有半數以上的武士站著，於是道：「店家，我的這些家將可……」

項思龍的話還沒說完，那店主已乖巧的接口道：「這個小的馬上去安排，我去跟『萬福樓』的兄弟打點一下，讓爺們的人分一半去『萬福樓』，讓他們也索性就只接爺們的一夥生意，不過，這個嘛……」

說著嘿嘿的乾笑兩聲。項思龍知道店家的意思，有些氣惱的從革囊中掏出了一顆斗大珍珠塞到他手裡道：「這個夠了吧？今天你們這三家酒樓客棧我們全包了。不過要使兄弟們住得舒服，吃得好喝得好！」

這一顆斗大珍珠怕連一千兩金子都不止，店家見了樂得合不攏嘴的連連道：「是！是！小的馬上去請傅大爺他來親自接見諸位爺們！讓他來安排諸位的事情！」

說著接過珍珠拿在手裡睜大眼睛左瞧右看了一番後，歡天喜地的去了。

鬼青王看著那店家的小醜態的背影，低聲罵道：「瞧什麼瞧！我們少主拿出的東西還會有假的嗎？」

上官蓮也是不解的道：「龍兒，你莫非真的要在這裡買莊院啊？給那店家那顆價值昂貴的珍珠幹嘛？」

項思龍神秘一笑道：「姥姥，如此作來我自有我的妙用，你不會心痛我太過浪費吧？」

上官蓮笑罵道：「這一點浪費對我們地冥鬼府來說又算什麼？你爺爺他們在通天島上偶然發現一個石洞，洞中除了一本『地藏秘經』之外，更是收藏有著富可敵國的珠寶鑽石。就算你想買下這整排市鎮也不過是九牛之一毛。」

項思龍欣然道：「這就是了嘛！姥姥既然不心痛我浪費揮霍，待會龍兒還要大肆闊綽的出手呢！至於這其中原因，待日後我再告訴你吧！」

上官蓮淡然道：「無所謂的啦！只要龍兒你高興，想怎樣花費都行，反正你不會讓姥姥餓著是不是？這就夠了嘛！」

項思龍啞然失笑道：「要是讓姥姥你也挨餓，那龍兒豈不是犯了不孝之罪麼？」

上官蓮大樂道：「龍兒果還記著姥姥，也不枉我疼你一場。」

項思龍聽了嘿嘿一笑，轉過話題道：「待會四護法和四執法各領一百五十人去其他的兩家客棧。記住一切要小心謹慎為是！」

八人沉聲應「是」時，項思龍又接著轉向鬼青王道：「總護法待會就帶些武士去看看這鎮集附近可有馬匹採購否？」

鬼青王點了點頭道：「少主，現在也已近黃昏了，不如我現在就出去轉轉看看吧！」

項思龍略一遲疑，坦然道：「那好，你先帶些武士去他家酒樓，隨便吃些再去購馬吧！」

鬼青王聞言頓即站了起來，從眾武士中挑了二十名，向項思龍和上官蓮行了一禮後，領了眾人步出「萬家樓」而去。

鬼青王走後，項思龍和上官蓮等正在品茶談笑時，客棧門口突地傳來了那店主的尖叫聲道：「諸位客官，我們傳大爺來了！嘿，平常人可是很難請動我們傳大爺大駕的喲！你們這次面子可是大了！」

話音剛落，門口走進了一個身體高大魁梧，劍眉虎目，寬額大耳，目射精光的四十幾歲的粗壯漢子，紅光滿面中頗具威嚴，但氣質卻是豪獷猛野中又給人幾分隱隱的滿腹經綸的學士感覺。在他身後還跟著兩個高大的武士裝束的漢子和一個頗具仙風道骨的師爺模樣的文士。

項思龍的目光與那粗壯漢子的目光碰在一起，心中大是滿意。從這傅寬的目中厲芒就可看出他是一個不甘心於平凡的人物，那自己可得好好的鼓起三寸不爛之舌說服這傅寬將來去投奔劉邦。

嗯，說不定必要之時自己也得露上兩手把他震懾住，心下想著頓即提功運氣於目上，使得目中釋放出的強大氣勢，讓得對方終於感到心悸而率先移開雙目，不敢再與他逼視。粗壯漢子突地發出一陣哈哈大笑：「想不到我們這排市鎮現在竟成了個藏龍臥虎之地！公子等來到此地，真的是想在此購房隱居麼？」

說著時目光不經意的掃視了廳中的諸武士一眼。項思龍聞言從座上站了起來，緩步行至對方二米之遙處站定後，朝粗壯漢子拱手行禮道：「閣下想必就是傅寬大爺了吧！在下項思龍，因得現今天下局勢太過動盪，據聞此太行山中有個排市鎮乃是處絕佳的避世之所，所以帶了家人將找來此地，現在一見果也是處清寂之地，自是想在此購屋定居了。如此水秀山明的與世無爭之所，確是這亂世中的隱居之所。傅大爺不也是眼光獨到選中了這塊地方麼？」

粗壯漢子聽出他話中有話，目中厲芒連閃，嘿嘿笑道：「公子確是獨具慧眼呢！想必乃是名門大家出身吧！」

項思龍搖頭道：「哪裡？在下等也只不過是一眾逃亡的亡國之奴罷了！」

粗壯漢子聽了這話臉色連變，似是以為項思龍話中暗中猜出了自己的來歷，當下語氣轉冷道：「公子等到底是何來歷的人物？來到我們這排市集有什麼圖謀？」

項思龍故作訝然道：「這個……在下已經是向傅大爺說過了呀！我們乃是逃亡的亡國傷心人，至此地來乃是躲避亂世！」

傅寬冷哼一聲道：「我看不會這麼簡單吧！公子說是來此地隱居，但為何不見你家中有什麼女眷呢？且你們這一行人數如此之眾，你的家將個個都目中暗含精芒，顯都是少見的高手。哼！來此隱居？」說到這裡頓了頓，一字一字的冷沉道：「我看你們是秦狗派來此地的臥底！嘿嘿，你們雖然勢力非小，但來到我們這排市鎮，我也管教你們進得來出不去！」

聞聽得傅寬如此凶狠的話，上官蓮已是忍噤不住的站了起來厲喝道：「放你娘的狗臭屁，我們可不是什麼秦狗臥底！告訴你也無妨，我們乃是……」

項思龍見上官蓮就要洩了自己等人的底細，忙也發出一陣哈哈大笑打斷她的話道：「傅大爺果是才思敏銳！不過我們雖不是當年的亡國之人，卻也確是在逃亡秦兵追擊的反秦義軍！我想傅大爺知道陳勝被秦將章邯逼得連連敗北的情況吧！我們就是舉行了豐沛起義的劉邦軍下的人，此次因陳勝王派去的使者去向劉邦借兵相助，劉邦將軍因想著大家都是反秦義士，所以派在下點拔了四千人馬前來博陽郡城相助陳勝王，但豈料章邯大軍勢力太大太猛，使得我們被擊散而四處敗走，我們被迫逃進了這太行山，好不容易才發現了這家鎮集，為了隱住身分，所以也只得據悉的此地之風，騙傅爺說是亡國避禍之人。現在傅爺既已識破在下的謊言，在下也只好豁出去如實相告了。至於閣下是否會擒下我等去向秦將請功，那就是閣下的事了。不過要想擒住我們，也將要付出慘重的代價！」

項思龍這一番話真真假假的先是慷慨激昂的說來，接著用陰冷的語氣對將對方，果也讓得傅寬頓時怔愣住了，但過得片刻卻也發出一陣大笑道：「公子把傅某看作什麼人了？我對秦狗是恨不食其肉，飲其血，怎會做出如此賣友求榮的事情來呢？公子等既是反秦義士，在下今日能得以識見可是高興還來不及呢！哈哈！」

說完又是發出一聲爽朗的笑聲，同時自腰中掏出了項思龍給那店主的那顆珍珠遞給項思龍道：「諸位反秦義士能來我『萬家樓』投宿，已是讓我『萬家樓』蓬蓽生輝了。這珍珠還是請公子收回吧！諸位在我這裡的食宿全部免費，算是在下對反秦義士們略作的一點貢獻吧！」

上官蓮等本對項思龍的那番話感到訝然不解，這刻見得傅寬的態度，心下似是微微明白了些什麼來。那店主則是見著到手的財物又白白的送給人家，心下好是心痛，不過還是暗感慶幸，那四十兩金子自己已是私自留了下來。總算是發了一筆橫財。

傅寬身後師爺模樣的文士倒是沒有動什麼聲色，看來是個頗有心機的深沉人物。項思龍聞得對方之言，心中對這傅寬不覺生起敬意。看來此人精明之中確也是個不貪財物的正人君子，如此人才能被邦弟所用，可真是邦弟的幸運！否則成為敵人，倒是個辣手的人物。

嗯，看來傅寬身後那具仙風道骨的文士也非泛泛之輩，不知是何許人？

心下想著，口中推辭的喏喏道：「這個……怎麼好讓傅爺破費呢？」

傅寬聞言邊把珍珠塞入項思龍手中邊不悅的道：「項將軍這是說的什麼話來？我傅寬這一點花費還承受得起！」

項思龍見狀倒也真不好意思再行推脫，當下坦白笑了笑道：「那在下就恭敬不如從命了！」

說著也便把珍珠放入革囊中。這時突地聽得一陣急促的腳步聲衝入店內，卻見一個三十左右的漢子神色慌張的到得傅寬身前恭身氣喘道：「不好了，傅爺，響馬賊雍齒又帶領了一眾人馬進鎮來了！」

傅寬和項思龍聞言心神大震，前者臉色鐵青的沉聲道：「這次要好好的教訓這幫馬賊一下！如此隔三間四的來鎮裡搗亂，哪還再有人願來我們這裡定居？鎮中人們的生活都被他們拱亂了！」

項思龍聞聽得雍齒之名亦是大感心震，因為據歷史記載雍齒也是劉邦將來的手下，雖曾被陳勝王派出的使者策動背叛過劉邦，但終究後來重又歸順，且為劉邦立下了赫赫戰功而被封為什方侯。

這雍齒原來在投靠劉邦前卻是個響馬出身，這一點史記上倒是沒有記載過。項思龍心念電轉的怪怪想著時，聽得傅寬之言，忙道：「在下等不知可否幫得上傅爺的什麼忙否？」

傅寬聞言稍稍愣了一下，但頓即搖頭道：「這個就不勞項將軍等費心了，在下還有能力應付得了這幫馬賊。」

說到這裡對那店主道：「給我好好的招呼將軍諸人，不可怠慢了！」

說完又匆匆向項思龍抱拳道：「在下先行告退了，待擊退了雍齒那幫馬賊後，再來與將軍相述。」

言罷已是轉身就向客棧門外行去。項思龍見了大喊道：「抗擊馬賊，維護人們的生活穩定，這也是我們反秦義軍應做的事情啊！傅爺請稍等一下，在下也跟你一起去吧！」

聞聽得項思龍之言，傅寬還是停住了腳步，不再堅持，臉上顯出感激之色的沉聲道：「如此就謝謝項將軍援手之恩了。」

項思龍見得傅寬同意自己等前去助陳抗擊響馬賊，大喜。讓上官蓮和四大執法留在客棧裡候鬼青王等回來，叫四大護法和二百多地冥教府的教徒攜了兵器隨自己一起和傅寬等去阻截雍齒的響馬賊進鎮作惡。

上官蓮雖是心下也想跟隨同去，但又想到這裡的人手也需自己管理，也就沒有出言相抗。項思龍見姥姥對自己的分派沒有提出異議，頓即領了眾人跟隨傅寬出了客棧，往鎮東方向行動。

鎮上的人似已聞聽得響馬賊快要進鎮的消息，都已緊閉了門戶，街的行人也是沒有了一個蹤跡，可見人們對雍齒這幫馬賊的懼怕程度，顯是曾深受其害，項思龍與傅寬並肩行著時，見得街中異象，不由得生出無名怒火來。哼！雍齒竟然是個如此為非作歹之徒，也難怪你以後會有背叛劉邦之日了！是的，這次老子是得狠狠的教訓你一頓。

心下想著時，不多久已到了鎮東頭的「萬春樓」，卻見門口已糾集了二三百名健壯漢子，人都拿著武器，且有一百多匹戰馬，眾人見得項思龍等人似是甚感詫異，傅寬也無暇解釋，著人牽了幾匹馬給項思龍和四大護法，自己已翻身上馬，衝著也已坐在馬上的項思龍等道：「項將軍，我們先行出發吧！」

見項思龍點頭後，傅寬又衝著自己手下的一眾人大聲道：「我們先行，你們隨後跟上。」

說完已是雙腿猛的一夾馬腹，戰馬頓即如風般的向鎮東南方向的山腳衝去。項思龍叫眾教徒展開輕功身法緊跟上自己等，同時亦也催動坐騎跟隨傅寬而去。一時馬蹄聲和腳步聲在這排市鎮集的東頭大作。

終於聽得前面村落隱隱傳來馬蹄聲、喊殺聲、孩哭聲和女人的尖叫聲。項思龍聽得一陣血氣直往上湧，忙急催坐騎全速向村落衝去。

馬賊似也發現了眾人蹤跡，有人高喊道：「傅寬那條愛管閒事的傢伙又來了！」

話音剛落，又聽得有人喝罵道：「這傢伙次次都來打亂咱爺們的好事！吃了幾次敗仗，還沒打怕啊？」

還有一個聲音接口道：「老大，咱們這次索性把這傳寬一夥一網打盡，拔了這顆眼中釘吧？那咱們以後再來這排市鎮取樂，就沒有人敢來打擾了。嘿，咱們也就不要再住在那山洞上了。進得鎮來做個土霸王。叫那些來這排市鎮逃難的有錢人把銀子都獻給我們，美女也任我等隨時隨地的享受了。」

說完發出一陣淫笑。那被稱作老大的也發出一陣哈哈大笑，朗聲道：「老二此建議甚好！兄弟們，暫停一下作樂，待咱們去殺光傅寬那幫傢伙再來盡情玩樂吧。」

話剛說完，頓即有大批的漢子齊聲應：「是」。

人數約在五六百之間。片刻間村口處已是湧出黑壓壓的一群人來。此時傅寬剛好已率眾衝至距離眾敵二十幾米遠處，暴喝聲中已是拔出了腰間佩劍，只聽「鏘」的一聲，一道寒光應聲而出。

敵方見得傅寬拔劍衝來，有人忙叱喝道：「竟敢單人匹馬的先往我處衝來，膽子可不小嘛！」

說著時，只見一個手執一柄足有二米之長的厚背大刀的漢子，已是舉刀向傅寬迎擊上來。

「噹」的一聲，傅寬被震得身形在馬背上連晃了幾下，眾敵見了頓時發出一聲哄然叫「好」聲，其中一人大叫道：「老大！好功夫！趁敵人大隊未至之前，先把這傢伙給了結算了！」

那持大刀之人也發出一聲嗤笑道：「傅寬，不是我雍齒不給你面子，我已經饒你三次了，這次可說不得再也不能放過你了！」

言語間，厚重的大刀又是快若閃電的向剛穩定身形的傅寬劈來。傅寬知自己臂力敵不過對方，忙策馬閃過對方橫砍過來的重刀，卻也展開了一套精妙異常的劍法與對方游鬥起來。

項思龍這時也已策馬近前，卻見敵方中竟還有一人臂下夾著一名頗具姿色的少婦，正在淫笑著大肆怪手之威，朝少婦已被撕裂衣衫露出的一對堅挺乳房上狠狠的揉搓著。

項思龍見了目中殺機一閃，無名怒火頓起。這與無惡不作的強盜有何分別？心下怒氣衝天的想來，也已是暴喝一聲，身形倏地從馬背上飛起，如箭般直衝正施淫威的漢子擊去，「啪啪啪」一陣耳光聲響起，那大漢頓被打得雙頰高腫，嘴角溢出血來。牙齒也不知被敲落幾顆。

眾敵本是見得項思龍飛起，驚呼聲中皆已拔出兵器準備擊截，豈料項思龍身形過於快捷，未待得眾敵發器出擊已是打得那大漢昏頭轉向不知所以。項思龍從被自己打得傻愣愣的大漢腋下一把抓起口中被塞了布團，正驚恐的掙扎不已的少婦，同時在空中的雙腳一陣橫掃踢飛正乘隙向自己擊來的十多把兵刃，在一陣慘叫聲中，飛出的兵刃刺中其他的敵人，那些舉器向項思龍擊去的近旁敵眾也被震得身形在馬背上一陣左搖右晃。

項思龍趁得敵眾驚亂之際，身形已是在空中轉，飛回了自己的坐騎。哇，這是何方高手？竟然在自己的人群之中來去如電光石火？眾敵見得項思龍露出的這一手精妙絕倫的輕功身法，心下同是驚駭之極。

正在被傅寬纏得難分難解的雍齒聞聽得己方陣營中的驚呼慘叫，頓即分了心神，舉目四望時正好見項思龍飛身回會，心中也是大震，傅寬則是眼角餘光見得項思龍大展神威，知道這少年乃是一名武功絕高的高手，心中頓時鬥志倍增，劍法倏地變得凌厲無匹起來。一陣陣劍芒在雍齒身前身後連連閃起。

雍齒因被項思龍分了心神，一時被傅寬的這陣避實就輕的快捷精倫身法擊得一陣手忙腳亂，身上衣服也被劃破了幾處，還好見機得快，只是受了些皮肉之傷。雍齒氣極敗壞的連連怪叫斂了心神，突地發出一陣排山倒海式的反攻，傅寬剛占上風的優勢頓被壓了下來。被擊得連連策馬閃避，有好幾次都險險被雍齒的重快刃給劈個正著。

項思龍見得雍齒身手果也不弱，策馬上前道：「傅爺，還是讓在下來會會雍當家的高招吧！」

說著「鏘」的一聲，鬼王劍已是奪鞘而出，一道血紅之色頓即沖天而起。傳寬老臉一紅，不過也知自己非是雍齒之敵。當下也便不再堅持，策馬退身。

項思龍鬼王劍虛式一晃，在身前泛起一片紅光，衝著正又氣又怒又驚又駭的望著自己的雍齒微笑道：「久聞雍當家乃是太行山中一霸，今日得以識見，閣下身手果也不錯，不過所作之事如此叫人氣恨發恨。我看閣下還是放下屠刀，解散你這幫盜賊，自廢武功以向佛祖悔改吧！」

雍齒聞言氣得暴跳如雷的叫道：「老子作什麼事輪得你這乳臭未乾的小子教訓麼？竟敢在老子面前指手劃腳？看我今天不把你剁成肉餅！」

一旁正為那項思龍救下的少婦披上衣服，取下少婦口中布團的一名護法聽得雍齒在項思龍面前左一句「老子」右一句「小子」的，氣得把少婦放在馬背上，身形倏地飛出，口中喝道：「你找死啊！竟敢如此漫罵我們少主！」

說著時雙掌在空中已是發出了一股強猛絕倫的鬼冥神功的內力，一股逼體罡氣頓向雍齒擊去。

雍齒突覺一股剛猛真氣向自己襲來，嚇得忙也提氣運功發掌，全力格擋地冥鬼府的護法擊來的掌，但他的內力怎有老者百年以上的功力深厚？

眼看雍齒就要被擊成重傷，項思龍忙在大感頭痛中發出一掌，運用「禦」字訣，把鬼府護法的強大功力化之於無形，同時亦也禦去了雍齒所化的內力。

鬼王護法見得少主突地出手相助雍齒，大感訝異的忙收了身形飛落地上，怔怔的望著以斥責眼光看著自己的項思龍。心中暗忖少主行事可真是怪異倫常。傅寬也是大為不解，雍齒則是驚魂稍定，場中所有人的目光一時落在了項思龍的身上，氣氛怪異的靜寂了起來。

這時傅寬的下屬和地冥鬼府的教徒都已趕到，靜寂的氣氛頓被破解，敵方見得傅寬和項思龍這方竟也有如此出眾的人前來，頓即有人禁不住失聲驚呼出聲。

項思龍也已衝著雍齒開口道：「在下並不想要雍當家的命，只要你棄械投降向善，我保證不會為難你們！」

說到這裡語氣突地變冷道：「但是你們若是有誰敢作殊死反抗，哼！那就休怪我辣手無情！」

說著左掌一揮，發出十層北冥神功的內力，只聽「轟」的一聲巨響，掌勁所至的地面頓被炸出了一個大深坑，埋下一個人是綽綽有餘。鬼王四護法和地冥鬼府的教徒已是見過項思龍神功的威力。倒是不覺為怪，但雍齒和他的眾屬下以及傅寬一行都是驚駭得說不出話來。

哇！這是什麼神功？若是被他這種強猛絕倫的功力擊到人的身上，那不被震得肢體飛解才怪！雍齒此時已是凶焰全無，面色嚇得蒼白如紙，身體微顫著，口中語音已是含糊不清的道：「公子……是何方高人？在下似乎不識得……公子，也與爾等無怨無……仇，你們為何……要助傅寬這……這傢伙？」

項思龍聽得雍齒似還無悔改之意，要不是想著他將來是劉邦的手下，是歷史上有記載的人，可真想一掌劈了這傢伙。心情不好，當下冷聲道：「路見不平，拔刀相助乃是道義中人的本色，在下聞知閣下在這排市鎮一帶鬧得雞飛狗跳，奪搶劫掠，草菅人命，凌辱婦女，如此無惡不作之徒，在下自是要管了！」

話音剛落，突聽得村中傳來了一陣驚呼，只見幾個未來集合的響馬賊子正在淫笑著追擊幾個衣不遮體的婦人，顯是尚還不知這裡發生了變故。

項思龍看得目中怒火暴長，大喝一聲，身形再度從馬上飛起，雙掌也不知運集了幾層功力揮出，只聽得「啊」「啊」幾聲慘叫，那幾名賊子還不知是怎麼回事，已是被項思龍氣怒之下發出的剛猛掌勁擊得血肉橫飛。

眾人看了，心中不由倒吸一口涼氣，卻都被嚇得沒有出聲，項思龍飛身回馬，叫幾名地冥鬼府的教徒脫下外衣送給那幾名已是哆嗦成一團，躲蹲在一木屋角邊的少婦少女。同時叫了一批教徒去村中察看一下，還有其他尚在作惡的賊子沒有。

雍齒此時已是被項思龍嚇得屁滾尿流，哪還敢再出言阻止？那些其他響馬賊更是嚇得忙策馬給那在一名鬼王護法的帶領下，準備進村的地冥鬼府眾教徒讓開一條道來。

項思龍這時目中厲芒暴長，瞪著雍齒狠聲道：「閣下是否接受我的建議呢？」

雍齒被他瞪得一陣心悸，口中喏喏的道：「這個……我……我……也並不能完全作主，這裡的兄弟可不一定全都聽我的命令。」

項思龍聽出他話中有話，當下不動聲色的繼續逼問道：「你是他們的老大，他們怎麼會不聽令於你？是不是還有人從中作梗？你說出來我馬上宰了他，不就了事了嗎？」

雍齒臉上神色連變，似是心中在作什麼掙扎，最後還是下了決心的道：「只要公子今後讓我們跟著你的話，我就說出我們幕後的指使勢力來！」

項思龍和傅寬聞聽得這話心中同時暗暗大震，什麼？雍齒還有什麼「老大」在控制著他？那看來這幫響馬賊的勢力可是不容小視！心下想來，項思龍感覺正中心懷的道：「好吧！只要你日後改過向善，不再為非作歹，且保證你的這幫手下也嚴於律己，潔身自好，那我就收容下你們。嘿，告訴你也無防，我們是豐沛起義劉邦手下的反秦義軍。」

項思龍說出最後一句話來乃是有目的的，因為他聽出雍齒似是對控制他的「老大」的勢力感到害怕，所以才出言要求投到自己手下以求獲得庇護，而自己指出是劉邦反秦義軍的頭銜，也就向他暗示自己有足夠的能力抵抗對他有威脅的「老大」勢力，讓雍齒堅定決心向自己歸降。

項思龍的這話果然讓得雍齒臉上露出了喜色，只見他平靜了一下被項思龍震懾住的情緒後緩緩道：「我們實則是藉著扮裝響馬賊，在這較為隱秘的太行山一帶為前趙國的王室遺孤趙歇收集他密謀起兵反秦的經費，趙歇的手下有兩名武功、機智卓高的助手張耳和陳餘，他們乃是我們真正的帶頭實權人物。

「在這太行山中分佈了趙歇這些年來暗暗徵集的四萬多人馬，總部就設距離這排市集有二百多里遠的一處叫作陰絕谷的山谷裡，那陰絕谷三面全是高峰聳立，只有一處出口，是個易守難攻的險要之地。這些年陰絕谷已被趙歇、張耳、陳餘他們造建得頗具規模。

「此外還在這太行山脈中隱伏有十多個居點，專產讓為總部陰絕谷去掠奪民間穀物和財物，還有……美女以及抓走一健壯青年，以充實勢力。每個居點有六百人左右，分為正副兩個都統，我們就是……其中的一個居點，我是正都統，他是副都統。」

說著指了指一個三十五六間的粗猛大漢，一臉的橫肉，天生一副凶神惡煞的土匪相。那大漢見得雍齒指著他，嚇得都差點從馬背上跌了下來，忙顫巍巍的道：「小的劉仲，願意今後追隨將軍，赴湯蹈火，萬死不辭！」

項思龍聽得雍齒的一席話，已是掀起了陣陣浪潮，這刻又聽得劉仲之言更是一震。張耳、陳餘、趙歇幾個可都是歷史上也算有點名氣的人物，據歷史記載，秦二世二年，張耳、陳餘就立了趙歇為趙王，也開始了想恢復舊國的夢想，但想不到這幫人現在竟隱藏在這太行山脈中，指使手下幹起搶劫掠奪的勾當。

歷史上對這個倒是沒有記載呢！又想到劉仲之名，此人似也是劉邦將來的手下，還被劉邦封了他個合陽侯，既然能被封上王侯，那自是也曾為劉邦打江山立下了赫赫戰功了！但想不到卻是個如此凶相又甚是膽小的人物！

項思龍心下怪怪的想著，對劉邦將來能充分的利用這些差參不齊的人物甚是感到納悶。

說起蕭何、張良等的才幹自己還能認同，但像雍齒及劉仲這些教人討厭的人物，自己就不知劉邦將來是怎樣充分的調動他們的積極性，為他所用了。

見得項思龍臉色陰晴不定，劉仲還以為項思龍不願收留他，臉色蒼白的忙又連連起誓道：「小的定會誓死效忠將軍的，若是有得違心之言，定叫小的劉仲……被瘋狗咬死！」

項思龍被劉仲這起誓之言震斂了心神，聽了不覺心下失笑，但臉上還是嚴肅的道：「好了，只要你忠心於我，忠心於我主公劉邦就行了。」

劉仲聞得項思龍之言，心下的緊張頓時鬆馳下來。卻聽得項思龍又對雍齒道：「你是否知道張耳他們安排的其他九個居點呢？」

劉仲聽了頓即搶言道：「在下等只知道與我們常有聯繫的四處居點，因為我們只要遇上了強敵就相互聯絡，聯手起來去對付敵方。」

項思龍點了點頭道：「好！明日起我們就進發去收拾其他的幾處賊窩，拔去這夥為非作歹的傢伙。」

經過這一番周折，此時已是天色漸漸暗了下來。項思龍見這一仗如此輕而易舉的就大獲全勝，心情甚是顯得舒暢，對著其他的馬賊沉聲喝道：「你們是否願意歸順於我呢？」

眾馬賊見得項思龍的駭人神功，又見得自己的兩個頭領都已投效了項思龍，哪還敢說「不願意」呢？聞得項思龍之言，當下所有的馬賊都躍下馬背，單膝跪地的齊聲道：「屬下願意歸順將軍！誓死為將軍效力！」

項思龍甚是滿意的點了點頭揮手示意眾人起身，這時領了一眾地冥鬼府的教徒進村去搜尋敵眾的那名鬼王護法，已領了眾教徒出得村來，走到項思龍身前恭聲道：「稟少主，只發現四名賊子，因他們所做之事讓人看了不忍卒睹，所以屬下……出手殺了他們！」

頓了頓又道：「村中一共發現十六名老人小孩被殺，八名少女少婦被捆，二十名青年被制，還有四名婦人被姦辱得奄奄一息，無法救治了。被制的人屬下已經放了他們，賊子搶來的財物，屬下也已叫村中居民領回。」

項思龍聽了心下雖是惱火，但自己已說過不殺這幫響馬賊，且收了他們作自己手下，也便只是目光甚是森冷的掃視了眾馬賊一番，忽地問那鬼王護法道：「被殺的幾人因作何惡事？讓你出手幹掉了他們？」

那鬼王護法還以為項思龍是在責備自己，趕忙跪地道：「這……屬下斗膽私自作主，請少主降罪！他們因在對兩個十歲左右的小女孩施暴，所以屬下……」

話還未說完，項思龍已是大喝道：「該殺！殺得好！」

那鬼王護法聞言知道項思龍本就沒有責備自己的意思，只是隨口問問，自己會錯了他的語意，這刻跪地沒得項思龍的示意，卻是不敢私自站起。

項思龍見了忙道：「好了，你起來吧！」

說完又衝著雍齒、劉仲等一眾馬賊沉聲道：「今後誰若是再膽作惡，就殺無赦！」

說著突地運足十二層的道魔神功運注鬼王劍身，鬼王劍頓刻紅光大作，發出「嗡嗡」劍吟之聲，項思龍已是突地大喝一聲，揮劍朝十幾丈開方的一座小山丘凌空劈去，只聽得「轟隆」「轟隆」一陣驚天動地的爆炸聲，隨著山丘飛起的石塊傳來，經久不息，過得良久才漸歸平靜。

眾人在心神巨震傻愣之下舉目望去，卻見那小山丘被項思龍凌空劈出的劍氣給炸得夷為平地，有的地方更是給炸出一個個足有一丈多深半丈見方的深坑，此等神乎其神的強大功力，當世還有誰能與之匹敵？看著項思龍這石破天驚的一劍，在場所有的人都給震駭住了，心神似都已窒息，連大氣也不敢喘。

場中真是靜至落針可聞之境。鬼王四護法和地冥鬼府的眾教徒雖見過項思龍與鬼血王那驚天動地的一戰，至於四護法更是與四執法和鬼青王九大高手聯合攻過項思龍，但卻也還是想不到道魔神功竟有著連想像也想像不出的厲害，一時也都默然無語的看著項思龍，心中泛起了一股對他像對神一樣崇拜的感覺。

雍齒、劉仲、傅寬及各自的屬下等人則是心中泛起對項思龍無與倫比的駭然，怔怔的看著已是收功肅立的項思龍，感到他身上此刻釋發出一股讓人心悸震懾的魔力和一股讓人心生臣服的道氣。

項思龍也想不到自己的道魔神功又更是精湛了許多。想是孤獨行輸了十層北冥神功到了自己體內之故吧！一時竟也不禁悲從中來的想起了為救自己的師父孤獨行，禁不住又突地仰天發出一陣清嘯，充注真氣的聲音在這已是暮色漸濃的村野上空縈繞旋盤，讓得已是歸巢的飛鳥都驚得紛紛拍翅飛起淒鳴了起來。

在場的人則是耳際都覺一陣「嗡嗡」作響，然所有的人還是均都不敢驚叫出聲，項思龍清嘯過後，覺著胸口又氣又惱又悲的情緒平靜了許多，見得眾人臉上的神情，知是自己本就欲給眾人一個下馬威的有意之舉，已震懾住了在場所有的人，當下突地出聲道：「好了！天色已晚了，咱們起程回排市鎮吧！」

說著飛身上馬，策騎向夜色深處飛馳而去，身後亦靜默不多久馬蹄聲、腳步聲又響了起來，但這下所有的人都不敢出聲說話了。

回到「萬家樓」客棧時，卻見上官蓮正在廳中踱來踱去，嘴裡嘀嘀咕咕的也不知在嘮叨些什麼，見得項思龍等安然歸來，臉上即時露出笑容，沒頭沒腦的就問項思龍道：「龍兒，那幫馬賊給擺平了沒有？」

一旁的傅寬興奮中帶點苦澀的道：「有得項將軍出馬，自是不費吹灰之力，不損一兵一卒就把馬賊擺平了，且還收服了他們，把那幫馬賊收為下屬了呢！」

項思龍聽出傅寬這話中含有不滿，自己不但沒有出手懲罰惡貫滿盈的馬賊頭子雍齒，且還出手相救了他的意思，心下不禁苦笑，但卻是有苦也不能說出，因為自己難不成告訴他們自己是來自他們這時代二千多年以後的人。熟知他們這時代的歷史，且知道雍齒和劉仲是將來漢高祖劉邦的手下？自己這樣說來豈不洩露天機？

項思龍心下苦然的正如此想著時，上官蓮已是語氣欣然的道：「龍兒，你苦瓜著臉幹嘛？打了勝仗應該高興才是嘛！不過，你收下了這麼一幫打劫搶殺的傢伙到我們教……隊伍中來，可得用嚴肅的紀律來約束他們，絕對不允許他們以後在隊伍中搗亂！」

項思龍聽了頓然應「是」道：「姥姥，這個你放心吧，龍兒會收編管理好這幫人的。」

說著朝一臉惶然的雍齒和劉仲一指，對四大執法道：「以後他們二人就收編在你們座下交給你們統領，若是出了什麼差錯，我就唯你們是問！」

四大執法聞言同聲道：「屬下等謹遵少主法旨！一定不負少主厚望！」

上官蓮點了點頭，臉上卻忽又露出焦急之色的對項思龍道：「龍兒，鬼青王他們現在還沒回來呢！也不知是遇到了什麼麻煩？」

項思龍聽了心中暗震，臉色也微微變了變道：「憑鬼青王的武功，即便遇著什麼麻煩也會輕而易舉的解決，至少可以全身而退。他到現在還沒回來定是出了什麼事情，難道這排市鎮還深藏有比鬼青王武功更厲害的高手？」

聽得項思龍這一番推測，上官蓮也不禁色變道：「能困得住鬼青王的當世高手也是屈指可數，這……難道真有什麼人與鬼青王他們交上手了？」

在一旁的傅寬聽得這裡，臉上神色倏地一變，沉聲道：「據聞在距這排市鎮百里的伏龍山裡有一個魔洞，在這洞中隱居著兩個武功高絕的兩大魔頭——『天絕地滅』。若貴屬下碰上這兩個傳聞中的魔頭，那……」

傅寬的話還沒說完，鬼王四護法已是驚叫出聲道：「什麼？『天絕地滅』這兩個魔頭還活著？他們在華山一役戰敗鬼王歐陽明後，不是被顯王給秘密殺死了麼？」

聞聽得四人這聲驚呼之言，傅寬訝異的問道：「四位前輩難道知道這『天絕地滅』兩大魔頭的來歷？我也只是從一位醫術高超的散雲居士那裡略略得知的，因為散雲居士說他曾給這兩個魔頭抓去逼他為他們治傷。你們卻又是怎麼知道這兩大魔頭的呢？據散雲居士說那兩個魔頭自稱只要內傷一好，武功就可天下無敵，且他們的歲數都在一百七八十歲開外了。」

四大護法目光都投向了項思龍，似是在向他請示自己等可不可以把這其中的緣由說出來。項思龍這刻也對這什麼「天絕地滅」引起了興趣，見著四人望向自己的目光，頓即點了點頭。

得到少主的應許，其中一個鬼王護法清了清嗓音的道：「天絕地滅當年乃是顯王手下親衛隊的正副統領，因二人一身鬼秘武功高深莫測，在深得顯王器重的同時亦也遭到顯王的忌憚。在顯王與地冥鬼府的鬼王歐陽明華山一役，二人大現神威，施展出了一向深藏不露的『天絕地滅神功』，確實是為顯王打敗了歐陽明，而立下了汗馬功勞，但因此一來顯王卻也更是嫉妒天絕地滅二人，怕他們對自己造成威脅，所以與鬼血王一起聯手陰謀在七峰山之巔密殺二人。只是想不到二人竟然未死，這倒是奇怪得很了。」

聽完這一席話，項思龍和上官蓮自是明白其中的意思，但傅寬等人卻只是一知半解，因為他們可不知道顯王和鬼王之間的恩恩怨怨啊！

項思龍點了點頭卻又忽地道：「這天絕地滅抓散雲居士去為他們治什麼內

傷？定是當年被顯王和鬼血王聯手重創的，看來他們二人當年可能是受傷後被顯王和鬼血王打下了七峰山下的山崖裡，而顯王和鬼血王卻也以為二人被打死了。所以江湖中傳出了二人的死訊，然豈料二人或許因得某種因緣得以保住了性命，後來躲到了這太行山的天魔洞中療治。但他們憑什麼誇言敢說只待內傷一好就可天下無敵呢？且他們傷勢經過一百多年來還沒治癒，可見當年被顯王和鬼血王傷得確是厲害，那又是怎麼能續命至今呢？」

項思龍的這一番推理，聽得上官蓮臉色沉沉的道：「或許是他們被顯王和鬼血王打下七峰崖後又獲得了什麼奇遇，得到了什麼靈藥和前人留下的什麼武功秘笈，所以才保住性命且敢誇口天下無敵。唉，若真如此的話，天下武林一場浩劫將至了！」

說完憂心忡忡的長長歎了一口氣。項思龍聽了也覺大有可能如此，因為現代的武俠小說裡可也有這種讓人想不到的臨死奇遇呢！只是大半都是小說中的主人公得到奇遇罷了！但這世上的事情總是難以捉摸的，惡人也有可能會有什麼奇遇的嘛！或許自己等猜測著的天滅地絕這對惡人就是惡人奇遇。

項思龍心下正如此怪怪的想著時，上官蓮又發話道：「龍兒，若鬼青王他們真的碰上了這『天絕地滅』可怎麼辦？」

項思龍聽了沉吟道：「今晚我就帶上四護法去尋找鬼青王他們，若是他們真被天絕地滅這對怪物抓去了，說不得我就替天行道，把他們給宰了！」

說到最後一句語氣突地加重，目中厲芒一閃，上官蓮聞言心神一震的道：「可是龍兒，你若是有什麼危險……」

項思龍打斷她的話笑道：「姥姥，龍兒的武功你還不放心嗎？我會應付得了這兩個怪物的！」

雖是聽得項思龍如此說來，但上官蓮還是一臉沉色的對四大護法道：「你們四人可得好好的保護少主！若是龍兒少了一根頭髮，你們都脫不了罪！」

四大護法躬身道：「夫人請放心，屬下等就是拚死也會保護少主的安全。」

項思龍見上官蓮對自己如此關心，不由心中生起一股激動之情，親熱的叫了聲道：「姥姥，龍兒還要叫蘭妹她們給你生下十個曾孫兒曾孫女讓你帶呢！」

聽了項思龍的這些俏皮話，上官蓮臉上愁容一展的笑道：「就是二十個三十個，姥姥也會樂此不疲的幫你帶！」

項思龍嬉笑道：「哇！叫蘭妹她們生這麼多，可要把她們累壞！」

上官蓮雙目一翻道：「就是再累也得為我多生幾個曾孫兒曾孫女！我說了算，她們敢不聽話麼？」頓了頓卻又笑道：「就怕龍兒你沒有那麼大的本事呢。」

聽著婆孫倆這番話，傅寬等人心下都不免暗笑起來，地冥鬼府的教徒則還是都一臉的肅然。

項思龍這時轉過身子對傅寬道：「傅爺，這裡的人食宿安排就拜託麻煩你了！」

傅寬聽了連連道：「哪裡！哪裡！」

說著臉上突地顯出異色的喏喏道：「項將軍，在下有個不情之請，不知你答不答應？」

項思龍笑道：「傅爺有什麼事情請直說吧！在下要是能辦到的，一定應允傅爺就是！」

傅寬大喜的忽地單膝跪地道：「在下想請將軍也收容下我們！屬下等一定會對將軍和主公劉邦盡忠盡責的！」

項思龍正為難自己不知怎麼去說服傅寬，叫他去投靠劉邦呢！這刻聞得他主動提出要追隨自己，哪還會拒絕呢？

當下忙躬身雙手扶起傅寬道：「我們義軍隊伍中非常歡迎像傅爺這樣的英雄人物參加呢！傅爺既熱心於反秦大業，在下自是高興得很啊！」

說著發出了幾聲出自內心的笑聲。傅寬卻是臉上一紅，喜中帶急的道：「屬下傅寬參見將軍！」

說完朝項思龍躬了一身又道：「將軍以後請直呼屬下之名就可以了！你傅爺傅爺的叫，可讓屬下很是難堪彆扭呢！」

項思龍聽了哈哈笑道：「好，那以後你就任我的先鋒都尉！我就稱你傅都尉好了！」

傅寬再次跪地謝恩道：「屬下謝過將軍提拔！今後一定為將軍效犬馬之勞！」

項思龍運起功力托起他的身形，顯得很是高興的道：「好了，大家以後都是同個陣營裡的人了，不必如此多禮了！」

說罷又轉過向上官蓮道：「姥姥，我現在就去找鬼青王他們。」

傅寬聽了當即接口道：「讓屬下也跟將軍一起去吧！屬下比較熟悉這裡的地形！」

上官蓮臉色沉重的道：「嗯，傅都尉跟著也好。龍兒，你一切小心為是啊！」

項思龍沉聲應「是」，向客棧廳中眾人拱手道了聲「告辭」，就領著鬼王四護法和傅寬五人向客棧門外走去，臨行前傅寬把照顧眾人的事情交給了那文士模樣的師爺，項思龍在傅寬和那師爺的對話中知道了文士叫作張蒼。

張蒼？似也是劉邦將來的手下！嗯，怎麼這麼巧啊！自己誤撞誤著的竟為邦弟收羅了這麼多得力大將！這也多虧得彭城之險呢！項思龍邊在傅寬的領路下走著邊如此怪怪的想著。

兩個多時辰過去了，幾人把這小小的排市鎮集周圍展開輕功轉了個圈，跑遍了小有名氣的小牧場和問遍了當地小有名氣的馬販子，也沒找著鬼青王等的蹤影，只有幾個被叫醒的人睡眼朦朧中打著呵欠說，曾有如項思龍所說的幾個人來找過他們這裡買馬，但開口就要買六百匹，因沒有這麼多，所以交易沒做成。

項思龍一聽頓然斷定鬼青王定在這帶出現過，當即問傅寬道：「這是太行山脈的什麼方向？」

傅寬打量了一下周圍的環境，臉色突地一變，惶聲道：「這裡就是去往伏龍山的方向！」

項思龍心神一震道：「離伏龍山還有多遠？」

傅寬想起自己已是項思龍的屬下，可不能在他面前顯露出自己的膽怯，當下平靜了一下心懷後沉聲道：「只有六十多里路了。」

項思龍沉吟了一陣後，語氣堅定的道：「好！我們就去伏龍山！」

傅寬心中一沉，差點又給表露出驚措之舉來，但想起項思龍那讓人心悸的高超武功，當即又升起了些許勇氣，辨清了一下去伏龍山方向的路線，還是硬著頭皮在前帶，領著幾個人向伏龍山進發。

半個多時辰之後，終於到得伏龍山。此時已是子夜時分，林木森森，怪石嶙峋的伏龍山在這濃濃夜色下顯出一種詭異的氣氛。或許是受了知道這伏龍山住有「天絕地滅」兩大魔頭的緣故吧，六人的心神都顯得有些緊張。

項思龍壓低聲音的向傅寬道：「你知道天魔洞在這伏龍山的位置麼？」

傅寬也低聲答道：「不大清楚！散雲居士只略略告訴我天魔洞在伏龍山西面的一個獨峰上，那座山峰四面都是崖壁，有七八丈高，天魔洞就在獨峰頂上。」

項思龍「嗯」了一聲道：「好！我們就去伏龍山西面找具有此特徵的山峰！應該不是很難找的！」

項思龍的話音剛落，突聽得「哇」的一聲鳥叫，嚇得六人均都心神一震。項思龍低聲咒罵了幾句，抬頭看了看天上的星辰，辨別了一下方向，把功力運注於雙目，濃濃的夜色頓然在眼前明亮了許多。卻見這山中的雜草並不多見，只是沒有一條開闢的山路，到處是怪石突起，要想步行起來甚是困難。

當下走到傅寬身邊，挽住他的手臂，運功施行「凌空飛渡」的輕功身法，傅寬只覺耳際呼呼生風，起先不敢睜開眼睛來，但由此卻又對項思龍的武功更是堅信一層，也更加堅定了自己投靠他的決心，相信自己跟著項思龍將來一定會有出人頭地的一天。

鬼王四護法也當即展開輕功身法緊跟而上。不消片刻已是到了伏龍山西側，卻見四處都是拔地而起的怪異獨峰，要想辨認出天魔洞所在的山峰卻是如大海撈針了。項思龍見了眼前的眾多獨立山峰，雖是奇詫於大自然的巧奪天工，但心中卻是對這許多的山峰同時也生出一股怪怪的怨氣來。

不由得運功單掌拍碎了就在身邊的一塊巨石，「轟」的一聲巨響頓即響徹夜空，就在這聲巨響響起的刹那，卻聽得一個渾沉淒厲的尖叫聲道：「哈哈，鬼青王，或許是有人來救你了吧！」

第四章　還看今朝

項思龍和鬼王四護法、傅寬聞聲心神均都猛地一震，想不到果然被自己等不幸而猜中。鬼青王一行真是被這「天絕地滅」兩個老怪物給制住了。

不知鬼青王他們是怎麼惹上這兩個老怪物的？

不過還好，聽這聲音的話語，鬼青王等並沒有遭到兩個老怪的毒手！想來是這「天絕地滅」認識鬼青王吧！

唉，只要沒有性命之危就好！自己幾人總算沒有白來這伏龍山一趟！

項思龍心念電閃的思忖著，同時也為對方那虛無渺飄的身法而表露出的那份絕世功力而暗暗心驚，看來今晚是有得一場苦戰了！

心下如此苦笑的想著時，目光掃視了鬼王四護法一眼，示意四人提高戒備，隨時準備與對方大打一場，並定了定心神，運足功力也把聲音凝成一絲絲的向四周散發的沉聲道：「二位前輩，在下的幾個朋友是否開罪了您？還請能看在地冥鬼府的份上放過他們！在下定會對前輩的恩情銘記不忘！」

對方似乎也未想到有項思龍這樣的高手來救鬼青王，還以為是鬼血王本人來了，當下那淒厲的尖叫聲顯得略略有些心怯，又帶著複雜的似是興奮，卻又暴怒的傳來道：「鬼血王！你這老鬼也還沒死嗎？看來你的鬼冥神功已經練至第十二層的至高境界了！嘿，不過我兄弟二人現在卻並不懼你了！想不到吧！我兄弟二人當年被你和顯王那老賊打下了七峰山崖，不但沒死，反因禍得福，得到了八百年前天魔尊者的兩顆天魔丹和他這天魔洞的路線圖，是以用神丹保住性命，且按路線圖找到了這天魔洞，緣獲了天魔尊者的武功秘笈，現在已經學會了他所遺下的天魔神功，你的鬼冥神功已經不足為患了！」

說完發出一陣哈哈大笑，頓了頓又道：「鬼血王，這次你是死定了！殺了你後，毒殺死顯王那狼心狗肺的老賊，我們這些年來苦練神功的心血也就沒有白費了！我們當年被你們打下七峰崖的深仇大恨也就可以得報了！天下武林也就唯我兄弟倆是命了！」

說著精神似是愈來愈激動，或許因此而觸發了尚未完全恢復的內傷，竟是發出連連的咳咳聲，又一個聲音微弱的傳來道：「大哥，你沒事吧？不要這麼激動嘛！既然鬼血王這老賊進了我們這『天魔迷宮陣』，他也就逃不掉了，待得他的心魔被陣中的虛像侵入時，那他就可被我們手到擒來了，那時我們再慢慢的折磨他豈不是其妙無窮嗎？」

那厲尖的聲音似也沒有貫注功力而小了下來的道：「可是我就想親手打敗這老賊，再擒下他來，這樣一可以試試我們天魔神功的威力，二又可以讓心中更有一種愉悅的成就感。」

那微弱的聲音又道：「可是大哥，鬼血王那老賊的鬼冥神功也不能小視啊！你瞧他這徒弟鬼青王的鬼冥神功只練至十層功力就已如此厲害，那老賊的武功更是可想而知，我看我們還是……」

話音還沒說完，那厲尖的聲音已阻住了他道：「地滅，你不要說出如此長他人威風滅自己信心的話好不好？鬼青王這小子厲害個什麼？只不過被我十幾招『天魔無影爪』就給擒了下來，鬼血王那老賊又怎麼樣？我相信他也難是我天絕的百招之敵！」

地滅似不敢再與天絕頂嘴，轉過話題道：「大哥，鬼青王那小子嘴硬得很，竟是不肯說一點鬼血王和顯王那兩個老賊的消息！可惜得很，那幾個地冥鬼府的教徒竟受不住『天魔截脈手』的經脈倒流的酷刑而全都咬舌自盡了。看來鬼血王訓練教眾可也真有一套厲害手段呢，讓得教徒人人都對他如此盡忠。還好見機得快，卸下鬼青王那小子的下巴，使他沒來得及自盡。」

天絕喝罵道：「笨蛋，鬼血王那老賊現在已自投羅網了，還要知道他的消息幹嘛？不過，那鬼青王可也不要讓他死了，給他服下『天魔攝魂丹』，到時讓他為我們去獨霸武林打天下。」

地滅喏喏道：「大哥……我……」

聲音越來越輕，已是再也聽不清了。

項思龍聞聽得天絕地滅二老怪物把自己當作是鬼血王，心下暗自失笑，但也為地冥鬼府死去的教徒和鬼青王對自己所表現出的忠心而感動不已，又不由得對天絕地滅生出憤恨來。

當下也不作解釋，聲音狠狠道：「你們這兩個老怪物說什麼武功天下無敵啊？有種的話就出來與我大打一場，縮頭縮腦的算得什麼人物？嘿，你們以為什麼見鬼的『天魔迷宮陣』能困得住本少爺嗎？告訴你，鬼谷子的機關玄妙我全懂。你這什麼鬼陣法算個狗屁啊！」

項思龍在地滅說自己等已被困在什麼「天魔迷宮陣」中時，就已在暗暗觀察四周的環境了，的確是發現自己等身邊的這些環布錯立的石峰似乎隱隱含著一種陣法，心下不禁暗驚，當下只得抓住天絕的自大心性出言激將。可誰知對方卻突地沉默起來，對他的話充耳不聞。

山谷中的氣氛一時又詭異的寂靜起來，項思龍見對方對自己的話毫無反應。不禁有些氣餒失望，破口大罵道：「你們這兩個王八縮頭烏龜，幹嘛不吭聲啊！是不是怕你家少爺了？奶奶個熊，告訴你們，你們若是有種出來與本少爺大戰幾百回合，我定會把你們打成個豬頭土臉！嘿，想獨霸江湖武林，我看你們下輩子都休想！把我的下屬抓住算個鳥蛋啊！他們又沒有跟你們結下什麼深仇大恨，你們要報仇就到陰曹地府去找顯王和鬼血王這兩個老傢伙好了！」

項思龍剛像潑婦般的叫罵到這裡，天絕厲尖的聲音喜悅中帶著失望的大吼著傳來道：「什麼？顯王和鬼血王這兩個老傢伙死了？他們是怎麼死的？你這小鬼又是什麼人？是不是鬼血王的徒孫？」

面對著天絕這一連串的問話，項思龍不怒反喜，想不到自己的「叫罵激將法」果然讓對方再度發話，當下還是用冷冷的語氣道：「本少爺才不是鬼血王那老怪物的徒孫呢！我是鬼王歐陽明的孫女婿，那鬼血王不久前已被本公子給幹掉了，現在的地冥鬼府鬼王之位已由我來接掌，至於鬼青王已經歸順於我。顯王呢？已是早就因病一命嗚呼了！」

天絕聞言駭然道：「什麼？鬼血王是被你這小鬼給幹掉的？這……你有多大年紀？在老夫面前吹什麼牛皮啊？是不是鬼王歐陽明這老怪物還沒死之前，鬼血王就被他給殺死了？你真的是歐陽明的孫女婿？」

項思龍見自己據實說來的這一番話反把天絕給嚇住了，當下更是大吹特吹的抬出了北冥宮的頭銜道：「當然是如假包換的歐陽明的孫女婿！至於我爺爺麼？……他因把全部功力輸給了本公子，所以退休了！嘿，這個還不算，本公子還是北冥宮的新任宮主呢！孤獨行前輩已把宮主之位傳給了我，且把十二層功力的北冥神功輸到了我身上。

「還有呢！鬼谷子之師父把他的包括『玄陰心經』的全部絕學都傳給了本公子！你想想，若是與本公子為敵，你們兩兄弟這把老骨頭還能夠活幾天？還不快向本公子屈降！我保證治好你們的內傷，讓你們安享天年！」

項思龍假假真真胡編亂造的說來，搞得天絕心中似是在矛盾驚駭的沉默了好一陣才道：「小子，你別只顧吹牛皮！待你破了這『天魔迷宮陣』，讓老夫見識見識你的真才實學，咱們再來談條件吧！」

說完就再也沒有發出什麼聲息，任憑項思龍怎麼狠毒的叫罵也還是無動於衰。

項思龍罵得口乾舌燥的洩氣了，才終於停了下來，大感頭痛的細察起這些怪峰布成的厲害的「天魔迷宮陣」的陣形來。

揣摸了半天，不但沒有看出這怪陣的什麼端兒，反覺著愈細看頭腦愈是玄昏，眼前也晃動出各種各樣、奇奇怪怪的異狀來。有劉邦、蕭何，還有父親項少龍、曾盈、張碧瑩、張良、呂姿、管中邪等等，自己在這古代來所熟悉的親人朋友，他們都相互仇恨的殘殺著，最後只剩得自己一人。驚駭的突地大叫了一聲，眼前虛像頓然消失。

項思龍感覺全身出了一身冷汗，倏地想起地滅所說的這「天魔迷宮陣」可產生虛像，要是攻入了自己的心魔，那可就任由別人宰割了。

想到這裡，忙向鬼王四護法和傅寬望去，卻見五人看了這「天魔迷宮陣」半天，竟是目中之光都已顯得呆滯，神情也是一片木然。心下暗自叫糟，忙運功發聲把聲音分成五束，傳入五人耳中大罵了一陣。

五人頓時聽到項思龍的喝叫聲震回神來，功力弱淺的傅寬突地噴出一口血來，項思龍見了忙衝至他身邊，舉掌朝他背後中樞穴輸入一股真氣，直待傅寬的臉色轉紅過來才鬆開手掌。

四大護法經過一番運功調息，這時已完全恢復過來，心中都不由得對這「天魔迷宮陣」的威力驚駭不已。

項思龍掃視了五人一眼後沉聲道：「你們在這裡閉目靜氣，不要隨便走動，待我去察看一下這『天魔迷宮陣』到底有什麼玄機！」

說時正欲舉步，四大護法已是忙都站了起來，其中一人道：「少主，夫人吩咐過屬下等要我們保護好少主的！你……要去哪裡我們自也需跟著！」

項思龍聽了皺眉道：「你們跟著我說不定不但保護不了我，或許還要我來照顧你們呢！我看你們還是在這裡坐著等我好了！」

看到四大護法似還想說些什麼，項思龍當即肅聲道：「這是命令！你們不要再固執了！」

四大護法見得項思龍發火，哪還敢再囉嗦？都一臉焦惶之色的依言坐地，默默無語的看著項思龍。

項思龍雖是知道四大護法是對自己的一片忠心，但眼前的現實迫得他不得不狠下心腸來訓斥他們，見著四人的神色，心下也不覺有些愧然。

「鏘」的一聲突地拔出鬼王劍，項思龍冷冷的道：「我就不信這什麼『天魔迷宮陣』能困得住我項思龍！」

說著已是身形一閃，在這石峰林中左晃右閃的轉悠起來，天空上的星星倏然不見，眼前漆黑一團，任憑是怎樣運足目力，目光也還是只能模糊的看見四周一兩尺範圍內的景物。

心神一斂，忙把功力貫注於鬼王劍的劍身，但鬼王劍發出的血紅之色也顯得淡淡若若，光亮根本不甚刺目。

項思龍冷哼一聲，把道魔神功提至十成，這一招果也見效，劍身紅光驀地暴長，刺破了眼前的如墨黑色，只聽得「嗤嗤嗤」的一陣異響，那如墨的黑色被鬼王劍的劍芒刺破，卻突地噴出血來，且這血色迅速瀰漫，不消片刻，項思龍的眼前又覺得四周空間全變成了一片血紅之色，且這血紅色的空間似在愈來愈小，讓得項思龍感覺到一種死亡的窒息。

鬼王劍的血紅之光也全被這紅色空間給吞沒，項思龍憑著靈台的一絲清明，鬼王劍施開「鬼王千絕斬」來，威勢絕倫的劍招即刻又把這血紅的空間給劈成了一塊一塊的，那些血紅的空間塊又轉瞬給變成了一個個面眉猙獰的妖魔之態，張牙舞爪的向項思龍撲來。

項思龍凜然不懼，對於這些鬼把戲，項思龍在現代的武俠小說裡就曾看過，破解的方法就是「遇妖斬妖，遇魔降魔」。

大喝一聲中，「鬼王千絕斬」再度應聲隨劍揮出，眼前的妖魔鬼怪之虛影一個個應劍而斃。

「他媽的，還有什麼魔障沒有？」

項思龍手中的鬼王劍邊如電閃雷鳴的揮舞著，口中邊喝罵道。

猙獰虛面在項思龍大無畏的氣勢中也不消多時就被項思龍給悉數破解。但過得片刻卻突地出現了一個個貌美如天仙的少女，身上披著一層薄如蟬翼的白色透明絲巾，在漫歌漫舞聲中做出各種淫蕩的撩人性慾的姿勢，最後竟是一對對的虛鳳倒凰起來，且目中都是媚態千種的向項思龍似怨似愛的望著。

項思龍突覺渾身一片灼熱，慾望倏地大漲，渾身血液都沸騰起來。鬼王劍驀地發出一聲龍吟之聲，讓得項思龍心神倏地一驚，知自己差點被這色欲橫流的虛像所惑，心神頓即一斂，虎牙一咬，鬼王劍再度出招，大開「殺戒」的進行「辣手殘花」起來，眼前的美女虛像一個個都被鬼王劍劈碎，卻是絲毫未見得什麼血跡。

待得虛像消逝時，項思龍已是出了一身冷汗，且心中和身體內的燥熱還未消退，忙運起鬼冥神功把「萬年寒冰」蘊藏在體內的寒氣釋發出來，心懷當刻平靜，身體也處於穩定體溫。

「想不到這『天魔迷宮陣』的鬼名鬼怪還真不少！」

項思龍這下是心中全神戒備，再也不敢粗心大意了。

但正當他心中如此想著時，眼前虛像全然消去，空中的啟明星已是歷歷可見，看來是天色將明的時分了。

東方的山頭也已顯出一片紅霞，周圍的怪峰也是盡現眼底，但身邊有二十幾座獨峰似是被自己劍氣給炸得成了矮矮的不是山峰的禿峰了。

項思龍大大鬆了口氣，發出一陣嘯聲，揮劍抖擻了一下精神，卻見鬼王四護法已是攙著傅寬向自己飛奔過來，傅寬口中興奮的大聲道：「項將軍，這『天魔迷宮陣』已被你給破了。」

項思龍聽了也甚覺自豪的微笑道：「這破陣爛陣能困得住我麼？要是沒點能耐，我怎麼配做你們的上級呢？」

傅寬聞言卻突地又神色一黯道：「項將軍原來卻是武林中人，而並非……」

項思龍哈哈一笑的打斷他的話道：「難道武林中人就不可是反秦義軍了嗎？嘿，傅都統，豐沛起義的劉邦是我的拜把兄弟，待會收服了天絕地滅這兩個魔頭，搗了張耳他們的土匪窩後，我寫封推薦信給你，你持信帶著人馬去見劉邦，他一定會重用你的！」

傅寬聽得這話，愁容頓解的大喜道：「原來項將軍果是反秦義軍，屬下倒是……對了，項將軍為何不回到劉邦將軍的身邊去呢？」

項思龍苦笑道：「我還要去西域辦些事情，日後我自會去找劉邦的。你若是去投劉邦時，告訴他無須擔心我，叫他要百折不撓的為他自己理想的事業拚鬥下去，終有一天會出人頭地的！」

頓了頓又道：「傅都尉相信我的話，只要你跟著劉邦一定也會成為人中之龍的。對了，你去投奔劉邦時，帶上你的師爺張蒼，我看他也是個飽學之士吧！」

傅寬見項思龍如此看重自己，心下感激非常，正色肅顏的道：「屬下一定會依項將軍之言努力做的！張兄與我雖是主僕關係，但卻是情如手足，我去投靠劉公自是也會帶上張蒼兄的，且張蒼兄也確實如將軍所言，是個學識深厚的飽學之士！」

項思龍見現在是徹徹底底的解決了為劉邦收羅傅寬和張蒼之事，心下甚是欣然。但又想著雍齒和劉仲，這兩人如何讓他們去投靠劉邦，卻讓項思龍感覺甚是頭痛。因為自己實在對他們這土匪馬賊出身的二人不放心，說不得要叫四大執法押了他們去投靠劉邦呢！

心中正如此怪怪想著時，卻聽耳中又突地傳來天絕嘖嘖的讚歎聲道：「小娃娃果然有點道行，好！我今天就跟你賭一把，你若是能打贏我天絕地滅兩兄弟，我就依你之言放了鬼青王，且在後半輩子都聽命於你，但是你若敗了呢？就得發誓做我兩人的弟子，且把地冥鬼府和北冥宮的兩大勢力組織交給我們二人管理，為我去打下整個中原的江湖武林。這個條件怎麼樣？」

四大護法和傅寬心下同時罵了聲道：「兩個老怪物真不要臉，竟然出言要兩人對打少主一人，這對少主來說豈不是太過吃虧了？」

但項思龍聞言卻是毫不遲疑的爽聲道：「好！我同意這賭注！但是誰輸了都決不許反悔！」

天絕慍聲道：「誰反悔誰就是龜兒子，好了吧！」

項思龍俏皮道：「不！還要加成龜兒子王八蛋的兒子！」

天絕不耐煩的道：「好，就依你小娃娃之言吧！老夫兄弟二人加起來都快有四百歲的年齡了，豈會出爾反爾呢？我們倒是怕你這小娃娃說話不算話呢！」

項思龍拍胸道：「嘿！本少爺乃是江湖中兩大幫派之主，說話自是一言九鼎的了！對了，老怪物，是我上你的天魔峰與你們打呢，還是你們出了天魔洞來這谷地之中與我打？」

天絕沉聲道：「自是我們出了天魔洞來谷外與你打鬥啦！洞內這麼小，怎麼施展得開手腳？」

話音剛落，只聽「呼呼」兩聲破空之聲，卻見兩個頭髮足有三尺多長，散披掩面的身著一席黑色衫袍的龐大身影從距離項思龍等所站之地有十多丈遠的一個獨峰上快捷無比的凌空飛出，其中一個腋下挾著一人，極目看去正是昏迷不醒的鬼青王。

片刻間，二長髮怪人已飛落至眾人一丈多遠的地面，那挾著鬼青王的怪人把長髮向後一甩，露出了一張蒼白如死人般的面孔來，一雙眼睛竟也大異常人的發出瑩瑩的綠光。

卻見他把鬼青王的身體看也不看的單手抓起，隨意向身旁的寬地處拋去，落地時卻是一點聲息也沒有。

另一個長髮怪人則是發出陰惻惻的尖厲聲音道：「小娃娃，你就是那老鬼歐陽明的孫女婿嗎？嘿嘿，小小年紀，竟能身兼當年兩大高手的內力和武功，的確不簡單！看來你的福緣可也真是深厚呢！歐陽明和孤獨行竟都願把百年功力輸給了你，想來他們是非常看重你的了！」

頓了頓又道：「小娃娃，你這次到這太行山脈中來幹什麼？是不是你們也知道了天魔尊者的天魔洞，想來這裡探寶啊？」

項思龍被二魔頭的怪像驚得倒吸了一口涼氣，聽得問話，平靜了一下情緒，傲然道：「你就是天絕嗎？嘿嘿，別以小人之心度君子之腹好不好？我們這次來這太行山脈，是因為從一本奇書得知這太行山脈中有一火龍潭，在這火龍潭中有一對金娃魚，所以才到這怪山溝裡來的！

「天魔尊者的寶藏有什麼稀罕的？我們地冥鬼府和北冥宮的武功和珍寶難道會遜於天魔尊者嗎？倒是這金娃魚罕世難求，若是能得到的話，我就能練成一千五百年前赤陽真人遺留下的『赤陽神功』！嘿，這『赤陽神功』可比你那什麼『天魔神功』厲害得多了！它的熱力可熔金化玉，人嘛，更是可使之化為灰燼！」

項思龍覺得自己吹牛皮的功夫已是越來越純熟了，假中摻真，真中混假，假真真確是讓人欲疑又信，因為項思龍根據推斷，這天魔尊者既是前古高人，當也會知道這金娃魚的珍貴的，那麼他的遺記中也必會載有關於這金娃魚的記錄，天絕自也從中知道金娃魚的神奇功效。

果然天絕聞得項思龍是來這太行山中找金娃魚的，臉色大為緊張興奮的道：

「那……你們找到那火龍潭抓到金娃魚沒有？」

項思龍見自己所猜正著，當下故作神秘的道：「這個你就不要多管了，我們先打出個勝負再說吧！」

天絕甚是失望的惱怒道：「好吧！待我兄弟倆打敗了你這小娃子，還怕你不交出金娃魚？」

說罷，招了招顯得有些木訥的地滅，喝道：「你盡站在那裡幹嘛？準備動手打敗這小娃頭啊！有了金娃魚，我們的內傷就可治癒了！天魔神功也可突破十二層功力的大關！那時天下還有誰人是我們兄弟二人之敵？」

說完竟自我陶醉的哈哈大笑起來，「鏘」的一聲拔出了一把寒光瑩瑩的寶劍，又自言自語道：「天魔尊者前輩，你的這把天魔劍被擱置在這天魔洞中已有幾百年未現其神威了吧！今日就看弟子來讓它重見光明！」

說罷大喝一聲運功貫注於天魔劍劍身，此劍果然也是件神兵利刃，在天絕強大功力的催逼下光芒大作，發出一陣「嗡嗡轟轟」的龍吟奔雷之聲。

這時地滅也取出了一柄金光閃閃的短杖，卻見他在杖柄一按，只聽「咔嚓」一聲，短杖突地暴長五尺有多，成為一把足有一丈五尺來長的金杖。

原來這短杖之內有機關可令金杖自由伸縮啊！項思龍見了暗忖道，同時也自腰中拔出了鬼王劍，平心靜氣的凝神戒備起來。

空氣中勁氣瀰漫，大戰一觸即發，天絕地滅同時暴喝，天絕的天魔神劍舉揚半空，突地化作一道激電，劍芒四射著疾往項思龍的上盤橫劈而來，強大無匹的勁氣劍光已是先一步破空襲來。

地滅則是一個坐馬運步飄前，金杖循著詭異的進攻路線在丈許的空間內變化難測，似能攻向項思龍身體的任何部位，且也是杖發勁氣先至。

項思龍心神暗凜，這天絕地滅的聯手出擊果是配合得天衣無縫，功力也確是強大絕倫，幾乎每一個人給他的壓力都與鬼血王不分上下了。

心下想來，一點也不敢怠慢，展開「分身掠影」的身法，腳踩「百步迷蹤」步法，把道魔神功運至十層功力，鬼王劍也應手施出「鬼王千絕斬」的絕世招法來，天絕地滅的聯手攻勢頓悉數被破，此消彼長，項思龍的氣勢激增，鬼王劍如蛟龍入海般捲動著空氣中的氣流，快若閃電的向二人分襲而至。

天絕地滅兄弟倆同時心中大駭，天絕手中天魔劍急轉招式，以令常人無法看清的速度向項思龍手中鬼王劍硬擊過去。

地滅的金杖也「咔嚓」一聲倏地縮短，在身前幻起一片金光，把自己防守得密不透風。

「噹噹」兩聲器擊清響傳出，項思龍和天絕、地滅二人身形同微晃，各皆往後暴退三尺。

一招之下不但讓項思龍盡破天絕、地滅的聯手攻勢，且逼得二人處於防守劣勢，氣得天絕和地滅各自怪叫一聲，身形再度暴起，重組攻勢，功力也增強幾許。

若怒龍般旋飛狂舞，內力吸起地面的飛石若無數件暗器般朝項思龍的四面八方射去，這等攻勢，讓得遠遠站在一旁觀戰的傅寬看了目瞪口呆，鬼王四護法心神也是緊張異常，暗為項思龍捏了一把冷汗。

然項思龍卻只是冷哼一聲，竟不飛身退避，身形若陀螺般急旋，鬼王劍隨旋轉的身形發出密雨般的狂猛剛強之極的內力向飛石和天絕地滅擊來的劍氣杖勁硬接起來。

「轟轟轟」一陣爆炸改朝換代密集傳來，空中石硝紛飛，真氣四濺，使得周圍的峰石也觸之即爆，聲勢駭人之極。

石粉消散過後，卻見項思龍額上微微滲出汗水來，天絕地滅二人則是臉色白中透出紅光來，口裡低喘著粗氣，顯是剛才一擊大耗真力。雙方目光厲芒閃閃的交擊著，使得沉寂下來的空氣發出「嗤嗤」的電閃聲。

項思龍全身凝然不動，頭髮隨風飄揚，雙目神光電射，手中鬼王劍斜指，地面紅光爍爍，迎著已是初升的太陽紅霞，使得項思龍全身都似縈繞在紅光之中，似乎太陽的朝氣正在通過鬼王劍不住的納入項思龍體內，轉化作真元之氣，使得他的精神不住強化凝聚，似已與宇宙無分彼此的渾然成了天人交合之景。

天絕地滅被項思龍愈來愈強的氣勢壓迫得目光終於不敢與他對視，但卻都魔牙一咬，把功力催至頂峰，二人蒼白的臉上倏地變成晶瑩的碧綠之色，體內的真氣若山洪暴發，二人身形也突地背靠背的連在一起，天魔劍、金光杖交合一處，頓時霞光萬丈的萬里晴空雷電大作，風雲乍起。

天昏地暗中，雷電的電極射入劍杖交合處，天魔劍、金光杖驀地電光四射，強大的雷電電流源源不絕的納入天絕地滅的體內，使得他們晶瑩碧綠的臉上也綠光閃起，二人衣衫也全被強大無比的電流真氣給漲得盡皆掀起。

暴喝聲中，吸納了雷電精氣的天絕地滅劍杖再度揮出，強猛絕倫的天魔神功功力帶著電極「嗤嗤嗤」之聲，若長江大河洩洪般向項思龍捲風般的襲來。

項思龍頓被強大的氣流震得身形微晃了一下，心神一斂忙也把道魔神功混合著北冥神功提升至十二層功力，太陽的霞光在鬼王劍劍柄上龍眼紅光放釋出紅光的牽引下衝破雲層，與珠光熔為一體，只要項思龍的身形略一轉動，黑雲就被霞光射散。

項思龍只覺渾身充滿天地湧至的精氣，見得天絕地滅的電極天魔功力就快襲至，頓把鬼王劍凌空劈出二股真氣，雙方的強大真氣頓然相觸，但勁氣相交，卻沒絲毫聲音，雷電電光和太陽霞光倏地聚攙在兩股真氣相交接的那一點上，使得電光霞光率先交擊起來，發出「嗤嗤」的聲音，二者爾長彼消，爾消彼長，使得雙方交擊的真氣也隨之或強或弱。

天魔神功果然厲害，竟然也能吸納大自然的雷電真氣為己用，與自己的道魔神功有異曲同工之妙，且能鬥個不分上下！

項思龍心中震駭的想著，再次暴喝一聲，把功力提升至極限。鬼王劍劍芒再長，太陽光亮也倏地為之一灼，雷電電光頓被擊散，在空中發出一陣巨響。

天絕地滅見了同時大駭，二人增強功力的憑靠一失，項思龍霸道的道魔神功功力頓即把天魔神功力逼得向天絕地滅反震過去，這樣可把天絕地滅嚇得魂飛魄散，如此強大的三股罕世功力向二人擊來，不把他們擊得血肉橫飛才怪！

天絕強摧功力作殊死抗擊的同時，口中駭然驚叫道：「小兄弟，我們認輸了！雙方同撤功力吧！」

項思龍聞言把功力收回兩成，待天絕地滅緩衝過來後大笑道：「好！我數一二三，大家就撤了功力！可不許搗什麼鬼！要不本少爺不把你們化骨揚灰才怪！」

天絕見項思龍放緩了功力，自己兄弟二人的危機頓解，額上滾下豆大的汗珠，喘氣道：「我……我們服了你了！好，就依你之言吧！」

項思龍見天絕臉上神色似是無詐，當即喊道：「準備了！一！二！三！」

話音剛落，三道人影同時向後暴飛而出，當中已發出的無暇收回的真氣頓然相觸爆炸，「轟轟轟」的勁氣炸裂聲再度響起，空中一時又是沙石紛飛。

爆炸聲終於平息下來，天絕地滅二人垂頭喪氣的用不可置信的驚駭目光，望著對面現在在眼中看來有若天神下凡，凜然不可匹敵的項思龍。

沉默良久，天絕才長長的歎了一口氣，黯然神傷的道：「小娃娃，你勝了！現在你要怎麼處置我們，隨你便吧！唉，真是後浪推前浪，一代舊人換新人，我們這些老骨頭或許真的是沒有用了。今後的天下是你們這些年輕人去闖的。嘿，還說什麼雄霸武林呢！一百多年的隱居苦練，只打敗了個小角色鬼青王，卻第二次與人打鬥，且是我兄弟倆聯手，就給灰頭土臉的敗下陣來，這天魔神功可也沒什麼厲害的嘛！」

項思龍聽了天絕這一番自怨自艾的話，也覺他們兄弟二人的命運太是悲哀，碰上了自己這個身兼幾家絕世神功的高手，當下安慰道：「兩位前輩可也確是上一代中碩果僅存的頂尖級高手了。我與鬼血王也交過手，比較起來，我想他可不是你們的敵手呢！」

天絕聞言果也臉上神色一緩，顯出興奮之態的道：「真的？鬼血王那老鬼打不過我們兄弟倆？哈哈，那我們武功可也沒有白練了嘛！對了，小兄弟，你剛才施出的好像並不是鬼冥神功也不是北冥神功，那到底是什麼神功啊？」

項思龍微笑道：「是道魔神功！」

這下天絕和地滅聞言同時失聲道：「什麼？道魔神功！小兄弟真的練成了這天下無敵的神功？」

項思龍點了點頭道：「要不然單憑鬼冥神功或北冥神功，我都可能打不過你們的！」

天絕平靜下了駭異的情緒，聞言也臉上露出得意之色道：「我想也是！嘿，我們兄弟倆敗在這當年道魔尊者打遍天下無敵手的神功之下，也不算太過丟臉！想來天下之間也只有道魔神功還可以讓我兄弟倆臣服吧！不過，這道魔神功除了當年創此神功的道魔尊者之外，當世再也沒得第二人練成，小兄弟又是怎麼練會的呢？」

項思龍聳肩道：「就像你們一樣福緣深厚吧！」

說到這裡，突聽得躺倒在地上已是滿身碎土的鬼青王低吟了一聲，項思龍當即掠身過去抱起鬼青王，卻見他面容浮腫，顯得精神脆弱之極，顯是受了天絕地滅的什麼「天魔截脈手」之類的酷刑。也虧得他功力深厚，能夠挺持住，舉起左掌抵住鬼青王背心的中樞穴，朝他體力輸入一股真氣，鬼青王頓即「嘩」的一聲吐出一口淤血，緩緩的睜開了雙目，見得項思龍，臉上露出惶然之色的忙用脆弱的聲音道：「少主，屬下……」

項思龍低喝一聲打斷他的話道：「現在不要說話，先自行運功療傷吧！」

鬼青王也不敢再言，閉目運氣配合項思龍輸入的真氣在體內運行起來。過得片刻，鬼青王蒼白的臉色漸漸恢復血色，呼吸也平緩許多。

項思龍鬆開抵在他背後的手掌站了起來，目中厲芒一閃的瞪了一眼正一臉尷尬之色看著自己的天絕地滅二人，口中冷冷的道：「現在你們輸了，是該兌現賭約的時候了吧！」

天絕地滅聞言愣了一會，卻果也還是走到了項思龍身前，單膝跪地的嘮嘮道：「屬下天絕、地滅參見主人！」

項思龍沉聲道：「起來吧！日後你們兄弟二人就任我座前的護駕使者，任何事都得聽我的命令，絕不可自行其事！」

天絕地滅同聲應「是」後站了起來，退至一旁靜默無語的面面相覷著。

鬼青王這時已運功收身，精神已恢復了七八層左右，可能是因沒有受到什麼內傷吧！站起身來有些仇恨的望了天絕地滅兩眼，再舉步向項思龍身前躬身道：「屬下辦事不力，勞少主相救，請少主降罪！」

項思龍擺了擺手道：「事情已經發生了就算了！不過以後行事要多加注意，不要總是像這樣的茲生事端！」

頓了頓又道：「對了，你們是怎麼給來到這伏龍山，惹上天絕天滅的？」

鬼青王聽了紅著臉恭聲道：「屬下是因在去購置馬匹的過程中，因所有的馬販子和牧場裡的人都說沒有那麼多馬匹，所以心中煩燥起來，把一個馬販子打了一頓，逼他說出何處有得什麼大牧場沒有。

「豈知這馬販子騙我們說伏龍山附近有個大牧場，那裡有大批馬匹購，並且告知了我們來這伏龍山的路線。

「當屬下等趕到這伏龍山時，才知被那馬販子給騙了，氣怒交擊之下，屬下運功發掌擊碎了一塊巨石，誰知爆炸聲驚動了隱居『天魔洞』的天絕地滅這對老怪物，他們的武功似乎比當年精進了許多，屬下不敵，致以被他們給擒了去。」

說到這裡突地雙膝跪地道：「屬下謝過少主救命之恩！」

項思龍可真怕了這些百歲老頭也對自己這二十幾歲的小夥子叩頭行禮的，忙走了過去，雙手扶起了鬼青王道：「你是我的下屬，我自會關心你的安危！不過以後行事可不能再用武力去欺負那些百姓了！只要以理服人，才可讓人心悅誠服！」

鬼青王連連應「是」，目光卻又詫異而仇恨的向天絕地滅二人望去，項思龍這時轉身對默然無語的天絕地滅道：「你們去天魔洞收拾一下自己的行李，就跟我重出江湖吧！」

聽到項思龍這話，天絕地滅似乎被他話中的「重出江湖」勾起興趣，二人神色黯然中泛起一絲欣然之意，應聲身形頓即凌空飛起，在空中幾個起落已是向十多丈遠處的天魔峰飛去。

過得盞茶工夫，只聽得天魔峰上傳來一陣轟然巨響，隨著兩個身影飛射向項思龍這方的同時，巨大的天魔峰在巨響聲中炸毀而倒，從此這什麼「天魔洞」也就再也沒有什麼魔頭可誕生了。

天絕地滅觸地之時，似有些戀戀不捨的望著正石飛山倒的天魔峰。

項思龍這時卻是收回目光向二人望去，卻見他們各自背了一個大包裹，腰間也佩了革囊，裡面裝得滿滿的不知是什麼東西。

二人回神過來時，見得項思龍似有些詫異的目光，天絕嘿嘿一笑道：「包裹裡全都是珍玩珠寶，革囊裡則是天魔尊者留下的一些毒藥、攝魂藥之類的東西，這些都是我們帶來獻給主人的見面禮。」

說著打開了自己手中的包裹，一陣珠光寶氣頓然在空氣中瀰漫開來，看得連項思龍也不禁怦然心動，忽地怪怪想著要是把這一包東西拿到現代去拍賣，自己可能會成為世界首富吧！

心下雖是如此想來，嘴下卻也不客氣的道：「好！你們的這見面禮我也就收下了！對了！還有什麼毒藥、攝魂藥之類的也拿給我看看！」

天絕地滅倒是真信服了項思龍，忙解下革囊遞了給他道：「少主人，這裡面的好玩意兒可多著了！裡面有一本『奇毒真解』作有注釋，你拿去細細研究吧！我們兄弟二人對這個不大感興趣。」

項思龍聞言心中一動，說不定這「奇毒真解」裡有關於「移情淫花」毒的解藥。那自己就可免去心裡一直擔心尷尬著的，要與天山龍女發生的什麼什麼需男女交合後才可運功逼毒的怪事了。

當下也把兩個革囊接了在手嘿嘿笑道：「這些玩意兒或許對我有莫大用處

呢！那我也就不客氣的收下了！」

說到這裡突地感覺陽光非常刺眼，抬頭一看太陽已慢升至頭頂了，當下大喝一聲道：「好了，回排市鎮去吧！咱們還要計畫著去剷除張耳他們的幾個土匪窩呢！」

第五章　闖探虎穴

項思龍等安然無恙的凱旋而歸，最為高興的自然是上官蓮了。只見她拉著項思龍的手噓寒問暖的嘮叨個不停，直待得鬼青王稟報說到二十幾個地冥鬼府的教徒壯烈盡忠咬舌自盡時，才老臉一寒的望向對她卻是一副傲慢不遜之態的天絕地滅二人，有些氣恨的冷冷道：「這兩個老怪物真是該死！」

天絕地滅聽了雖是火氣陡升，但見著項思龍的嚴厲目光卻是不敢發作，只是怪目中對上官蓮的咒罵盡是氣恨之色。雍齒和劉仲見得項思龍連天絕地滅這等絕代凶魔也給降服了，不由得把項思龍去鬥這兩個老怪物前的幸災樂禍的心理盡皆收去，對項思龍更加又懼又怕又甚是敬服起來，心下也升起了今後準備服服貼貼的盡忠項思龍的心理來。

傅寬則是心中除對項思龍看作像神一般的不可侵犯的崇拜外，更是被項思龍說自己只要今後誓死盡忠劉邦就定可出人頭地的話激動著。

不是嗎？有得這樣一個天下無敵的高手為自己作保證，自己還豈有不受益無窮的道理？更何況劉邦是項思龍的結拜兄弟呢？想來只要項思龍為自己在劉邦面前說幾句好話，自己一定可得到劉邦的重用！當然自己也得盡心盡力的效忠劉邦！

項思龍見天絕地滅果是對自己十分懾服，心下大為滿意，因為有得這兩大魔頭成為自己的開路先鋒，那自己今後行事起來可就輕鬆多了。不過可也得緊緊的約束住二人，否則他們魔性大發作亂起來，那可也是後果不可收拾。

目光掠到天生一副凶殘相的雍齒和劉仲二人身上，想起還要去挑了張耳、陳保他們安排在這太行山脈其他的幾處「土匪窩」的事來，當下走到二人身前，沉聲道：「張耳他們安排的其他四個你們熟知的響馬據點，你們二人都熟道吧？」

雍齒和劉仲聞言點了點頭，項思龍又接著道：「從這排市鎮到距這最近的居點，需要多長時間？」

雍齒沉吟了一陣率先答道：「騎馬去大約需兩個來時辰！」

項思龍朗聲道：「好！我們就兵分兩路，劉仲和鬼青王領四大護法去距這排市鎮較近的兩處居點；雍齒、天絕地滅三人隨我去較遠處的兩處居點。對了，鬼青王，抓住敵方的頭頭要嚴刑逼供，讓他們說出與他們有聯繫的響馬居點，一併也給挑了，但不可闖到張耳他們的部落陰絕谷去。辦完了事後當即趕回，不可節外生枝。」

鬼青王得令當即恭聲應「是」，卻是不敢再多說其他的話了。

項思龍頓了頓又道：「放走所有被那些響馬抓去的青年和婦女，把響馬掠奪的財物也並分給他們。對那些頑抗的響馬不必手下留情，投降的人馬呢，悉數帶回讓我收編。記住不要去驚動張耳、陳餘、趙歇他們，更不可殺了這三人！若是違命，你就拿頭來見我！」

項思龍對鬼青王說話可從來沒有如此嚴厲，不過想著要是張耳、陳餘、趙歇這三個自己知道的歷史上有記載的人物被殺，那可也是自己的過失了。因為自己來到這古代的歷史使命就是維持歷史的不被改變，若是這三人死了，自己豈不改變了歷史，成為歷史的大罪人了嗎？

無論張耳他們怎樣作惡多端，自己還是得讓他們不至死在自己的手上，且要保護他們，讓他們在歷史記載中規定的時候死去才好。唉，這卻倒也是歷史枷鎖架在自己身上的苦惱呢！

眼睜睜的看著惡人在自己的眼皮底下作惡，不但不能宰了他們，且還記得自己在屬下面前做出許多讓他們感到莫名其妙的事來！

項思龍想到這裡心下一陣苦笑，緩和了一下語氣道：「至於其他的傢伙你看不順眼想殺就殺了吧！不必有什麼顧慮的！」

鬼青王對項思龍的話時而嚴厲，時而平和，真是感到百思不得其解，不過想來只要自己按他的話去做，就不會讓他責備自己的吧！

上官蓮在旁聽了項思龍似有些自我矛盾的話，不由有點訝異的道：「思龍，為何你不准鬼青王殺張耳、陳餘、趙歇這三人，難道你認識他們且有舊交嗎？」

項思龍頭大如斗地道：「這個……姥姥，我只是擔心鬼青王他闖到陰絕谷去，想張耳他們在谷中有幾萬兵馬駐紮，那時鬼青王等想出谷也出不了呢，說不定沒殺著張耳、陳餘、趙歇，反被他們的大批兵馬圍攻則可就危險了。」

鬼青王聽得這話信以為真，還真當項思龍是關心他的安危，所以才嚴令他不得去招惹張耳等人。心下不由得對項思龍更增一層感激之意，對項思龍的忠心也更是死心踏地起來。項思龍當然想不到自己這番話對鬼青王心理造成的影響，只是被上官蓮問得不知如何回答，才胡編亂造的信口說出罷了。

上官蓮聽了項思龍的解釋也點了點頭，語氣嚴肅的對鬼青王道：「思龍說的話也甚是有理，你可千萬再不要魯莽行事了！」

上官蓮擔心鬼青王的安危，有大半是因為他掌握了地冥鬼府現在的一股可壓制鬼靈王和鬼哭王、鬼笑王的勢力，其次就是看中他的忠心和辦事的得力。

鬼青王卻是認為二人對自己的關切，當下朝項思龍和上官蓮分別躬身行了一禮，揚聲道：「多謝夫人和少主對屬下的關心！屬下定會謹遵少主的意思去行事！請夫人和少主放心！」

項思龍點了點頭正待說話時，傅寬已是進來道：「項將軍，酒席已經準備好了，大家吃過飯再來議事吧！將軍可是近有一天未進食物了呢！」

項思龍聞得吃飯，肚子倒是正「咕咕」的響了起來，當即臉色稍稍顯得尷尬道：「倒也確是餓了呢！好！大家吃過飯後再依計畫去行事吧！人是鐵飯是鋼，不吃飯可不行！吃了飯才有力氣與敵人交戰呢！」

項思龍與雍齒、天絕地滅四人只領著五十名地冥鬼府的教眾騎了戰馬在雍齒的指引下向張耳、陳餘他們安排在這太行山脈中專門為之掠奪民間財物，殺人放火的響馬賊的隱秘居點馳去。

山野的村落林木飛快地在馬蹄聲中向後倒退。不多久就進入了山脈中的谷地深處，卻見兩旁奇峰秀麗，巧石羅列，森林藏密，風景倒也甚是怕人，不過項思龍這刻可無暇來欣賞這山中美景，只是在心情舒暢中又緊催眾人快點趕路。

山路不一會又愈來愈陡，使得戰馬行來甚是緩慢，在眾人的鞭策下發出一聲聲慘厲的嘶鳴，讓得項思龍不禁感覺甚是有點心煩來，真想索性棄了戰馬，展開輕功身法行走，但又想到這幾十人中除了自己和天絕地滅三人外，其他的人步行起來可能更慢，當下又只得放棄了這種想法。

雍齒見得項思龍臉上的焦燥神色，似是明白了他心中所想，頓即道：「將軍不必煩燥，待翻過這座山頭，距離我們的目的地就不遠了！以後的路也會平坦許多。」

項思龍聞言心神平靜了下來些道：「賊人隱居的地方，是不是也是個山洞啊？」

雍齒答道：「這處的賊子搭的是木屋，不過木屋還是建在山中的一處密林裡。」

天絕顯得有些惱火的道：「這麼慢吞吞的真是急死人了，這馬兒一點用也沒有，連這一點山路也給難住了，還不如我們人厲害呢！像這麼點高的山峰老子要不了轉瞬功夫就可飛上去！」

項思龍叱責道：「可是還要顧及我們全體人馬啊！以你一個人的意志辦事只是匹夫之勇罷了！」

受到項思龍的喝斥，天絕怪眼一翻似是心中有點不舒服，但想到自己兄弟二人已經是他的下屬，且項思龍的武功比他們高得多，還是只得不敢再開口說話，卻拿那坐下的戰馬出起氣來，掌中運起內力在馬背上一陣猛拍，只痛得那馬兒連聲慘嘶，四蹄急奔，但由於是上坡山路，還是奔得緩慢得很，項思龍見了心下暗歎，魔頭終究是魔頭，雖是服了自己，但卻還是魔性不改，總喜意氣用事。

不過卻也知自己可不能再斥責的來刺激他，否則這老怪物翻起臉來自己可又得大費手腳。想著時已是終於上得了峰頂。

「嗖嗖嗖」幾聲利箭破空之聲突地傳來，項思龍心中一驚的辨聲望去，卻見十多支箭頭泛著藍光的毒箭向自己等射出，忙舉起連著劍鞘的鬼王劍，展開「雲飛八式」中的「破箭式」，把毒箭悉數擊落。

而就在這同時，天絕地滅似找著了發洩心中怨氣的對象，喝喊聲中已是縱起身形向利箭射來的左方密林飛去。敵人見得忙催緊發箭，但怎奈碰上的是當世武功高絕的魔頭，勁箭哪能傷得天絕地滅分毫？

卻見兩人雙掌運功連揮，勁箭被炸得四裂，那些樹木也頓然遭殃，在「轟」「轟」聲中紛紛被二人掌勁劈斷，且間雜有幾聲慘叫聲，看來對方發箭偷襲的人也被二人強大的掌力給劈死了。

敵人見得天絕地滅如此厲害，有人驚呼出聲，竄出隱身的叢林就欲逃跑，然還沒逃得幾步就也給天絕飛至，用「天魔無影爪」把那些人的腦袋給硬生生的捏碎，項思龍見了心下雖覺殘忍，但想著這些賊子也是些無惡不作之徒，如此下場也是活該，也便沒有阻止天絕地滅的殂殺。

然雍齒卻突地臉色一變道：「我們距離目標所在地還有二十來里路程啊！這裡不應該有哨嘍的！難道這幫人是……敢與馬賊子他們作反抗的居在這一帶山谷的土居族人？」

項思龍聽了失聲道：「什麼？我們殺錯人了？你……你怎麼不早些告訴我呢？」

項思龍心下悔急，然天絕地滅二人此時已解決了所有隱藏在密林中偷襲的「敵人」，飛身回落至上。山下也就在這時發出了「敵方」告急的號角聲，定是山頂的爆炸聲、慘叫聲驚動了山下的土居族人，引起他們的深嚴戒備了！

項思龍目光責備的瞪了天絕地滅一眼，口中嚴肅的道：「沒有我的命令，以後任何人都不得私自出手殺人！違令者，按教規處置！」

天絕地滅二人正為自己解決了「敵人」而得意洋洋，聞聽得項思龍這話，天絕終於忍噤不住的惱火道：「嘿，少主！我幫著殺敵排難也有不對嗎？給你這樣的喝來喝去啊，我們兩個老怪物也不知還能活幾年？我……我們不幹了！還不如自由自在的去闖江湖！給人束縛著可真不是個滋味！」

說罷就欲叫地滅離去。項思龍目中厲芒一熾，喝聲道：「我們可是有賭約在先的，誰輸了若毀約，誰就是烏龜王八蛋的兒子，你們若是想叫烏龜王八蛋老爹，那你們就走吧！」

天絕聞言神色一愣道：「我們不是不願執行賭約，只是給你像個老太婆似的嘮叨個不休而心裡不痛快罷了！這樣吧，我們加個條件，只要你以後不再嘮叨我兄弟倆，我們還是按約做你的屬下，至於那烏龜王八蛋的兒子就是叫我們去死我們也是不願做的。」

項思龍沉吟片刻，忽地微笑道：「也行啊！不過我也加個條件，就是你們今後少說話少動手，我叫你們做什麼你們就得做什麼，你們是否同意呢？」

地滅把頭搖得像撥浪似的道：「不行！不行！若是你到時叫我們去給你擦屁

股，那我們可不願幹！」

項思龍啞然失笑道：「這個……我當然不會叫你們去做損辱你們人格的事啦！我只是要求你們自我安分些罷了。」

天絕喏喏道：「那……好吧，我們就按現在這加了條件的賭約行事！我們安分些，你少嘮叨些！」

項思龍點了點頭，忽地臉色一肅道：「我們剛才誤殺了這裡的土居族人，必定會引起他們的仇恨，說不定到時會攻襲我們，那時大家只可防守不可向對方發動進攻，以免仇恨越結越深，要知道我們此次的任務是來攻打響馬賊的。這些土居族人剛才向我們發動箭襲，或許是因為把我們誤當成了響馬賊，所以到時我們只可向他們解釋這場誤會。」

頓了頓又道：「現在開始下山，大家可要凝神戒備！記住，只可防守不可進攻！」

說罷，一馬當先已是向山下馳去。下山的路顯是被人開闢過，果也平坦許多，戰馬飛馳起來甚是快捷，不消片刻就已行至山腳的谷地。山谷兩側皆是高崖，只有一條一米多寬的山澗小道，若是有人在這裡發動突襲，境況可大是不妙，項思龍邊察看山谷的地勢邊叫眾人停住行進，他的敏銳感覺已是告知了他此谷定有埋伏。

正當項思龍在猶疑的暗自擔心時，突地聽得右側的崖峰上傳來一聲嬌叱聲道：「滾石！」

話音剛落，山谷兩側的高崖峰頂千斤巨石已是「轟隆」、「轟隆」的如雨滾下，項思龍聞聲已是心中大駭，忙高喊道：「快！大家快向山上撤退！」

但眾人還沒來得及調轉戰馬，巨石沉沉的致命壓力已是迫體而來，項思龍忙運起十層功力的北冥神功雙掌一陣猛揮。

「轟轟」巨石遇到掌勁即被炸碎，但怎奈巨石太多，已是有人有戰馬慘叫的聲音傳出。

項思龍心中又氣又惱，往天絕地滅二人望去，卻見他們除了運功擊碎向他們砸來的巨石外，對其他人的危險卻是視若無睹。

項思龍怒急的朝二人大喝一聲道：「我現在命令你們二人保護這裡所有的人馬！若是有人死傷，我就當你們失職而進行處罰！」

說罷提氣身形倏地沖天而起，雙掌邊揮舞著擊飛頭頂密如飛蝗的巨石，口中邊大呼道：「喂，我們並不是響馬賊，我們是攻打響馬賊的！你們停下滾石好不好？」

對方見項思龍如此勇猛，武功高絕，那嬌叱聲又道：「誰相信你的鬼話啦！你們殺了我們的族人，即便不是響馬賊，可也定不是什麼好東西！給我放箭！」

話剛說完，項思龍已是突地加劇身速，尋聲向右側峰頂飛至，且依聲一把制住了發號施令的「嬌叱者」，對方見自己的頭領被擒，有不少人已是驚呼出聲道：「公主！」

呼聲發出時，有幾人已是舉刀向項思龍衝來。項思龍還未及看清被自己擒住的人是什麼模樣，只覺入懷的軀體肌膚十分柔軟和對方身上發出的香味知道對方是個女人，見得向自己衝來的幾人，忙自腰間皮革中拔出一柄飛刀，抵在這被自己抓住的女人胸前喝道：「你們要是不顧她性命的話，就只管攻來！」

正向項思龍衝去的幾名漢子聞言都頓即剎住了身形，其中一個約在二十四五許間，劍眉橫飛，星目厲芒灼閃的英俊青年怒急的道：「快放開我們公主！你若是傷了她分毫，我們整個的族人都會跟你拚命的！」

項思龍看這青年的怒態，心下似是明白了些什麼，靜了靜心懷微笑道：「快叫你們的族人停止向谷下我們人馬的攻擊，我就放開你心愛的公主！」

那青年聞聽得項思龍這話俊臉一紅，轉頭望了望身旁幾個年長的族人，見他們點頭同意，忙依了項思龍的話大喊道：「公主命令大家停下對賊人的攻擊！」

這話果也奏效，山谷下不多久就給平靜下來，只有天絕地滅罵罵咧咧聲和受傷教徒的呻吟聲以及戰馬的嘶鳴聲。項思龍知道這些土居族人已經停止了對自己人馬的攻擊。當即也收了飛刀，這刻才不經意的俯首看起這被自己擒住的女人的玉容來。

心中頓刻泛起一股驚豔感覺。卻見眼前是一位膚若凝脂，容光明豔的美極少女。她頭上梳的是墮馬髻，高聳而側墮，配合著她修長曼妙的身段，纖纖的蠻腰，修美的玉頸，潔白的肌膚，端是嫵媚動人至令人神為之奪，魂為之撼的境地。

少女身穿的是一件白色青花的長裙，長裙上墜有許多的裝飾物，互碰之下「叮噹」作響。一張玉臉上滿是驚怒之色，秀目中也滿是恨意，櫻桃小口更是因氣怒而高高嘟起。

見得項思龍一瞬不瞬的看著自己，少女臉上突地飛起兩朵羞紅的雲霞，卻因被項思龍制了啞穴和玄機穴而不能動又不能言，美目竟是突地落下淚來。

項思龍本是被少女的美豔給震住了心神，這刻突地見少女落淚，頓記起自己還沒給她解穴，忙尷尬的對少女笑了笑，右手食指和中指併攏朝她腦後啞穴和胸前的玄機穴射出一束罡氣。

少女的穴道剛解時，嬌軀即從項思龍懷中脫了出來，且突地伸出纖手「啪啪」的打了項思龍兩記耳光，嬌吟著向一名老者懷中撲去，泣聲道：「朱伯伯，他……他欺負英兒呢！」

那老者還未說話，那英俊少年就已怒容滿面的拔劍向項思龍襲出。

項思龍正被少女的兩記耳光打得傻愣愣的不知所以，待得青年的長劍擊至面前不過半尺遠時才驟然驚覺，慌驚中忙身形暴退閃避，但還是略晚半步，對方長劍已是「嗤」的一聲劃破了項思龍的衣袖，手臂上也隱隱滲出血來。

見得項思龍被劍擊得負傷，那偎依老者懷中的少女卻是不由自主的驚呼出聲，語音中竟是顯出對項思龍的關切之意。但呼聲剛出即發覺自己的「過失」，一張俏臉羞得通紅的伏在老者懷裡再也不敢面對眾人。

項思龍聽得少女對自己示意關心的驚呼，心中一熱，倒是一點也不氣惱青年給自己手臂的那點小小的皮肉之傷，微笑著用空手奪白刃的功夫，身形一閃掠至青年身旁擒住了他握劍的手腕。

「噹」的一聲，青年手腕吃痛，手中長劍即刻脫手跌至地面石上。

青年被擒住手腕，卻因聽得少女的那聲驚呼，心中對項思龍氣恨之極，竟是不識好歹的左手突地自腰間拔出一把短刃，向項思龍快捷的劈面刺去。

項思龍見得寒光一閃已是暗自警覺，有些惱怒的雙指射出一束罡氣往青年就要刺至的手中短刃擊去。

「噹」的一聲，短刃遇強猛罡氣頓被震斷，青年身形也被震得「蹬蹬蹬」的連退了五六步勉強穩住。羞愧驚怒下青年正待揮拳再次向項思龍撲去，這時扶住少女的老者突地發聲喝道：「雲飛，住手！人家已經放過你兩次了，你還作什麼匹夫之勇啊！」

青年聞得老者呼喝，頓住了身形，口中還在抗聲道：「爹，可是這小子是我們的敵人啊！拚死我也要與敵人抵抗到底！」

老者見青年頑固，輕輕推開了懷中少女，走到青年和項思龍中間，訓斥兒子道：「憑這位公子的武功，我們根本就不是他的敵手。他若是我們的敵人你早就沒命在了！給我退回去！」

青年受到父親的責斥，雙目陰冷怨毒的瞪了項思龍一眼，悻悻的退去一旁。老者這時轉身向項思龍拱手道：「公子一行來我們這白雲山，真的是來剿滅離這裡不遠的響馬賊的？」

項思龍點頭道：「正是！在下乃是據聞這一帶常有響馬賊出沒擾亂居民的生活，所以攜了一眾家將來此地尋找響馬賊的居點，準備挑了他們的窩，讓他們再也不能作惡害民。豈知到得那邊山頂時遭到貴方族人襲擊，在下的屬下誤當貴族人乃是響馬賊，致以錯殺。」

說著指了指自己一行遭到箭襲的山峰，頓了頓又道：「這純屬是一場誤會，還望老伯能釋解在下屬下的錯殺，讓彼此化干戈為玉帛！何況我們的共同敵人都是這裡的響馬賊呢！我們若是敵對起來，各自都得不償失，反教賊人知道了會大是幸災樂禍！」

老者沉吟了一陣，點了點頭道：「公子這話雖是不錯，但是你教我們怎樣能相信你們不是那響馬賊的一夥呢？嘿，這個並不是我信不過公子，只是需要給族人一個滿意的解釋罷了！公子能否說出你的身分和來歷呢？」

項思龍聞言，重重吁出一口氣後坦然道：「在下項思龍，乃是豐沛起義領導者劉邦手下反秦義軍的將領，此次來博陽是因陳勝王派使者請劉公派兵增援，劉邦因見大家同是反秦戰線上的義士，所以派在下率兵前至，怎奈秦將章邯統領的秦軍太過勢大，我們義軍隊伍潰敗衝散，在下領著殘兵避至此太行山脈的排市鎮，遇著傅寬，得知太行山脈中散居有幾批響馬賊，於是決定為民除害，把這些賊窩全給挑掉。

「我們已經降服了一個叫雍齒領頭的響馬賊團，此次在這雍齒的領路下是來攻打這處的響馬賊團的，豈料卻與你們發生了誤會衝突呢？」

項思龍把以前對傅寬編造的一番真中帶假的話，再次用在這夥土家族人的身上果也管用，那老者和不遠處的幾個土家族年紀較長的漢子聽了均都點了點頭，前者再次朝項思龍抱拳道：「原來是項將軍！老漢朱彥代表我們土居族謝過將軍為民除害之舉！」

項思龍忙也還禮道：「路見不平，拔刀相助乃是每一個俠義中人應該做的事情，朱老伯不必多禮了。」

朱彥讚許道：「將軍年紀輕輕不但武功高絕，且能夠不驕不躁，卻是年輕人難得的個性！」

頓了頓忽長歎了一口氣，語音有點悲沉的道：「我們土居族當年為了躲避秦始皇時的戰亂，來到了這太行山脈中隱居了起來，日子本也過得很是樸實平靜，可誰知近兩年突地來了一批響馬賊子常來我族村落中大肆搶劫殺掠，破壞了我們平靜的隱居生活，為了抵抗這批賊子，我們族人也是不知死傷有幾。唉，我們這裡五六千的族人已被這幫響馬賊屠殺了一千多人了！

「我們對這些劫匪又恨又怕，組織族中的青年來與這些賊子展開了遊擊戰，在這山野中的密林裡安排了哨嘍監視他們的動靜，利用有利的地勢對他們發動襲擊。

「那些賊子被我們打退過兩次，已是有十多天再也沒有到我們族人的村落擾亂了，可我們還是不敢鬆懈下戒備啊！因為據我們抓到的一個馬賊招供，他們在這太行山脈中有十多個居點，他們的頭領這次吃了敗仗一定會去他處求助的，所以將軍等人到來時，我們的族人還以為是馬賊的緩兵到了呢！」

項思龍聽了朱彥這一席話，氣得虎牙一咬，怒目圓睜的恨聲道：「好一夥惡賊，今次不把你們給殺光才怪！」

朱彥聞言欣然道：「有得將軍這等高手，那些賊子今次定都活不了了！」

那一旁已是恢復常色的少女，這時突地插口憤恨道：「那馬賊的首領趙灰一定得留給我親手殺了他！他殺了我哥哥舒克強，這個仇我一定要報！」

項思龍聞聲望去，卻見那美絕少女一臉淒然之色，秀目中也隱隱顯出淚光，但卻又因心中的仇恨而讓她嬌臉中隱含一股煞氣，讓人見了心生憐愛之餘又不禁生出絲許「懼意」。

少女見得項思龍看著自己的灼灼目光，俏臉上又突地泛起一片紅潮，有些嬌羞的垂下嬌首，那叫朱雲飛的青年見了二人的「媚來眼去」，妒火中燒的冷哼了一聲。少女粉臉聞聲一變，嬌軀像是顯得有些焦燥不安的微微扭動起來。

項思龍看出這少女和那朱雲飛定是一對熱戀中的伴侶，心中雖是不自然的有些酸酸的感覺，不過想起自己的愛妻美妾已是那麼多，個個都是如花似玉，自己又怎會去再纏情絲呢？

如此想來對這朱雲飛的狹窄氣量甚是看不慣，禁不住生出一種想氣氣這小子的念頭，當下微笑著向那少女走了過去，在她身前二尺之遙處站定後，向她施了一禮道：「在下對姑娘多有冒犯，還請姑娘見諒在下方才的魯莽之舉！」

說著故意摸了摸被少女打了兩記耳光的臉頰，少女聞言見狀有些手足無措的低聲道：「公子不必多禮，這只是一場誤會罷了！反是我剛才……得罪公子，應該請公子見諒才是！」

說完竟也不知不覺的伸出纖手輕觸了一下俏臉，忽覺自己的這個動作有毛病，玉臉上的紅潮更是嬌豔，纖手不斷的捏弄著衣裙上的裝飾物，想藉此來掩飾心中的忐忑。

看著少女楚楚動人的嬌態，項思龍心中突地生出一股想把她摟入懷中的衝動，但理智還是抑制住了這種邪念，聲音也有點不自然的道：「姑娘那也只是無心之舉罷了，在下怎會記在心上呢？」

就說到這裡時，山谷下突地傳來了天絕的呼喊道：「少主！你在上面怎麼談情說愛起來了？這些沒用的傢伙有八個受了重傷，已是奄奄一息了呢！我救不了他們了！」

項思龍和少女聽得天絕前面那半截話，臉上均都一陣發燙，但前者聞聽得天絕後面的幾句話臉色倏地一緊，忙向那少女和那老者朱彥等抱拳促聲道：「在下的屬下受傷，我需要去照理他們！就此告辭了！」

說完目光快捷的從少女臉上掃過，卻見她聞聽得此言，粉臉驟然色變，嘴角喃喃抖動著，似是有什麼話想對自己說卻又不好意思啟口。

項思龍心中又升起一種怪怪感覺，但轉瞬即又被天絕的呼叫聲打斷，長吸了一口氣，口中再次說了聲「告辭」，身形突地躍起，從高崖上就要跳下的一剎那，突聽得少女呼喊道：「項公子，你們去攻打趙灰那幫馬賊時，別忘了通知我們一聲啊！趙灰那狗賊，我一定要親手殺了他為哥哥舒克強報仇！」

項思龍聞聲身形突止，回頭衝那少女一笑道：「姑娘放心吧！在下一定會把那趙灰狗賊留給你的！」

說完不待少女答話，身軀已是從十多丈高的高崖上跳了下去，只看得那少女和朱彥等土居族人目瞪口呆、心驚肉跳。

項思龍飛降下山谷時，卻見澗道中已堆滿了巨石細石，有十多匹馬已被巨石砸死，還有十多匹馬已是受了重傷不能再行了。鬼王府的教徒有八個受了重傷，但卻並非不可救治，輕傷的有二十多個，都是手臂腫起，衣服破爛多處，身上也到處腫起滲血，其他的十多個則是灰頭土臉，一臉的淒然之色。

雍齒因功夫也算不弱，再加上巨石剛滾下來時，得到項思龍著重保護，所以除了額上還在冒著汗珠臉色有些蒼白外，倒也沒受得什麼傷。天絕地滅二人自是毫髮無損，身上連石粉也沒有多少，可見二人功力也確是深厚得很。

項思龍看著眼前的慘狀，又是心痛又是氣惱。如此傷患累累、士氣蕭索的隊伍，怎麼去與馬賊打呢？現在這麼多傷患還要自己等來照顧他們了！唉，真是不該帶這五十名教徒來！

項思龍心下雖是有些後悔，但卻還是走到那幾個重傷者中間細細的察看起眾人的傷勢來，有四個雙腿被巨石砸成「肉漿」，二個各有一隻手臂被砸傷，還有兩個腰骨全被巨石砸碎，內臟也被震成重傷。

項思龍讓兩個沒有受傷的教徒把內衣脫下再撕成條狀，同時自革囊中掏出

「鬼谷子」留下的優質「金創藥」和其他治療外傷的藥粉，狠下心腸虎牙一咬，運功於掌化氣成刀向那兩名手臂已是被廢的教徒的傷臂砍去，只聽「咔嚓」兩聲，那兩名教徒還沒來得及痛叫出聲，傷臂已被氣刀砍下，血如雨注。

項思龍打開裝盛「金創藥」的瓶口，忙把藥粉分倒至二人斷臂處。漬痛得二人「哇哇」連叫，連眼淚都痛得流了出來，項思龍忙點住二人的麻穴，二人慘叫聲頓緩。

項思龍看著兩名教徒為他們細細包紮時，又如法炮製劈斷受了腿傷的四人雙腿傷重的一截，為他們上了「金創藥」後，也著人脫了內衣給他們包紮傷勢。

對於這兩個腰骨折斷又受了內傷的兩人，項思龍先運功半個多時辰為二人治好了內傷後，再把一些藥粉粉液混合起來，調成糊狀為二人縛在腰傷處，又用布條為他們細細綁好，同時著人去林子找些適用於做擔架的樹木和藤蔓來，做成了八付擔架給這重傷的八人躺著。

忙完這一切，項思龍已是累得滿頭大汗，正待把剩餘的傷藥給其他受傷較輕的教徒縛用時，卻突地發覺氣氛異非尋常的沉寂，訝異下抬頭環目四顧，卻見所有的教徒包括雍齒和天絕地滅都愣愣的呆望著自己之神情，都顯出不同程度的激動和崇敬。

項思龍嘿然一笑，把傷藥遞給身旁的兩名教徒，教了他們各種傷藥的用法和不同程度傷勢的用藥份量，叫天絕地滅二人去給其他的傷者縛傷包紮，同時站了起來向諸人道：「看來我們得先把這些傷患送回排市鎮，再來這白雲山滅匪了！」

話音剛落，卻突地聽到遠遠的傳來那土居族老者的聲音道：「項將軍若是放心得下老漢的話，就請把照料傷者的事交給我們吧！」

項思龍循聲望去，卻見朱彥和少女等百多個土居族人正站在距離自己等二十幾丈遠的山坡上，那少女正閃動著一雙灼熱的美目，用一種異樣的目光打量著自己，而朱雲飛則見了少女對項思龍的神態，甚是氣恨的盯著項思龍，目中的怨毒之色似乎欲把項思龍給吞掉。

項思龍這刻聞得朱彥的話倒是不知怎答為好，因為他看得出自己這些地冥鬼府的教徒對那幫土居族人的深深敵意，若是接受了朱彥的一番好意後，自己去攻打趙灰那幫馬賊時，則不知會出現一種怎樣的局面了。

左右為難之下項思龍喏喏道：「這個……老伯的一番好意在下心領了，只是……在下的這些屬下都是一些傲慢不遜之徒，想他們對貴方成見太深，若是發生爭執，那可就……」

說到這裡，一臉的苦色，下面的話倒是不好意思說出口來了。誰知朱彥聽了卻還是誠摯的道：「貴屬下乃是我等因誤會所傷，照顧他們也是我們義不容辭的責任。至於雙方有可能發生的爭執麼？我會儘量的避免與貴屬下發生衝突的。想想將軍此次前來本是欲剿滅馬賊的，如此空手而歸，豈不大是叫人失望？」

天絕也接口道：「是啊少主，我們若如此灰溜的回去，可太沒面子了，何況折回後又再返來也是大費時間呢！我們還想早些出了這太行山脈，到得外面的世界瞧瞧呢！」

項思龍當然是巴不得不用空手回排市鎮，聞得二人之言，當下沉吟了一番後道：「好！那在下就恭敬不如從命，打攪老伯等了！」

說完又轉向那些身負重傷的鬼府教徒臉色嚴肅的道：「我的命令你們都還聽不聽？」

眾人中能開口說話的教徒齊都恭聲道：「屬下等自是謹遵少主令諭！願為少主誓死盡忠！」

項思龍點頭沉聲道：「那好！現在我就命令你們待在這裡跟著朱老伯他們去他們村落中療傷，且絕對不允許任何人在我離開期間滋事生非！」

聽得項思龍此令，眾教徒皆都面面相覷，不過也能體會出項思龍的一片苦心，所以眾人心裡雖都不願意與這傷害自己的「敵人」住在一起，但卻無一人敢出言相抗。

項思龍見眾人默然無語，頓了頓又道：「此事就如此決定！現在天色也已不早了，我們現在就準備出發，你們則留在這裡暫且養傷，待攻破敵巢後再來與你們會合，返回排市鎮！」

說到這裡，又轉向正朝自己等走過來的朱彥道：「老伯，他們就麻煩你們照顧了！」

說罷叫了天絕地滅、雍齒和諸位未受傷的教徒準備上馬出發，然就在項思龍飛身上馬時，那少女突地發聲喊道：「公子，我也與你們一起去吧！我要去殺趙灰為我哥哥報仇呢！」

項思龍聞言一愣，轉向朱彥望去，卻見他也略一詫然後道：「對了項將軍，你們的人手太少，不如在我們族人中抽調出一批人隨去吧！」

項思龍聽得這話，知道他實是擔心那少女，派人跟著保護她而已。心下正如此想著果聽得那朱彥又轉過少女道：「公主，你可得多加小心啊！」

那少女聽得朱彥也願她跟著項思龍等前去攻打馬賊，高興得跳了起來的抱著朱彥道：「知道了朱伯伯，蘭英會小心的呢！何況……還有項公子那樣武功高強的高手在側呢，敵人傷不了英兒的！」

說罷秀目偷瞧了項思龍一眼，臉上盡是笑容。

朱彥似是略略知道這少女舒蘭英的心事，目中有些憂鬱的看了正滿眼對項思龍都是恨意的兒子朱雲飛一眼，微微的發出了一聲歎息，對項思龍道：「項將軍，我們公主也就勞神你多多照顧了！」

項思龍聽出朱彥這話似含有一語雙關之意，心中暗凜，忙道：「在下會盡力保護貴公主的！不過還煩請朱公子點拔五十名貴方族人隨在下等一併去吧！有得朱公子照顧貴公主，在下可放心許多的去與敵人拚鬥了！」

朱雲飛聽得項思龍此語似是感到有些意外，舒蘭英則是玉臉微微色變的嗔怒道：「項公子這話是不是有點嫌我武功粗淺，礙手礙腳啊？」

項思龍聞言苦笑道：「在下怎會有這等意思呢？只是公主乃千金貴體，多一個人保護自是多一份安全了！」

見舒蘭英還待向自己惱怒發言，項思龍頓轉話題道：「好了，大家準備出發吧！再晚了天色可就要暗下來了呢！」

舒蘭英聞言卻果也再沒出言相激，只是有些怨恨的瞪了項思龍兩眼。

朱雲飛這時已在父親朱彥的命令下點出了五十名土居族人，並命人去山林中牽出了一批馬匹，一切準備就緒後，項思龍、舒蘭英等別過朱彥等人，踏上了去往趙灰馬賊團居點的征途。

這次有了朱雲飛等土居族人的指點，一行人所走的路途平坦了許多，待行得半個來時辰後，雍齒突地神色稍稍有些緊張的道：「不好！張耳他們似乎來到了趙灰這裡！」

項思龍聞言大震道：「什麼？張耳、陳餘他們也到了這裡？你……怎麼看出來的？」

第六 無敵殭屍

雍齒聞聽得項思龍的問話，走到距離身側不遠的一棵大樹前站定，指著樹皮上刻著的一個「X」字形符號道：「這種符號是我們預先商議設計好的聯絡暗號，當我們這些散佈的居點附近出現了此符號時，也就是告訴眾外出尋樂或放哨的眾兄弟，見了暗號就可知道總部陰絕谷裡有人來了，且來人身分不低，不是張耳就是陳餘。

「但大半時候都是張耳出訪我們這些據點，或是有新任務派給我們去做，亦或是因我們有危險而向總部放出信鴿求救而來。見著暗號的兄弟們一要嚴密戒備防守，二要在總部來人面前表現出一種紀律嚴明的假樣，因為張耳和陳餘他們對隊伍的形象特別注重，我們為了討好他們自是要應付著，不過張耳或陳餘在我看來只是愛派頭而已，實質上非常好色和貪財，每次我們劫來的美女和財物，他們都會先經自己挑選去享用和佔有後，才把剩下的獻給前趙國王室遺孤趙歇，所以趙歇只是他們二人手中的一個傀儡而已，真正的實權人物還是張耳和陳餘。」

項思龍聽得雍齒這一番詳細的解釋，雖是對張耳、陳餘和趙歇的內部複雜關係感到有此訝異，但心中卻是對這或許是張耳、陳餘他們來到這趙灰的馬賊居點而大感頭痛。

因為如此一來，自己等只要去攻打趙灰就會引起張耳、陳餘他們的關注，說不定會去陰絕谷調大批的人馬來追殺自己等人，那這後果可就不可想像，首先遭殃的定是土居族人，排市鎮也不可避免的遭到他們瘋狂的攻擊，這樣的話，自己的過失可就「罪不容誅」了。

而最讓人可惱的卻是自己任張耳、陳餘他們怎樣作惡，還是不能殺了他們。嗯，看來此仗自己得慎重對待！若是一步沒走好稍有差錯，自己不是成了歷史罪人，那麼自己就會一輩子都良心不安。

項思龍心下想來，頓即道：「我們已進入敵區範圍，暫刻不要先行進了，待我和雍齒二人先進敵人居處去察看一下敵情，再來商議攻敵計畫。現在敵方有重要人物到來，情況或許會對我們不利，所以大家務必小心行事，先找個地方避退一下，絕對不可輕舉妄動的向敵人發動率先襲擊。」

說罷命天絕地滅二人領了眾地冥鬼府的教徒向一片密林叢中避去，目光同時望了朱雲飛和舒蘭英諸人一眼。

舒蘭英秀目朝項思龍投過一束關切的目光，卻也默默的跟了天絕地滅等人身後向密林行去。

項思龍見眾人都依命行事，沒人向自己頂撞茲生口角，心下甚感輕鬆，著雍齒領路繼續向前行進。

二人行得盞茶工夫，突聽得叢林中有人呼叫道：「啊！是雍統領來了！」話音剛落時，當即有三人自叢林中隱身處竄出，都是三十許間，體格粗壯的漢子，見了雍齒身後陌生的項思龍，都滿是疑問的盯著他。

雍齒見了卻是突地破口大罵道：「看什麼看啊？這位是我新結拜的兄弟！在我營中任三把子，你們還不給我叩見我這兄弟？告訴你們幾個傢伙，別看我這兄弟年紀輕輕像個花旦小生，一身武功可不是蓋的！若惹火了他，你們可就得吃不了兜著走！」

說著連向項思龍使眼色。項思龍聞他言語已是會意過雍齒的意思來，冷哼了一聲後，隨手揮出一掌，只聽「咔嚓」一聲，距他身側一丈多遠的一棵手臂般粗的小樹頓被掌勁劈斷。

三個漢子見得項思龍露了這一手，臉上同時顯出驚駭之色，當下眼中凶光全斂，忙陪笑著向項思龍躬身道：「原來是雍統領的三當家的！小的們有眼不識泰山了！」

項思龍板著臉，冷冷的沒有吭聲。雍齒又已發問道：「對了，趙老大這裡是不是總部陰絕谷來了什麼人了？」

三個漢子這下對項思龍再也不敢有什麼疑心，其中一個漢子聞言頓答道：「稟雍爺，是張耳大將軍他們來了！」

另一個漢子補充道：「我們老大因幾次去那土居族取樂，不想被那些不知死活的傢伙誘進陷阱，讓我們吃了幾次敗仗，死傷了三百多個兄弟，所以老大向總部放出求救信鴿。張大將軍見信沒過幾天，就趕到我們這裡來了。這次他還帶來了五百人手和幾個武功高絕的神秘人物。土居族人這下要遭我們的滅族大行動了！」

項思龍聽得心下大震時，卻聽得雍齒驚訝的又問道：「武功高絕的神秘人物？是不是大將軍他們培訓的十大殭屍藥物人？」

那漢子搖頭道：「這個我們就不知道了。不過那幾人倒也確是像幾具殭屍，全身上下用黑布蒙著，只露出一雙綠瑩瑩的雙目，那股濃重的殺氣可是怪可怕的。」

雍齒聽得這話，臉色發白的道：「啊！張將軍的藥物殭屍人果然研製成功了！那天下間還有誰能是那些沒有生命、不懼刀劍的怪物的敵手？」

說著時目中惶駭的望了項思龍一眼，似是在說你武功雖然高絕，但卻也不一定是那些殭屍人的敵手呢！

項思龍聞得什麼殭屍藥物人心下也是大驚，因為他也只是從現代的一些小說錄影裡看到過殭屍的詭異厲害，根本就不畏掌力不怕死活，刀劍劈去也不覺疼痛，只是聽控制人的命令一味的向對方發動攻擊，直至被劈得肢飛體解，沒有任何作戰能力為止。

這種怪物倒確是令人感覺可怕頭痛，想不到在現代裡只是人們虛構想像的殭屍，在這古代裡倒是確有此物，看來現代人們的虛構想像卻是這古代思想的延續。

項思龍正忐忑不安的怪怪想著時，見得雍齒望向自己的目光，心中又不禁膽氣一壯，思忖道：「用這種目光看本少爺！你以為我打不過那什麼鬼殭屍啊！老子就不信這個邪。待會見著張耳時，我卻倒是故意尋絆，見識見識那鬼殭屍的厲害！」

心下想來，項思龍突地對那三個大漢冷冷地道：「你們去給我們報告趙老大一聲，說雍齒和冷無心求見！」

項思龍這刻裝出的是一副不近人情冷冰冰的模樣，想到師父孤獨行的這個化名，這時索性自己也借了用來。

三大漢聽得項思龍冷酷得像從地獄裡冒出的鬼幽一般的聲音，嚇得機靈靈的打了個冷顫，連雍齒也被項思龍這突地變調的陰冷聲音給嚇了一跳。

三大漢忙恭聲「是」，像避瘟神一般一溜煙的向林中深處奔去，不消片刻就聽得一陣馬蹄聲傳來，其中一個粗沉的爽音哈哈大笑道：「是哪陣風把雍都統也給吹來了？嘿，可也巧得很，張大將軍今天上午也來了兄弟這裡！雍都統是不是聞聽得什麼風聲前來向張將軍問安啊！」

話音一落，人馬已是自山角處現落眼前，卻見一個滿臉絡腮鬍子頭髮凌亂的高大漢子，領著三四騎向二人奔馳而來。

雍齒這時也突地發出一陣大笑道：「趙老大可真給兄弟面子，竟親自來接見兄弟，兄弟可愧不敢當呢！」

那高大漢子此時也到得二人身前，目光瞟了項思龍一眼，躍下馬背衝雍齒大聲道：「雍老大來我這裡，我自是要來迎接了！對了，聽說雍老大你新收了個三當家的。是不是這位小兄弟啊！」

雍齒聞得趙灰一見面就問及項思龍，似乎對項思龍比自己還看重，不禁心下有些氣惱，但口中卻還是乾笑了一聲道：「趙老大消息可真靈通，我身邊的就是我新收的兄弟冷無心。」

趙灰聞言轉過目光細細的打量了項思龍幾眼，見他對自己也是一臉傲慢冷漠之色，目中厲芒一閃即逝，卻突地又哈哈笑道：「冷兄弟果是玉樹臨風，一表人才啊！」

說著大步踏前移至項思龍身前，伸手遞過來道：「冷兄弟真是英雄出少年啊！以後我們是自家兄弟，可要多多親近親近！」

項思龍知道他要想試探一下自己的功力深淺，心下冷笑一聲，裝作遲疑片刻後，伸出手去和趙灰相握。

趙灰嘴角露出一絲冷意，用力運功一握，項思龍的手頓時像給一個鐵箍鎖著，且還在不斷收緊。

項思龍心中凜然，想不到趙灰的功力比雍齒可高明許多，當下默提北冥神功，運用「禦」字訣，把對方的勁道化之於無形，同時把北冥神功的至陰寒氣釋發出來。

趙灰見自己手中傳出的功力握在項思龍手上如泥牛入海，根本就沒得著力點，心下大驚時，對方手中又突地釋發出一股寒徹入骨的寒氣，不禁渾身機靈靈的打了個冷顫，手臂也頓時麻木起來。

知道對方的功力遠勝自己許多，幸好這趙灰還算耐力過人，沒有驚呼出聲，在眾人面前出醜，並還微笑著道：「冷兄弟果然名不虛傳，武功確是高深莫測，雍兄能得你之助，真是如虎添翼啊！」

項思龍也只想著給對方一點威懾就夠了，當下邊放開趙灰的手邊冷冷的道：「趙都統功夫也挺不錯的嘛！比我們雍都統還略勝一籌呢！」

趙灰聽得此語，對自己敗給項思龍所生的氣恨消了許多，大笑道：「哪裡！哪裡！雍統領可是我們陳餘大將軍面前的頭號得寵人物呢，冷兄弟跟著他可是前途無量啊！」

說著時身體還因項思龍逼入他體內的寒氣而又打了兩個寒顫。

雍齒對項思龍折損自己可是不敢有得什麼惱怒，但趙灰的話似也在自己面前顯出比自己高出一等的姿態，當下把氣上加氣發洩到了他身上冷冷的道：「趙都統不也是張耳大將軍面前的大紅人嗎？嘿，趙都統對冷兄弟這麼抬舉，是不是看中了他，想挖我的牆角啊？」

趙灰聞得雍齒這冷嘲熱諷，臉色微微一變冷笑道：「像冷兄這等人才我又豈敢據為己有了？他日冷兄的成就可是遠勝於我呢！要是冷兄看得起我趙某，我趙灰自是願意與冷兄親近。」

頓了頓又轉向項思龍道：「對了，冷兄，待會在下給你引見一下我們的張耳大將軍，到時冷兄若是能得張將軍的賞識，冷兄可就會飛黃騰達，成就可非我等所能比擬的了。那時冷兄可要多多關照一下兄弟囉！」

說完冷眼望了一眼雍齒又是哈哈大笑起來。雍齒聽了心下不怒反喜，幸災樂禍的暗忖道：「嘿，收買我們少主？你趙灰是大禍臨頭囉！以為老子會氣得吹鬍子瞪眼睛麼？沒這事兒！老子是巴不得你自己給自己逼入死地呢！看你這傢伙還在老子面前能耀武揚威多久？」

如此想來，雍齒還是裝作氣惱的冷聲道：「趙兄這是什麼意思？」

趙灰夷然不懼的以牙還牙道：「雍兄想是什麼意思就是什麼意思吧！」

二人正鬥著口角時，突然地一漢子策馬馳來，躍下馬背向雍齒施了一禮後又轉向趙灰躬身道：「稟老大，張將軍已經醒過來了，他著你領雍統領去見他。」

趙灰聽了也便再也沒理會雍齒，向項思龍打過招呼後翻身躍上馬背，領了眾人向山谷內部馳去。

到得山谷內，卻見裡面有一大空坪地，建造有十多棟造型精華的木質院落，附近有百多個匪徒，他們手執長矛大刀，腰背硬弓嚴密守衛著這些院落。

趙大領了眾人向其中最為豪華的一座院落走去，進得廳堂內卻見在正堂的一張太師椅上坐著一個眼若銅鈴，臉骨粗橫，肩脯寬厚，高大魁梧，外貌雄偉，雙目陰騺狡猾，渾身散發著邪異懾人的中年漢子。

在他身後站著兩名看上去也是強橫凶狠之輩的武士，但與中年漢子一比，卻又是顯得威弱許多。

見得趙灰、雍齒、項思龍幾人進來，陰騺的目光冷冷的掃視了眾人一眼後，落在了項思龍身上，片刻又帶著疑問之色的向趙灰望去。

趙灰似是很懼怕這中年漢子，低頭恭聲行禮道：「稟張大將軍，這位兄弟是雍統領新收的三當家，一身武功高絕無比，張將軍若能有這位兄弟成為你的屬下，定是如虎添翼！」

趙灰一見面就向張耳推薦項思龍，在場所有的人都均感詫異，連張耳也是目中厲芒連閃的盯著項思龍打量了好一陣才「噢」了一聲道：「趙都統倒是很少在我面前如此抬舉他人的，看來這小夥子定有過人之處了。」

頓了頓又朝身後的一名粗猛漢子道：「二柱，你去試試這小夥子的身手如何？」

那武士沉聲應「是」後，身形自空中一翻落至廳堂中央，冷冷的指了指項思龍道：「你！過來！」

項思龍見了這武士如此的傲慢之態，心下不禁有氣，身形輕輕一閃已是飛掠至那武士對面三尺之遙處。

項思龍所露出的這手輕功，看得廳中除了雍齒外的所有人都露出訝異之色，那武士「咦」了一聲後冷冷地道：「果然有點門道！」

說完「鏘」的一聲拔出腰間佩劍，連招呼也沒打就突地縱起身形，挺劍抖出一片劍花，快捷無比的向項思龍咽喉刺來。

項思龍想不到對方攻勢如此迅猛毒辣，自己還沒準備好陣勢，對方的長劍就已刺來，忙展開「分身掠影」的身法險避過武士的長劍，同時冷喝一聲，也「鏘」的一聲拔出鬼王劍在手，「雲飛八式」的「施風式」應手而出。

武士見得項思龍身法詭異，竟避開了自己的驟然一擊，且還能在轉瞬之間拔劍反守為攻，心下不禁暗暗駭然，忙也再變劍招，長劍電光石火的向項思龍的鬼王劍硬格擋過去。

「噹」的一聲，武士慘哼一聲，連人帶劍給項思龍狂猛的劍勁震得飛退。

「砰」的一聲震破了廳中的木壁，掉到廳外去了。一個招面，張耳座下的兩大貼身護衛之一就給打敗下去，如此高絕的內勁劍招確是世俗罕見。

張耳、趙灰等人臉色都是見了大變，張耳突地飛起身形，凌空向項思龍擊去兩股強大的掌勁，「呼呼呼」之聲破空向項思龍襲來。

項思龍可不敢用強勁傷得張耳，忙用「吸」字訣把張耳劈來的內勁悉數納入體內，同時推出一股緩和的內力把他不致受傷的震飛回座上。

張耳見項思龍不費吹灰之力就把自己自認為天下少有人敵的「奔雷神功」的功力化解，且自己反被他給逼回椅上，心中的駭異真是不知用什麼言語來形容，呆呆的看了項思龍好一陣後，卻是突地發出一陣仰天大笑道：「好！好！果然是好功夫！但不知這位兄弟的師承是何人?你方才所使的劍法是不是我趙國前上將軍李牧的劍招？」

項思龍想不到這張耳竟也熟知自己師父李牧的劍法，當下也便「如實」答道：「在下的授業恩師正是李牧上將軍的傳人！」

張耳聞言更是大喜道：「原來小兄弟果然是李將軍的後繼傳人，難怪武功如此高強，我看小兄弟的武功比你師父李牧將軍是青出於藍而勝於藍，有過之而無不及啊！哈哈！小兄弟的出現，可正是我趙國之福！有得小兄弟這等英雄人才相助，我趙國的復國大業可是有望在即矣！」

說到這裡頓了頓又道：「好，現在本將軍就封小兄弟為我趙國的兵馬大將軍，待即日起兵之後，冷大將軍就為我趙國的兵馬大元帥，領兵去奪回我趙國原來的土地，恢復我趙國王朝！」

聞聽得張耳此言，趙灰忙到項思龍面前躬身大拍馬屁道：「恭喜冷兄弟貴升為我趙國的大將軍，賀喜冷兄弟成為我趙國的兵馬大元帥！」

項思龍卻是為張耳對自己的封賞感到啼笑皆非，不過卻也不能拒絕而露出自己的行藏，當下也單膝跪地向張耳冷聲道：「謝張大將軍提攜末將！」

口中如此說來，心下卻是大罵道：「他奶奶個熊，今日老子真是倒了大楣了，竟然需向這狗張耳屈膝行禮！哼，待他日本少爺定叫你向我叩十個響頭以作補償！」

心下正如此怪怪的想著，張耳已是笑著扶起了項思龍道：「冷將軍以後不必在我面前行什麼禮節了，大家都是我趙國之臣，咱們就以平輩論交吧，我年長冷將軍幾歲，你以後不妨就稱我為張兄罷了！」

聽得張耳此話，項思龍心下暗忖道：「這張耳果是老奸巨猾，為了籠絡自己，不惜封了自己做什麼趙國的大將軍大元帥，現在又提出要與自己稱兄道弟。嘿，本少爺才不與你這等小人深交呢！與你稱兄道弟？日後若被世人知道了，可不要笑話我才怪！」

心下想來忙道：「這個末將豈敢如此托大呢？張將軍看得起屬下已經是屬下的莫大榮幸了，又豈敢尊卑不分？」

張耳見得項思龍如此乖巧，甚會投自己愛好屬下在自己面前恭恭敬敬的所好，心下大為滿意，但口中卻還是佯怒道：「冷將軍乃是李牧大將軍的傳人，怎麼落入如此俗套呢？日後咱們就以兄弟之禮相見好了！」

說著突地衝趙灰高喊道：「趙都統舉薦人才有功，職位升為我趙國的都衛統領。」

說罷又轉向雍齒笑道：「雍都統本乃是冷將軍的上司，那也提升為項將軍的座前先鋒吧！」

趙灰聞言樂歪歪的向張耳謝恩，雍齒倒也並沒有因張耳折損自己的此舉而生氣，因為自己本就為項思龍的屬下嘛！於是也便爽然拜謝。

張耳見雍齒毫無不快之色，微微有些訝異，不過還以為雍齒也會因此而從陳餘的陣營中投靠自己，當下大喜的朝旁邊的侍衛喝道：「吩咐下去，今晚大擺宴席，為冷將軍接風洗塵！」

兩侍衛領命而去後不多久，廳外突地慌慌張張的奔進一個武士，遠遠的就喊道：「不好了，張將軍！大寶、二寶突地凶性大發，向我們的人馬大肆屠殺起來。」

張耳聞言臉色大變，道：「你們不會用攝魂笛聲制住他們嗎？」

那武士惶聲道：「他們根本就不受屬下笛聲控制啊！或許是屬下的功力太弱而使笛聲不能制住他們的原故吧！」

張耳氣急道：「那還不快點帶我去看看！」

說罷衝項思龍看一眼道：「冷將軍也跟我去！」

項思龍聞得那武士和張耳的對答，已隱隱猜出他們口中所說的什麼大寶、二寶可能就是雍齒先前告訴自己的張耳研製出的什麼殭屍藥物人，正心神一緊，聽得張耳此言，心下當即大喜，應了聲「是」後，緊跟張耳身後向廳外走去。

行得片刻就聽得前方的一座院落裡傳來「嗚嗚」的怪叫聲和間雜的慘叫聲以及武士恐懼的喝叫聲，張耳邊行著邊從革囊裡掏出一個金色的小銅鈴，手腕一抖，頓即發出了清脆震人心魄的「叮噹」聲。

院內的「嗚嗚」怪叫聲被金鈴的聲音給震懾得頓即靜止了下來，但過不了一瞬，那發出「嗚嗚」怪叫的怪物突地又咆哮一聲，「怦怦」「啊啊」……眾多混雜聲又隨之響起。

張耳聞之臉色大變，狠狠的低罵了聲道：「這兩個傢伙怎還是這麼不聽話！」

說著時眾人已是到得院前，卻見廳堂內兩個黑布罩體，只露一雙閃著綠瑩瑩凶光的龐大怪物，正在怪叫著向恐慌萬分卻又不敢逃避的幾十個武士揮動著僵硬的雙掌擊來擊去。任何一個被怪物擊中的武士都頓刻震飛慘叫而亡。

怪物則抓起那些被他們強大掌勁擊斃的武士怪叫著，咬住他們的咽喉吸喝著死者的鮮血，那些圍住他們的武士刀劍劈在兩怪物身上，除了只發出「噹噹」的若砍在鐵器上的聲音外，怪物身上竟是分毫無損。

項思龍見得廳中境況，心神暗暗震駭，想不到這殭屍藥物人果是不畏刀劍且功力渾沉雄厚，他日若是張耳把他們利用於戰場上，豈不是能所向無敵？然而能控制他們的張耳若被人殺死，這些怪物留在世上豈不是成為禍根？嗯，不知自己能不能制住這些殭屍？

項思龍正如此怪怪想著時，張耳突地邊劇烈的搖動著金鈴，口中邊喃喃的念著什麼咒語向那兩怪物慢慢的走近去，兩怪物心志果也頓被震懾，拋去了手上的屍體，雙目呆滯無光，行動笨拙的向張耳靠近了去。

張耳見狀緩緩舒了一口氣，但就在張耳精神略略鬆懈的一剎那，其中一個殭屍突地伸出五指尖尖泛著烏黑之光的一隻手，快捷無比的向張耳喉間抓去，張耳見之大駭，已是來不及閃避，不由驚呼出聲。

眼看著這殭屍就要抓住張耳的咽喉，說時遲那時快，項思龍已是在驚駭中抬指射出一束罡氣，向那殭屍抓向張耳的怪手擊去。

「噹」的一聲清脆之聲響起，那殭屍被項思龍擊出的真氣震得身形向後搖著退了半步，然而張耳就在這時也已斂神過來，目中厲芒一閃，口中喝罵一聲道：「看來得用趕屍鞭來治治你這傢伙了！竟然敢偷襲你主人！」

說著時手中已是自革囊中掏出一根也是通體烏黑細小約有三尺來長的鞭子，濃重的藥味頓時漫溢空間。

張耳把手一抖，長鞭發出「啪」「啪」的破空之聲，向剛才偷襲他的殭屍擊去。兩殭屍似都怕極張耳手中這怪鞭，口中發出「嗚嗚」的哀鳴聲；但張耳卻也確是氣恨難當，手中長鞭毫不留情的擊在一殭屍身上，口中同時喝道：「大寶，虧我平時對你疼愛有加，想不到你卻竟然來殺我！看我今天不狠狠的教訓你這叛逆的傢伙一頓才怪！」

那叫大寶的殭屍被張耳手中長鞭擊在身上，淒厲的發出一聲慘叫，被長鞭擊中的軀體卻是流出了藥味濃重的黑色血液來，項思龍見了心中感覺匪夷所思，想這鬼殭屍連刀劍都難傷得分毫，且自己那有八層功力的鬼冥神功真氣擊在他身上也還是安然無恙，但張耳這根怪鞭看來還沒有使多大勁道的一鞭，卻竟能將這鬼殭屍擊傷，因此這是他這怪鞭上塗有能克制這鬼殭屍的什麼藥物了。

心下想來頓即有了主意，自己若是能自張耳口中套出這能克制殭屍藥物的配方，把它配製出來，用巧勁把這藥物攻入殭屍的體內，那殭屍藥人不就可以被毀掉了嗎？

正如此想著時，那殭屍大寶已是跪地向張耳求饒起來，二寶則是嚇得那龐大的身軀都在顫抖著，再也沒了一點凶焰。張耳見已徹底降服了這大寶、二寶，也便收了長鞭，卻又自革囊中掏出了兩顆黑黑的藥丸給他們服食了下去，再把手中金鈴一搖，二殭屍乖乖的跟著他向廳內的後堂走去。

在領二殭屍去後堂之前，張耳又示意項思龍也跟他一起去後堂。轉過了幾道側門，到了一個窗戶都用黑布蒙起來的昏暗房間裡，卻見裡面放有四具棺材，其中兩具蓋子被掀了開來。張耳鈴聲節奏一響，兩殭屍突地身形飛起，向兩空棺躺去，同時雙掌一吸，棺蓋毫釐無差的剛好蓋住棺口。

張耳這次是真正放下心來的長長舒了一口氣，邊在兩具棺材上貼上了兩塊黃帛製作的符咒，邊對項思龍道：「嘿，剛才可多虧冷兄弟出手相救，否則我可是……唉，這對怪物就是這麼不聽話，要不是因他們兩個傢伙的功力最高，我可真恨不得毀了他們。」

項思龍聞言，裝作不經意的神態道：「保護將軍乃是末將的職責所在，將軍能夠安全，屬下已是甚感榮幸了！」

拍了這兩句馬屁，頓了頓又道：「對了，將軍訓練的這幾個死士怎麼都給裝進棺材裡面？我看他們的武功甚是高絕得駭人呢！竟然不畏刀劍掌力！將軍有得這樣的幾個死士相助，天下間當真是無人能敵了！」

張耳聽了項思龍這幾句話，耳中閃過一絲機警之色，但看著他那毫不為意之態，似是釋去了心中的疑念，哈哈笑道：「冷將軍有所不知，這幾具死屍乃是我從五百年前西周時的幽王姬宮王陵中發現的，他們乃是幽王的十六座前護衛，當時也都是武功高絕之輩，但我發現他們的屍體時，突覺他們的屍身並未腐爛，且靈台中似乎還有一絲游離著的生機。

「對此異象我甚感詫異，於是搬動他們的屍體在這大寶的棺材中發現了一本『殭屍秘笈』，從秘笈中知道這十大護衛都因練有『殭屍神功』，所以屍體才能不壞，同時也知道了他們當年被幽王威迫他們陪葬時，就陰謀著有朝一日能有後人發掘到幽王的陵墓，只待他們服食假死的藥一化解，他們就可以復活過來。

「但我又從幽王棺中發現了一本『趕屍真解』，這真解裡面卻又是針對十大護衛的陰謀而寫下的如何把十大護衛製成藥物殭屍人的方法，同時又如何控制和破解他們的『殭屍神功』的記錄。

「這一發現我自是欣喜非常，於是按幽王留下的『趕屍真解』把十大護衛製成了這十具藥物殭屍人，但豈料大寶和二寶的『殭屍神功』功力太高，而我自身的功力卻又不能與他們抗衡，以致無法把一味主藥『攝魂丸』用功力輸入他們的大腦中，所以至今仍是沒能完全控制住這兩個傢伙。」

說到這裡頓了頓突地道：「冷兄弟功力如此高絕，不知你可願意幫我這個忙否？」

項思龍正對他的解說聽得入神，聞言愣愣的嘿嘿笑道：「這個……就怕屬下的功力也敵不過他們呢！」

張耳聽得項思龍似願意助自己了結這樁心病，大喜道：「冷兄的絕世功力我可是親眼見過，一指之下竟能擊退大寶，完成此事定是沒什麼問題的了。」

項思龍知道自己也不能堅持拒絕，心念一動的喏喏道：「那……好吧，不過屬下有個建議，就是先讓屬下與這大寶二寶比拚一場，看看屬下有沒有能力能夠制住他們，這樣也好讓屬下有個心理準備。」

張耳臉色遲疑片刻後，還是點頭道：「好！那就如此辦！明日中午讓他們與冷兄弟比試一場！若你可制得住這兩個怪物，那以後可也就了去許多麻煩了。」

說到這裡上前攙著項思龍的右手笑道：「對了，外面的宴席可能準備好了呢！盡顧著與冷將軍說話，倒是差點忘了去為你開慶功宴了！」

項思龍心下叫苦，想著自己要是在這裡與張耳他們吃著大魚大肉，而天絕地滅和朱雲飛、舒蘭英卻在山林中露宿山野啃著乾糧，那可真是於心何忍？被眾人知道了，自己可也有得挨咒，不過卻是如何才能擺脫張耳呢？

心下苦惱的想著，然而還是沒有想出什麼對策，只好被張耳攙挽著由兩名武士領路向宴會席廳走去了。

走一步算一步吧！無論如何在沒有毀去他這幾具惡毒的藥物殭屍人之前，自己絕對不可與張耳鬧翻！項思龍邊走邊在心裡下了決心的想著，暫刻把諸多的煩惱疑慮給放在了一邊。

翌日一大早，項思龍就焦燥不安的去找雍齒，自己昨晚特意向張耳請示讓他去負責巡守護衛的工作，以便讓他好去通知天絕地滅諸人自己這邊情況有變，讓眾人耐心的等待讓自己除去張耳的四個殭屍藥物人後再行發動進攻計畫，也不知雍齒把訊息帶到了沒有。

正邊走邊想著時，趙灰忽地神色匆匆的向項思龍走過來躬身道：「稟冷將軍，我們昨晚護守的武士遭到敵人襲擊，據報說對我們發動偷襲的是這裡的土居族人，且在他們當中有兩個武士高絕的怪老頭，我們的武士被他們殺死了三十多個。」

頓了頓又道：「這幫土居族人最是凶蠻，我們曾對他們發動過多次攻擊，怎奈他們勢力太大且狡詐計出，總是無功而歸。這次有了冷將軍和張耳將軍相助，定是可剿滅這幫殊死抵抗的傢伙！」

項思龍聽得這話暗暗心驚，同時也甚是責怪雍齒是不是沒有把自己的話對天絕地滅他們說起？

要是因此一來張耳先命自己去對付天絕地滅等自己的人，這卻是迫得自己不得不被張耳識破行藏了，那麼自己想破去他那四個殭屍的計畫也就落空，或許因此一來自己反得要陷身險境。

唉，現在自己該怎麼辦呢？項思龍正如此心急如焚的想著時，雍齒卻也向他奔了過來，遠遠的就道：「冷將軍，昨夜屬下奉命巡守，但趙灰的屬下卻不聽我的指揮，與埋伏在這附近的『敵人』發生硬拚，死傷了五六十人！」

項思龍聽出雍齒這話中的弦外之音？意思即為昨晚他已把自己的話傳到了天絕地滅等人，但他們卻不聽雍齒傳去的自己之命，私自與這些匪徒展開進攻，所以昨晚發生的事不能怪他。

定是天絕地滅這兩個老怪物聽了張耳的殭屍人的厲害，心下不服氣而故意茲絆生事的！

項思龍心下不禁有些惱火，趙灰這時卻是頂撞雍齒的話冷冷道：「雍都統這話只不過是在推脫失職之過吧！我的手下都絕對是服從命令的忠心之僕，他們絕對不會不聽指揮的！」

雍齒聞得這話只是冷哼一聲，也沒對趙灰還口，繼續對項思龍道：「冷將軍，看來我們需向『敵人』也發動攻勢了。若是被他們給攻到這裡，那可就危及張將軍的安全了！」

項思龍「嗯」了一聲，臉色一沉的道：「趙都衛和我一起去林外看看敵蹤，雍先鋒去向張將軍稟報一下現在的情況！」

說著暗暗向雍齒使了個眼色，雍齒頓即不待趙灰似想對項思龍說的話出口，忙領命應「是」向莊院奔去。見得趙灰還似喏喏的欲對自己提議什麼，項思龍沉聲喝道：「趙都衛有什麼話，待我們擊退了敵人再說吧！」

說罷身形一縱已是躍上了旁邊的武士為兩人牽來的馬匹，身腿一夾向山林路口衝馳而去。趙灰這下可也不敢再說些什麼，忙也躍上馬背跟在項思龍身後策騎向山口馳去，口中邊拍馬屁的喊道：「冷將軍，屬下對這山中的路途熟悉，還是讓屬下來為將軍領路吧！」

項思龍聞言心下想著也是，也便放慢馬速讓趙灰馳在自己前頭，領著百來個匪徒浩浩蕩蕩的朝林中深處馳去。

「他奶奶個熊，全是一幫膿包！少主卻是遲疑著叫咱們不要進攻！怕個什麼來著嘛！殭屍藥物人又怎麼樣？老子就不信宰不死他們！」

天絕的喝罵聲從前面一百多米遠處的一個山頭中傳來，間雜著慘叫聲、兵器磕擊聲、喊殺聲。聽得天絕的喝罵，趙灰因有項思龍在身後作憑仗，當即也運氣暴喝道：「你們這些殺不怕的土居刁民！今天有我們冷將軍親自上陣，不把你們殺個雞犬不留才怪！」

天絕聞得趙灰的喝喊，發出淒厲的一陣哈哈大笑道：「又有一幫狗崽子來送死了，嘿，什麼冷將軍！老子今天不把他給捏成肉漿才怪呢！」

項思龍聽得這話心下不禁又氣又惱，也發聲喝道：「對方是何方狂徒？竟敢口出如此狂言？」

天絕本是縱出的身形聞聽得這「冷將軍」竟是少主項思龍，不由得心中一「咯噔」的忖道：「糟了！自己罵了少主，待會不被他責罵才怪！」

心下想來，忙又折回了身形。項思龍等這時已是遙遙可見雙方的對殺場面，卻見一百多個匪徒正被天絕地滅和地冥鬼府的以及舒蘭英等土居族人殺得潰不成軍。有的竟是四散逃竄，但這刻見得己方又來了救兵，頓時士氣大作，但怎奈有天絕地滅這樣的絕世高手在場，他們掌風所過之處還是慘叫連連，根本就沒有匪徒能夠近得了他們身前身後一丈見方的範圍。

趙灰見得天絕地滅的威猛，駭得在距離打鬥場地還有十多丈遠就勒馬而止，轉過身對項思龍聲音有點生澀的道：「冷將軍，敵方的點子似乎相當扎手呢！」

項思龍正待答話，打鬥戰中的舒蘭英已是瞧著了趙灰，口中嬌喝一聲策馬射來一箭道：「趙灰，還我哥哥命來！」

話音剛落已是勁箭向趙灰撲而射至，趙灰正與項思龍說話，聽得喝聲心神倏地一斂的回頭，見得舒蘭英射至的厲箭，駭得身體往馬上撲，厲箭從頭上飛過向項思龍射去。

項思龍倒是不慌不忙，指中發出一縷罡氣向射來的厲箭擊去。「轟」的一聲，鋼箭被炸得墜地。舒蘭英正見趙灰躲過自己射去的勁箭，正待搭箭再射，然見得厲箭向項思龍射去不禁嬌呼出聲，竟一時忘了再次射擊。

直到項思龍擊落厲箭後才定了心神，然這時趙灰已是拔劍在手凝神怒目戒備了，雙方的距離也只有十多米之遙。

舒蘭英見自己再無機會出手射箭，忙抛了手中弓架，「鏘」的一聲拔出了腰間佩劍，再次嬌喝著向趙灰策騎攻來。

趙灰身後的匪徒見了，均都駕起弓弩準備向舒蘭英射去，項思龍心中大駭的忙喝道：「這個小美人我要抓活的！」

趙灰以為項思龍也是個好色之輩，看上了舒蘭英的姿色，哈哈大笑一聲道：「那就待屬下去把這小美人擒來獻給將軍做老婆好了！」

說著也已策馬舉劍向舒蘭英暴喝著奔去，後面的眾匪徒見了也都只是持弓戒備而並沒有射擊。

舒蘭英聽得趙灰的粗話，俏臉上浮起一片紅霞，兩人相距只有一米之遙時同都揮劍向對方疾劈過去。但怎奈舒蘭英的劍勢沒有趙灰快捷，長劍已是被趙灰擊個正著，只聽「噹」的一聲，舒蘭英被震得嬌軀在馬背上晃了幾晃就欲倒下，手中長劍也給擊飛墜地。

趙灰獰笑著正待出手去擒舒蘭英時，突聽得朱雲飛焦慮的暴喝道：「狗賊！敢爾！」說著時已是策馬近前挺劍向趙灰擊來。

趙灰毫不為然，長劍在空中抖出一片劍芒，旋轉著向朱雲飛的長劍絞去。朱雲飛長劍被趙灰捲住，身形也頓把持不住向趙灰前傾過來。

趙灰見了冷笑著喝道：「小子，敢來作護花使者？那你就先去陰間等我們將軍已看中的這小美人吧！」

說著劍勢一轉向右方挑出，朱雲飛龐大的身形頓也隨著他的劍勢被挑起飛離馬背。舒蘭英見了驚呼一聲，自革囊中抓出一把鋼箭向趙灰飛擲過去。

趙灰淫笑著道：「小美人，我們將軍看中了你，是你的豔福呢！」

說著右掌擊出一股勁氣把舒蘭英擲來的厲箭悉數擊落，同時左手長劍向朱雲飛的下腹橫掃過去。

項思龍知道自己再不出手是不行了，但又顧忌著身後持弓待發的大批匪徒，頓用從「地藏秘經」裡看到的「移功轉身」的密技，把強大的功力向舒蘭英擊去，實是把功力移注到她的體內，卻見項思龍揮出一掌，威猛絕倫的北冥神功頓時在空中彩光四射的向舒蘭英體內貫去。

舒蘭英正苦於自己不能相救朱雲飛而急得芳心大燥時，突地感覺體內似充滿了無窮力量似的，全身說不出的舒服，連剛才被趙灰擊得酸麻的手臂也舒活了過來，心下正不明所以，突地耳際傳來項思龍用從「地藏秘經」學來的「傳音入密」的功夫對她低聲道：「舒姑娘，快出掌向趙灰的長劍擊去！」

舒蘭英聞言心神一斂，卻見趙灰的長劍距離朱雲飛下腹不過幾寸之餘了，而朱雲飛卻駭得忙呼「救命」，當即想也不想的依了項思龍之言，舉掌向趙灰手中長劍擊去。

「噹」的一聲乍然響起，趙灰手中利劍卻也正給舒蘭英擊出的掌勁給震斷，身形同時也被震得在馬背上連晃，嘴角竟慘出一絲血來。

趙灰心神大震的向舒蘭英望去，卻見她身後站著正飛身趕來的天絕地滅，還以為剛才一掌是二人擊出的，忙策馬退回項思龍身旁，見得他掌勁向舒蘭英擊去而舒蘭英卻毫髮無傷，更是以為天絕地滅在相助舒蘭英。

舒蘭英見自己一掌震斷了趙灰的長劍，且駭得他策馬而退，心中大喜，即時又按項思龍的指示用掌力把朱雲飛就要跌個「狗吃屎」的龐大身形給吸回馬背上，芳心之中同時有著一種異樣的感覺升起，胸脯突地急劇起伏起來，臉上飛滿紅潮，瞟了項思龍一眼後，卻低垂下嬌首。

天絕地滅本是對項思龍竟能把功力轉注於舒蘭英身上而訝異非常，這刻見得舒蘭英的羞態，天絕不禁出言取笑道：「小妮子，情郎對你可真是好得很哪！竟然不惜大耗真力把內勁移注於你身上！」

舒蘭英聞言嬌吟一聲，向天絕怒目而視，但眉宇間卻還是隱著一絲藏不住的喜色，而趙灰聽得此言，卻是臉色大變的向項思龍望來。

第七章　美女失意

項思龍見得趙灰投向自己的駭異驚怒的複雜疑問之色的目光，哈哈一陣大笑的拔出鬼王劍，運起十層的北冥神功功力貫注劍身，隨手朝無人一方的山林中疾揮過去。只聽「轟轟轟」一陣連炸之聲響起，山林中的樹木被劍氣炸得紛紛沖天而起，不消片刻林中就給劈炸出一片長達十米多寬達二米左右的長方形空地來，同時也不知有多少隱藏在林中的野獸飛鳥給炸死。

眾匪徒哪曾見過如此石破驚駭的功力？一劍之擊威勢竟有如此之大！若是項思龍這一劍向自己等劈來，己方的人馬不給死傷大半才怪，驚駭極度中連趙灰在內的眾匪都嚇得連大氣也不敢喘，只是睜大雙目呆呆的看著有若天神下凡的項思龍。場中氣氛一時異常的靜寂起來。

項思龍虎目厲芒一閃的掃視了眾匪徒一眼後沉聲道：「你們是棄械投降，還是想作垂死掙扎？」

趙灰瞧得舒蘭英望向自己的仇恨目光，知道自己若投降的話定會沒得命在，那還不如與項思龍等拚一拚，只要挨到張耳領著四大殭屍藥物人趕來的話，自己或許才可逃過此劫。心下想來當下強按心神，狠聲道：「原來你這小子是這幫傢伙裡的人與雍齒這叛徒合謀去騙我和張將軍！哼，叫我們投降？今生做夢去吧！」

頓了頓又轉身向那些已是驚若寒蟬的眾匪徒喝喊道：「兄弟們！我們絕不可以向這幫狗賊屈服！若是我們誓死抵抗的話，只要待得張將軍率領的援軍一到，我們尚有一線活著的生機。但是若棄械投降的話，那可就只有待宰的份兒了！想這些土居族人與我們以前結下的仇恨，他們會饒過我們嗎？兄弟們！與他們拚了！」

趙灰的這番激厲士氣的話確果也甚是起了效應，那些正驚懼遲疑的匪徒頓即有半數以上的人對他的話作了呼應，一時個個又都強作士氣持弓凝神待發。項思龍突地發出一陣陰冷的怪笑道：「不怕死的儘管發箭吧！」

說著把手中鬼王劍一抖，幻出一片劍影又道：「若肯投降者，我定不會殺你們！這話信不信也只由得你們去考慮！不過，這趙灰，卻是非死不可！」

說到最後一句竟是一字一字的說來，語音教人聽了不寒而慄。那些正恢復鬥志的匪徒聞得項思龍這話，當即有幾個膽小的匪徒忙棄了手中硬弓腰間長劍鋼箭顫聲喊道：「只要……將軍真的不殺我們，我們就向將軍投降！」

有得這幾人開了先例，本是對項思龍嚇得屁滾尿流的眾馬賊頓即紛紛棄了兵器，同聲道：「我們願向將軍投降！」

趙灰見得此狀，氣極敗壞中已是嚇得面無人色，忙策了馬匹準備開溜，天絕飛起身形一掌擊在他坐騎的腹部，馬兒慘叫一聲倒地而亡。

趙灰也給跌得向一旁的草叢中滾去，狼狽的爬起來後正想展開輕功再逃，天絕已是掠身至他身前，怪眼一翻道：「小子，我們少主說過要你非死不可，又怎可以讓你逃了呢？」

說著正要出掌把他擊斃，舒蘭英已嬌吟道：「前輩，這狗賊我要親手殺死他，為我哥哥舒克強報仇雪恨！」

天絕聞得舒蘭英這話頓住了手掌，笑嘻嘻的衝著飛身趕來的舒蘭英道：「你這小妮子是我們將來的少主夫人，屬下自是不敢抗命了！」

舒蘭英俏臉一紅，卻是藉著嬌喝聲掩過自己的羞態，提劍向已是嚇得渾身發抖的趙灰劈去。趙灰見得舒蘭英擊來的利劍，驚懼中還是反應過來了，忙也舉劍向她長劍格擋過來，但怎奈被項思龍和天絕已是嚇掉了半條命魂，手中酸軟無力，發出的勁道還不及平時的三分之一，哪能擋得住舒蘭英這在怒恨中發出的威猛一劍？

「噹」的一聲劍擊之聲響起，這次卻是趙灰的手中長劍被擊飛，且舒蘭英的劍招餘勢不減，向驚慌失措的趙灰刺去。「嗤」的一聲破衣之聲再度響起，舒蘭英的長劍刺中趙灰的胸部，鮮血頓時從破衣中溢出。

但趙灰確實也不枉是一個凶蠻的馬賊頭領，在這死亡邊緣竟是突地暴喊一聲，運功雙掌向舒蘭英的嬌軀擊去。

項思龍見了心中大駭，身形如離弦之箭般的飛出，一把抱過舒蘭英的軀體，同時揮出一掌向趙灰擊來的掌勁抗抵而去。「轟」的一聲巨響中，但聞趙灰的慘叫聲同時響起，卻見這惡賊龐大的身被震飛得自空中向後疾退，口中亦狂噴出一口血箭，看來是必死無疑了。

舒蘭英正見趙灰垂死掙扎中向自己發掌擊來而驚駭的欲退身形時，突地被人抱攬住，正想著這人是不是項思龍時，眼角的餘光剛如瞧見項思龍向自己投來的甚是關切的目光，芳心不自禁的「突突」跳起，一種異樣的感覺頓即渾向全身，羞澀之中卻又是非常願意的投在項思龍懷中，低低「嚶嚀」一聲，雙手不由自主的緊緊抱住了項思龍的虎軀。

項思龍摟著舒蘭英軟柔的嬌軀，聞著她身上傳來的少女異香，心神也是一蕩，更甚的是舒蘭英那雙堅挺而富有彈性的酥胸磨擦在胸前，讓項思龍更是一陣意亂神迷，身形飛退站定後，竟是一時忘了放下舒蘭英的嬌軀。

朱雲飛在旁見了二人這副「醉生夢死、魂迷意沉」的神態，鼻中重重的發出了一聲冷哼之聲。項思龍聞聲給震回心神，俊臉一紅，忙驚慌失措的放下舒蘭英，但怎料舒蘭英正在溫存回味著項思龍摟在懷中的異感，嬌軀一時渾身無力，被項思龍放在地上後，雙腿一軟，身形就欲跌倒在地。

項思龍見了忙身軀一躬伸手摟住了舒蘭英的欲倒嬌軀，把她扶正後喏喏道：「姑娘，你……你沒事吧？」

舒蘭英正回神過來，想著眾人看到自己被項思龍摟在懷中時自己的迷醉之態而嬌羞不堪，聞得項思龍之言卻是慌亂中竟一時忘了回答，天絕在旁頓即笑著接口怪聲怪氣的道：「妾身有得夫君相護，怎麼又會有什麼事呢？」

項思龍和舒蘭英聽了天絕這取笑，臉上神色都顯得十分尷尬，對視一眼後忙又均都移開目光。場中一時又給怪異的靜寂起來。

片刻過後，朱雲飛突地向舒蘭英走去，語氣冷冷地道：「公主，現在趙灰這狗賊已死，我看我們還是返回村裡去吧！敵方還有什麼厲害歹毒無比的殭屍呢！到時若是這自負武功天下第一的項公子也敵那殭屍不過，那我們豈不要與他們一起死在那張耳手上了？」

舒蘭英聽得朱雲飛竟然說出此等話來，玉臉頓即一寒，責斥道：「雲飛，你這是說的什麼話來？我們土居族人可是有著優良的不畏強敵的傳統，若是我們遇危而退，這豈不是要陷我們於貪生怕死的不義之境？」

朱雲飛聞言臉上一紅，但卻還是出言相抗道：「可是這項思龍他們曾殺死過我們的族人，對於我們來說他們也是敵人而不是朋友，我們為什麼要幫他們？」

舒蘭英氣得粉臉發白的厲聲道：「那只是一場誤會，我們雙方已經調和過了，你現在又拿來說什麼？其實說來項公子他們來剿滅這些殺害我們族人的匪徒，是他們在幫助我們呢！」

朱雲飛見舒蘭英竟衝自己發火，不由得冷笑一聲道：「公主，我看你是被項思龍這小子給迷住了！誰知道他來剿殺這些匪徒是不是也懷有著想稱霸這太行山脈的野心呢？」

舒蘭英想不到朱雲飛如此的冥頑不化，怒火中燒的大喝道：「你這是以小人之心度君子之腹！若是你不想留下來，那你就自行先返回村好了，我要待得與項公子他們一起徹底剿滅了這幫馬賊後再回去！」

朱雲飛聞得此言，怒極反笑的怪聲道：「哈！我是在以小人之心度君子之腹？那在你心目中我是小人而項思龍這小子是君子了？嘿，枉費我這些年來對你投注的一片深情！好！好！我走！」

說罷又轉身目光極其怨毒的盯著項思龍狠聲道：「小子，二十年河東二十年河西，今天算你厲害！不過咱們走著瞧，終有一日我會叫你跪在我腳下求饒的！」

天絕聽得朱雲飛對項思龍左一句「小子」右一句「小子」不說，竟還說出如此不自量力的話來，不禁心下有氣，插口喝道：「小子，你嘴巴放乾淨些好不好？說什麼想打敗我們少主，你下下輩子去做你的千秋大夢吧！憑你這塊料，殺了你老夫都嫌把手給弄髒了！」

項思龍只是對朱雲飛對自己吃這什麼「飛醋」而感到啼笑皆非，不過由此一來卻也看出了朱雲飛的陰險小人性格，想著若舒蘭英嫁給了這樣一個傢伙，可真是將要倒楣，當下冷哼了一聲道：「若不是看在舒姑娘和你爹朱彥的份上，我現在就要把你給劈成兩半！」

朱雲飛聽得天絕和項思龍兩人這連番的狠話，嚇得身軀微顫了一下，再也不敢出言漫罵項思龍，卻走到那幾十個土居族人面前低喝道：「走！咱們回村！」

但那批土居族人卻似是沒有聽見他的話似的，絲毫沒有要隨他回村的舉動，反都怒目卑視的瞪著朱雲飛。其中一個年長些的漢子站了出來怒聲道：「我們土居族人沒有你這樣忘恩負義的貪生怕死之徒！我們都隨公主跟項將軍他們一起抵抗強敵！哪怕是戰死，我們也是光榮的！」

這話頓即引起了所有的土居族武士對朱雲飛的共憤的爆發，幾十人頓時全都厲聲指責起朱雲飛來，更有甚者舉起拳頭欲揍他一頓。

舒蘭英見得此狀，卻是突地神色一黯的衝著眾人對朱雲飛示怒的族人喝道：「大家住口！人各有志，我們也就不要指責雲飛了！他要走，還是讓他回去好了！難道你們還要演一場鬧劇給項公他們看嗎？」

聞得舒蘭英的喝斥，憤怒的土居族武士才給平息下來，餘氣未息的退站一旁虎虎的瞪著灰頭土臉、尷尬之極的朱雲飛。

朱雲飛見舒蘭英出言為自己解了被眾族人指責之圍，回首又愛又恨的看了她一眼，驀地大喝一聲向自己的戰馬飛奔而去，縱身上馬頭也不回的向山下馳去。望著朱雲飛漸漸逝去的背影，舒蘭英的秀目禁不住流下了兩串悄然的淚珠，項思龍看著朱雲飛這樣的結局也是長歎一聲，唉！自己根本就無意與他爭舒蘭英，這朱雲飛為何如此的小心眼好嫉妒呢？與他父親朱彥寬容豁達的性格可真是相差太遠了！

但又想著或許因自己這無意識之舉而造就了將來這世上的一大魔頭可就糟了！但歷史上沒有這朱雲飛的名字，想來不會對歷史造成威脅的吧！如此一想，項思龍心下雖覺釋然了些，但卻覺還是有一絲難受的胸悶之感。天絕見得項思龍臉上的愁雲，心下雖是想再取笑項思龍和舒蘭英幾句，但嘴上卻是不敢說出，其他的人則更是不敢開口說話了！正當眾人全都靜默無語時，林中深處突地傳來了大批的隱隱馬蹄聲。

項思龍聞聲頓即臉色一變，忙衝天絕和舒蘭英道：「不好，是張耳他們來了，你們快進得林中去避一避！若他把四大藥物殭屍人也帶來了的話，那我們可就有得麻煩了！」

聽得項思龍這話，天絕忍不住發問道：「少主，張耳那傢伙的藥物殭屍真是那麼厲害嗎？我倒是想會會那些怪物呢！」

項思龍沉聲道：「想想連我十層功力的北冥神功指力擊在那些怪物身上，他們竟像是毫無感覺似的動也沒動，那殭屍會有多厲害？好了，你們快些退避一下，待我正式的與張耳他們鬧翻時，你再來鬥那些殭屍可有的是機會！」

說罷叫眾投降的匪徒也跟了天絕他們一起退避林中，同時著人把趙灰的屍體給拖去藏好，只留了十來個匪徒在自己身邊充充樣子，卻也告誡他們不可洩了自己等的行藏，否則殺無赦。

待得一切平靜下來之後，項思龍裝作指揮眾匪徒察看山頭打鬥場地的樣子，自己也對那些死去的匪徒東踢一腳西踢一腳的，臉上也露出既駭然又憤怒的神態。

過得片刻即有人喊道：「冷將軍他們在這裡！張大將軍，冷將軍他們在這裡！」

此喊聲剛落，即聽得馬蹄聲向項思龍這方的山頭馳來，不消多長工夫，張耳的身形已是落入了項思龍眼角的餘光之中，張耳遙遙的看得項思龍正在察視戰場，於是大聲喊道：「冷將軍發現什麼了嗎？對了，趙灰他們呢？怎麼不見他們與你在一起？」

說著時已是馳至距離項思龍只有五六丈之遙處，飛身躍下馬背，在他身後緊跟著十六個彪形大漢，抬著的正是那裝有四具殭屍的棺材，雍齒則在這些大隊人馬後，一雙眼睛正顯得有些惶懼緊張的看著項思龍。

項思龍站直了身形，向張耳迎去，臉色沉重的對他道：「稟張將軍，我們的這些兄弟似乎都是被人用強大的內勁震死，看來敵方當中有功力絕高之輩，我們得小心為是！」

頓了頓又道：「趙都衛領了眾武士去追察敵蹤了，我們是分頭行事的。怎麼？張將軍沒有碰到他們嗎？」

張耳聽得項思龍說敵方有高手相助，臉色微微一變，但卻轉瞬平靜下來，目射凶光的冷冷道：「哼！不管他們有多厲害的高手相助，我這次要教他們全軍覆沒！」

頓了頓，緩和過語氣對項思龍道：「冷將軍認為我們現在該怎麼行動呢？」

項思龍沉吟了一番後答道：「『敵人』對我們採取的是遊擊戰，行蹤無定，我們著想一舉殲滅他們是很困難的，因為我們若分散兵力，就正中了『敵人』各個擊破的計謀，所以我們要儘量的化零為整，集中兵力，這樣『敵方』就無機可乘，只得也糾集全部人馬與我們硬拚，這卻剛好如我們所願，在我看來，我們目前的對敵策略可以用以逸待勞的方法，靜候『敵人』來攻我們。」

張耳聞得項思龍的這一席分析，連連點頭讚賞道：「冷將軍所言不錯。好，那我們現在就撤回營地，靜候那些不怕死的傢伙來送死！」

說到這裡掃視了一遍躺在地上橫七豎八的眾匪徒屍體，恨恨道：「這些全是一幫沒有用的飯桶草包，連敵人一個也沒有幹掉，就全都嗝屁。哼！這幫凶蠻的土居族刁民，我一定會讓他們血債血還的！」

項思龍心神一震，知道張耳對土居族充滿了殺機，若是被他領了眾匪徒和他的幾具鬼殭屍去土居族村落大開殺戒，那土居族可能就有滅族之殃了，自己可得阻止他這個暴行的想法。

想到這裡項思龍忙道：「張將軍此言差矣！與其殺了他們，還不如把他們給收服過來占為己用，想我趙國正圖舉行復國大計，正是需要用人的時候，多一份力量，我們的復國大業就少一份困難了！」

張耳疑惑的道：「但不知冷將軍有何妙計可收服這夥凶蠻的土居族人？據聞他們的族人性子都很火爆剛烈，甚是難把他們馴服的，更何況我們與他們現在成了死對頭呢？」

項思龍輕描淡寫道：「兵法有云『擒賊先擒王』，若我們把他們族中的頭領人物都給抓起來，再用這些頭領的妻子兒女等親人要脅他們，還怕他們不聽話嗎？再說我們也只是想要他們為我們賣命而已，至於復國以後，這幫人則可要就留，不可用則殺，對我們而言已是無所謂了！」

張耳聽了哈哈大笑道：「冷將軍不但武功超群，計智更是不減李牧上將軍當年，我張耳卻果也沒看錯人，我趙國得你這樣的人才相助，復國大業就指日可待了！好！就依冷將軍之言，收服這幫土居族人的任務就交給你了！明日我則回陰絕谷去跟我們趙王商議，準備提前出兵，讓冷將軍領兵去復我大趙王國。」

項思龍想不到自己這一番費盡心計想讓張耳不去剿殺土居族人的話，卻讓得張耳生出準備提前發兵去中原爭霸天下的念頭，心下一時只覺有一種怪怪的感覺升起。因為如此一來，自己豈不是不經意的成了左右歷史發展趨勢的人物？

但願不會因此而改變歷史才好！張耳見得項思龍臉上的沉思之色，還以為他在考慮怎樣去收服土居族人的對策，當下笑道：「冷將軍也不必如此操勞的了，若是不能為我所用，就乾脆把他們宰掉殺了！憑冷將軍的絕世武功，對方再強的高手想來也不是你的敵手！更何況冷將軍是如李牧上將軍再世呢？那麼小小的一幫土居族人，又豈會放在你的心上？」

說到這裡，自腰間革囊裡取出一面金色虎頭令牌遞給項思龍又道：「這是我趙國大將軍的令牌，現在我把它交給你。雍齒和趙灰全都交由你統領，我們在這太行山脈各處都安插有眼線，你可以命趙灰或雍齒去調集他們全都在這裡聽令於你去攻打土居族。反正我們準備出了這太行山脈就去復我趙國了，遲早是要把他們集中起來的。」

項思龍接過令牌，心中大喜，有了這玩意兒，那自己就可不用一兵一卒就把張耳安排的馬賊全給收編過來了！

心下想著當下躬身道：「謝張將軍對屬下的厚愛，屬下一定不負所托，順利完成任務！」

張耳笑著點頭道：「冷將軍的才能我自是信得過了！對了，我們還是先回去吧！我還要請將軍為大寶、二寶輸入『攝魂丸』呢！趙灰他們想來若沒發現敵蹤，自會趕回來的。」

項思龍正著如何才能破去張耳那幾具禍患鬼殭屍，這刻聽得張耳主動提出讓自己接觸那些鬼殭屍的事來，心下大喜，但口中卻道：「屬下定當盡力為張將軍效勞！」

張耳這刻已縱身躍上馬背大聲道：「現在咱們起兵回返！」

說著策馬馳到已飛身上馬的項思龍身邊道：「冷將軍！咱們起程吧！」

回到山谷別院，已是正午時分，用過午膳以後，張耳著手下的兩大貼身護衛大柱、二柱命十六名抬棺武士把裝有四具殭屍的棺材抬到出谷的一處大空坪上，四周同時安排了大量武士護衛防守。

他走到項思龍身前，面色顯得有些緊張和嚴肅的道：「冷將軍，待會可要小心了！大寶、二寶的『殭屍神功』可是練到了至高境界，且經過我這些年來用特製藥水對他們的浸制，已經是達到了刀槍不入的金剛不壞之身，再加上他們生命已失，肉體對他們而言已是麻木不仁，根本不會感覺到疼痛，而他們暫且活著的靈魂卻又有自己的主觀意志，一旦激怒出他們的凶性，那可就危險得很了。」

項思龍見張耳對自己如此「關心」也裝作感激之態道：「謝張將軍的提醒！屬下自會一切小心為是！」

張耳聞言點了點頭，倏地臉色一沉，目中厲芒大作，拿出金鈴邊搖邊嘴裡喃喃的念著什麼經文，緩緩的向那兩具貼有帛符的棺材走去，圍繞著轉起圈來，過得片刻，兩具棺材上的帛符自動飄飛向張耳手中，同時旋空升起，把空中的氣流帶得「呼呼」作響的快速旋轉著。

張耳口中的經文念得越來越急，臉色也脹得通紅，顯是在巨耗內力喚醒棺中的殭屍。只聽得「蓬」的兩聲巨響，兩具棺材蓋隨聲飛開，緊跟著就是兩具殭屍自棺中飛出，但卻是不約而同的向項思龍飛身出拳擊去。

項思龍正凝神提氣的注視著空中的兩具棺材動靜，見得棺蓋飛起已是把鬼冥神功提至了十二層，待兩殭屍飛身向自己擊來時，忙也揮出兩掌罡氣與兩殭屍拳頭逼體而來拳勁擊去。

「轟轟」兩聲真氣相觸爆炸聲頓然響起，項思龍和兩鬼殭屍身形同時被震飛得向後暴退了兩丈，前者只覺胸中一陣氣血翻湧，忙又把北冥神功十層功力給提升了起來，胸悶之感即時消去，但心中卻對這兩鬼殭屍的功力不禁感到暗自駭然，因為一比之下，這大寶、二寶兩鬼殭屍的功力似乎比天絕地滅這兩大魔頭還高出一籌，看來確是罕世無比的怪物，若教張耳完全控制了他們，那這以後的天下可真說不定會被張耳所得了！

但看方才兩鬼殭屍一出棺就像得了什麼命令似的同時向自己襲來，可見是張耳念的經文起的效用，那麼張耳也就是說已基本上可以控制這大寶、二寶了！再加上張耳有十具這樣的怪物，到時張耳出世，今天下間還有幾人能敵得過他的這樣藥物鬼殭屍？如此想來，更加堅定了項思龍毀去這幾個怪物的念頭了。

正當項思龍這心念電轉間，二鬼殭屍再次重組攻勢，分作兩邊夾擊之勢，口中「嘩嘩」的連連怪叫，快捷無比的向項思龍再度飛擊過去。

這次掌中發出的罡氣竟釋發出一股濃濃的腐屍異臭。項思龍心中大駭，知道這股屍臭含有屍毒，忙閉住呼吸，鬼王劍「鏘」的一聲快若閃電的拔出，將十二層的鬼冥神功和十層的北冥神功功力貫注劍身，鬼王劍頓刻紅光暴長，劍身不多時就摻出點點滴滴的「黑水」來，滑落地上草坪，沾上「黑水」的野草即時發出「嗤嗤」的燒灼之聲，旋刻就變成了焦黃烏黑之色，由此可見這屍毒毒性之烈。

項思龍見鬼王劍竟有破除毒氣的特異功效，心神大定，暴喝一聲中「鬼王千絕斬」應劍而出，卻見一層層波浪推式的紅色劍氣向兩鬼殭屍發出的黑色罡氣擊去，「轟轟轟」一連串的勁氣相觸爆炸聲再度響起，炸得四溢向周圍的勁氣遇物即炸，嚇得在旁遠遠圍觀的眾匪徒甚至是張耳等均都再次向後退避了三四丈。

二殭屍這次卻是只飛退了兩三步，而項思龍則是握劍的手腕被震得一陣發麻，看來不用「道魔神功」是難以收拾這對怪物的了！

心下想來，項思龍頓把「道魔神功」功力提至十層，鬼王劍發出的紅光片刻間縈繞住了項思龍四身周圍，鬼王劍亦也發出「錚錚錚」的嗡響之聲。

二鬼殭屍似是被鬼王劍乍然變強的紅光射得一陣慌亂，軀體又不自然的向後退了兩步，但卻也轉瞬就平靜下來，目中綠光暴長射出，向項思龍四射周圍的護體劍光擊來。

項思龍想不到兩怪物的目光竟也可以作為攻擊武器，心神大震，正待揮劍向這兩個怪物射來的綠光擊去時，卻見鬼王劍劍柄龍眼寶珠「嗤」的兩聲射出兩束灼強紅光，向兩殭屍目中射出的綠光截去。

四束紅綠光相觸，頓時在空中如閃電般劃出一道道變形扭曲的電光，同時亦也發出「嗤嗤」「嚷嚷」各種各樣的異響，然殭屍眼中射出的綠光卻緩緩的在被鬼王劍龍眼寶珠射出的紅光逼退。兩怪物似再也承受不住寶珠紅光的威力，慘叫著軀體向後暴飛出去，站定後嘴角竟溢出黑色的「血液」來。

鬼王劍龍眼寶珠逼退兩殭屍眼中綠光也倏然斂起。項思龍這時卻是心念突地一轉，想起了鬼冥雙怪給自己的「地藏秘經」裡記載的「移魂傳意」的攝魂大法。

但看這鬼殭屍剛才與鬼王劍龍眼寶珠的鬥法，可知鬼殭屍是因意念不夠深固，以致功力不能全盤發揮出威力來，心魂被寶珠珠光擊破所以才會被自身功力震傷的。

想自己十二層功力的鬼冥神功和十層功力的北冥神功二股絕世功力合起來都

難傷這鬼殭屍分毫，然這被「道魔神功」功力逼出的珠光卻能傷得鬼殭屍，看來是有著邪不勝正這個傳統理念的支配。

那麼自己用「道魔神功」的功力施展出「移魂傳意」的攝魂大法來，是否可以控制住這鬼殭屍的靈魂呢？若是可以的話，自己豈不可以把自己的某些意念輸轉入這鬼殭屍的靈魂中，把他們收為己用呢？

如此一來，自己有了張耳培訓的這兩具功力最高的鬼殭屍相助，豈不是可以用他們來抗抵張耳其他的幾具鬼殭屍了？想到這裡，頓然把道魔神功提至最高境界的十二層功力，同時收了鬼王劍，把功力運注目中，雙目精芒即時大盛，再依「移魂傳意」心法和口訣，把雙目精芒凝成兩束灼亮的白光向正在凝氣調息的兩鬼殭屍的雙目射去，口中同時把聲音凝聲放射狀的聲波喃喃的按攝魂大法的口訣，把自己的意念向兩殭屍貯存靈魂的腦域中樞神經侵襲過去。

兩鬼殭屍目中被項思龍的目光射進時，已是凶性全斂，顯得呆滯木訥的怔怔望著項思龍，再經項思龍意念聲波的侵入中樞神經，竟是緩緩的向項思龍走近過來，同時呆滯的目光漸漸顯出了對他的馴服投誠之意。

項思龍見了兩鬼殭屍的反應，心中大喜，知道這「移魂傳意」大法果也對這鬼殭屍適用，當下緊催內力，通過目中幻象把兩怪物腦中原本被張耳輸入的惡性意念一點一點的攝出，同時用聲波輸入自己的新意念用氣機定牢在他們腦域中。

過得盞茶工夫，項思龍目中攝入的再無兩鬼殭屍固有的意念幻象，頓知自己對這對怪物的「移魂轉意」大法施展得大功告成，當即目光一斂，口中意念傳送口訣一鬆，緩緩地舒了口氣，向兩鬼殭屍招了招手道：「追魂二使者，過來！」

兩鬼殭屍聽得項思龍之令，果真恭恭敬敬的走到項思龍身旁二尺來遠處，對他顯得甚是馴服和畏懼的肅然而立，目中的凶光已是全然不見。

項思龍見自己傳送到他們腦域中的訊息真被他們所接受，這「追魂二使者」就是自己在施法時給他們新取的名稱，而兩鬼殭屍被自己一喚之下真聽命來到自己身旁，心下不由大是興奮的發出一陣大笑。

張耳則是見得兩殭屍竟對項思龍如此聽話馴服，且項思龍叫他們「追魂二使者」，兩殭屍竟是聽得懂，心下不由大是驚駭，走上前來目光威嚴而警惕的盯了項思龍一眼後，冷冷道：「冷將軍到底對大寶、二寶施了什麼法術？他們竟然似聽得懂你的話，且對你如此馴服。你收服我培訓的殭屍，到底是什麼居心？」

兩鬼殭屍聽得張耳竟然對自己的主人如此凶巴巴的，當即怪叫一聲，作勢欲向張耳撲去，嚇得張耳連連搖動金鈴念起咒語，但卻渾然無用，還幸虧項思龍喝止了兩鬼殭屍欲對張耳的進攻，口中也冷聲道：「張將軍火氣如此大幹嘛？你是不是也想像他們一樣叫我用『移魂轉意』大法把你變成聽命於我的屬下？」

張耳聞言嚇得機靈靈的打了個冷顫，脫口道：「什麼？『移魂轉意』大法？你……你怎麼會這失傳了八百多年的地藏門的邪功？」

原來張耳當年在發現幽王皇陵中的「趕屍真解」時，這真解中就提到過當世最為厲害的攝魂術就是三百年前地藏門的「移魂轉意」大法。

但對此只是略略提過，卻也並沒有深釋其事。項思龍聽得張耳似也知「移魂轉意」大法的來歷，心下大訝，口中卻還是冷然道：「張將軍既然知道這『移魂轉意』大法的厲害，那我也就不再多作解釋了。把你的屬下領了給我滾回陰絕谷去！並且不得再次為惡去殺土居族人，還有不得再設這等響馬賊式的據點！若是被我知道，哼！我也就把你變成一具沒有思想的鬼殭屍！

「當然，若是你沒再讓你的屬下去作惡多端，你們想恢復趙國的計畫我也不會出面阻止。但是當你們出兵復國時，決對不可以去惹劉邦這路義軍！」

說到這裡緩和了一下語氣，頓了頓又道：「張將軍會是個識大局的人吧！想你現在失去了兩具功力最高的鬼殭屍之助，你還有得什麼憑仗呢？要知道我還有兩大高手相助呢！」

說著已憑氣機感應覺察出的天絕地滅等也跟了來，對他們藏身之地高聲喊道：「你們出來吧！藏躲了那麼長的時間，可也委屈你們了呢！」

項思龍的話音剛落，天絕地滅的身形已是自距離這空坪五十幾丈遠的林中沖天而起，前者哈哈大笑道：「還是少主體貼我們，知道我們可是沉不住氣了！」

笑聲中二人已是飛降至項思龍身前，目光瞧了瞧那已被項思龍收服的兩個鬼殭屍，天絕突地道：「少主，他們的身體似乎被曼陀曼花和鬼臼這兩種罕世絕毒浸煉過呢！」

張耳聞言，本是被項思龍嚇得目中之凶光只剩了三分的凶光頓刻全消，面色蒼白的望著天絕顫聲道：「你……你也知道這兩種奇毒？」

天絕聽了怪眼一翻地道：「豈只是知道這兩種奇毒？且對它們的功效性能解法都知道！嘿，你是不是利用可引發這兩種本是相互克制的絕毒的另一種叫作『地衣草』的奇毒來控制他們的？這些怪毒我師父的『奇毒真解』裡全都有記載的啦！」

這一下，項思龍可是連對可克制這鬼殭屍的張耳手中的「趕屍鞭」的顧忌也全消了，當下對張耳厲聲道：「你的毒功也被我的屬下破了，張將軍還有什麼可憑持的嗎？我看你還是不要再想作反抗了，否則讓我改變主意要宰了你，那時你可就後悔莫及了。」

張耳此時已是嚇得屁滾尿流，當真是再也不敢吭聲，其他的匪徒更是大氣也不敢喘。

項思龍轉身對尚還顯得比較鎮定點的張耳座下二護衛大柱、二柱冷聲道：「去糾集你們的手下，抬了你們的張將軍回陰絕谷去！以後再也不要讓本公子看到你們！」

那大柱、二柱目中狠狠的盯了項思龍一眼，卻也真依言一人去招集眾匪徒，一人則去為張耳牽來了馬匹，扶著已是渾身氣得怒得驚得駭得發軟的張耳上了馬匹。

不消片刻，一群人就狼狽出谷而去。這時舒蘭英等剛好趕來，見得項思龍竟放了張耳他們，舒蘭英閃動著滿是訝然之色的秀目問道：「項公子，你為什麼放了那幫惡賊？要是他們再搔擾我們土居族人可怎麼辦？」

項思龍聞得這話，大感頭痛的胡編道：「這個……我可向公主保證，他們再也不敢來侵犯你們族人了！至於為何放他們嘛，嘿，因為那張耳是我親戚的一個親戚，所以……」

天絕見項思龍說話吞吞吐吐的，知道他在圓謊卻又破綻百出，當即插口道：「哎，小姑娘，有得我們少主這樣的夫君保護你們族人，你就放心好了！我們少主已經給那張耳吃下一種毒藥，只要他一動歪心事想來攻你們啊，他就會毒發身亡的。」

舒蘭英聽得天絕的前一半話，玉臉一紅，但聽得後半句卻是禁不住「撲哧」笑道：「有你所說的這種怪毒藥麼？」

天絕正色道：「當然有啊！我們少主的神威就是這種毒藥啊！若是張耳動了什麼歪心事，我們少主就會施展絕世神功把張耳給異地殺了！嘿，你沒看得我們少主距離我們五六十丈遠，竟然也能知道我們的行藏嗎？我們少主武功之高由此就可想而知了！小姑娘能嫁給我們少主啊，可是比朱雲飛那狗屎不如的傢伙強多了！」

舒蘭英聽了天絕這話，玉臉緋紅嬌吟斥道：「前輩盡取笑我呢！項公子這等英雄人物，又怎會看得上我呢？」

這話剛說完，舒蘭英頓覺自己話中有語病，一時羞得低垂下頭去，再也不敢與眾人對視，一顆芳心更是慌如鹿撞。

天絕聞言見狀哈哈笑道：「像小姑娘這等大美人，我們少主又怎會看不上呢？只要小姑娘你願意，我就給你們做個紅娘好了！嘿嘿，我們兄弟可是有一百多年沒喝個喜酒了呢！」

項思龍見天絕盡拿自己和舒蘭英開心取樂，想來朱雲飛對自己充滿敵意可有一半是天絕開玩笑的原因，不由得俊臉也是一紅，啼笑皆非的沉聲道：「天絕，你不要總是胡言亂語了！人家舒姑娘可是個公主，你對她可得尊重點！」

天絕做了個鬼臉怪聲應道：「是！少主！對未來的少主夫人，屬下自是要非常尊重，而不是尊重一點的了！」

項思龍苦笑道：「你再是如此胡說八道，我可要責罰你了！舒姑娘乃是千金之體，你怎可以折損她的清白呢？我和舒姑娘只是朋友而已嘛！」

項思龍心下雖是對舒蘭英甚具好感，但一想著自己已有許多嬌妻愛妾，就抑制住自己的感情衝動，免得再生煩惱情劫，所以狠心表明自己對舒蘭英的心態「只是朋友而已」。

舒蘭英雖表面上顯露出對天絕話語的嗔怒，但心底深處裡卻還是歡喜得很，因為經過這兩天來與項思龍的接觸，芳心已是深深的被項思龍的英偉風采所吸引打動，何況自己還多次被項思龍摟抱過呢？所以私自裡已是生出了此生非項思龍不嫁的念頭，要不然也就不會對朱雲飛那般淡漠無情了！

但這刻項思龍的最後一句話卻是深深的刺傷了她的自尊心，聞言玉容慘變，突地嬌吟一聲掩面向山下奔去。

天絕見了舒蘭英的傷心狂奔，禁不住焦聲道：「少主，那小公主可是已經喜歡上你了！你如此的拒絕了她，若是她一時想不開，跑出去做什麼傻事，可就……」

這時那幾十名土居族人也是面色惶然的突地向項思龍單膝跪地的躬身齊聲道：「請項少俠去追回我們公主！」

項思龍手足措的訥訥道：「這……這……我……」

心下聞得天絕和眾土居族人的話已是驚慌得六神無主時，突地聽得山腰間傳來舒蘭英的嬌淒呼叫聲。項思龍聞聲當即嚇得亡魂大冒，再也沒有猶豫的向山下飛身朝發聲處追去。

第八章　意外收穫

項思龍身形剛起時，天絕亦也是聞聲臉色大變，連跟地滅也沒打個招呼，就縱起身形緊跟項思龍身後向山下舒蘭英的發聲處飛奔而去。那些土居族人自是緊隨二人，策騎而追。平靜的山谷頓時又是馬蹄聲，喊呼聲響成一片。

項思龍心中是又驚又駭，若是舒蘭英真為自己的一句話而性烈的做出什麼傻事來，那自己這一輩子都會難安於心，更何況自己心底深處裡，也對這美麗的小姑娘確實是心存好感呢？

唉，感情債真是既痛苦又麻煩！日後啊，可是要少招惹女人為妙，免得讓自己頭大如斗的難受！項思龍心下邊自怨自憐的想著，邊提氣縱身疾馳，這刻舒蘭英的驚呼聲已是愈來愈清晰。

項思龍心急如焚，幾個起落已是飛身趕至發聲處，卻見舒蘭英正一臉驚恐之色的看著地上死去的一百多隻蛤蟆，那些蛤蟆全身烏黑，還不少隻正脆弱無聲的滾地掙扎著，這等場面確是教人見了毛髮驚然。

項思龍心下舒了口大氣，掠到舒蘭英身邊，正待出聲安慰舒蘭英幾句，可她卻突地撲進自己的懷中，雙手緊緊的摟著他的虎腰，聲音顫抖的道：「項公子！」

項思龍憐愛的輕拍著她的香肩，柔聲道：「一些死蛤蟆嘛！沒什麼好怕的！」

頓了頓又喏喏道：「舒姑娘生我的氣了嗎？其實像姑娘這等玉潔冰心的漂亮公主，又何愁找不到比我項思龍更合適的配偶呢？唉，姑娘可否知道，像我這等亡命江湖的人，隨時隨地都有著生命之危呢？跟了我，姑娘不會有什麼好日子過的！更何況我已是有了妻室的人呢？」

聽得項思龍這一番剖白，舒蘭英卻是粉臉通紅楚楚動人的仰起嬌首，羞態中卻又是大膽的低聲道：「只要公子願接納妾身，我……什麼苦都會承受下來的，哪怕是給公子為奴為婢，我也願意！」

說完秀目中竟是滾滾落下淚珠來。項思龍想不到這麼漂亮的公主竟對自己如此的一見鍾情，看著她那滿面淒然的嬌態，心中憐意大起，低頭輕吻去她頰上的淚漬道：「我怎麼會捨得讓你這麼一個大美人去做下人呢？」

項思龍這話意思即為願意接受舒蘭英了，舒蘭英哪會聽不明白？大喜的嬌笑道：「公子，我……」

話未說完，項思龍灼熱的厚唇已是堵住了她性感迷人的櫻桃小口。舒蘭英只覺渾身一軟，反是更加熱烈的回應著項思龍親吻，似乎想把自己對項思龍心底的愛意一下子歇斯底裡的全給顯露出來。

二人正忘情的唇舌相交時，也已飛身趕至的天絕見了，禁不住發出了「咦」的一聲怪音，老臉上卻是欣然之色溢於言表。其實連天絕也說不清自己對這嬌柔可愛的舒蘭英為何會如此關心，似乎對她有著一種莫名其妙的親人的感覺，在他的深心裡，似已把舒蘭英看作了自己的女兒般疼愛。

項思龍和舒蘭英正陶醉在一種似共效于飛的異樣感覺中，聞得天絕的怪聲，舒蘭英忙羞澀的從項思龍的懷中脫開，但俏臉上卻還是一臉的意亂情迷之色，項思龍卻是俊臉微微一紅，似是有些意猶未盡的看了嬌羞的舒蘭英兩眼，又轉瞪向天絕，似在責怪他打擾自己二人的「好事」，天絕卻突地發出一聲哈哈大笑道：

「不好意思，打攪了！嘿，你們繼續親熱嘛！我什麼也沒看見的！」

舒蘭英「撲哧」一笑的嗔道：「你……明明看見了的嘛！」話剛出口就覺察出自己的語病，不由羞得低垂下頭去，玉指不安的擺弄著衣角，模樣兒動人至極點。項思龍心神一蕩的靠近舒蘭英身邊，竟是不理天絕在旁，突地又摟住她邊低垂下頭去想再吻舒蘭英的動人小嘴巴邊道：「他看見了又怎麼樣？我命令他強行忘去好了！」

舒蘭英大窘，想掙扎卻又怎奈四肢已被項思龍摟在懷中，感覺沒得一點力氣，半推半就的再次被項思龍「強吻」個夠後，才嬌聲喘喘的道：「你……你怎麼這麼色急呢？我們以後相處的機會多得是嘛！」

天絕接口抑笑道：「是啊！你以後想不痛吻妾身，我也不會饒過你呢！」

舒蘭英大羞，咳喝道：「前輩，你……盡瞎說個什麼呀？我才不會……那樣呢！」

項思龍這時也故意道：「你不以後每天都被我吻個飽，那我可說不定會去找其他的女人親熱的噢！」

舒蘭英輕擰了一把項思龍的大腿低聲道：「你敢！」

在項思龍誇張的故意大叫時，白了他一眼，卻又突地湊到他的耳邊低語道：「那以後你就每天把蘭英吻個夠吧！不過可不許你在外頭去找野女人！」

項思龍忽地溫柔地輕吻了一下她的粉紅臉蛋道：「有得英兒這樣的一個大美人在身旁，我又怎會去拈花惹草呢！」

項思龍這話，喜得舒蘭英也禁不住回吻了一下項思龍。

天絕這刻卻是在仔細的察看著地上死去的蛤螟，突地驚聲道：「啊！這些蟾蜍毒蛤全都是給金線蛇咬死的！看來這裡曾發生過一場蛇蛤大戰！」

項思龍聞言心神一斂，訝異道：「蟾蜍毒蛤和金線蛇是什麼東西？」

天絕神情興奮的道：「蟾蜍毒蛤和金線蛇都是當世的兩種罕世絕毒之物，牠們是天生的敵人，因為對於這兩種絕毒之物而言，對方都是自己的大補美餐，可以增強自身的毒素和功力。

「看這一百多隻蟾蜍毒蛤全被金線蛇咬死，可見這金線蛇應是有千年以上修練的珍中極品了。若能逮得這金線蛇，服食了牠的內丹可增百年以上功力，且這金線蛇渾身是寶，蛇皮蛇骨蛇肉曬乾來輾成粉，可解天下各種奇毒。

「若是能馴服這金線蛇，就可作為天下間最為厲害的暗器，中者當場即斃，且可叫這金線蛇吸解天下奇毒，因為這金線蛇自小就以各種毒物為食，牠的唾液能分解出相應克制所食毒物的毒素。」

頓了頓又道：「金線蛇體積只有大拇指般大小，體堅皮硬，就是一般寶劍也不能傷得牠分毫，又不畏水火，且可淩空飛擊，速度快若閃電，所以曾是武林中人夢寐以求的寶物，因這金線蛇也通人性，只要給人馴服，就會對主人絕對的忠心，不過當年的江湖異士雖不免花費十年二十年的時間去尋找捕捉這種金線蛇，但卻無一人能在這金線蛇的飛擊下不傷命的。想不到這種我當年只是耳聞卻不曾親見的稀物，今天卻被我在這太行山脈裡發現蹤跡。」

項思龍聽得匪夷所思的歎然道：「這世上真有如此怪異的毒蛇嗎？」說這話時心下卻怪怪的想著，或許現代裡許多動物的絕跡也與這金線蛇有關吧，想來這怪異的金線蛇在現代裡不曾有聞，或許也就是被這古代中人捕捉盡了的緣故。項思龍正如此想著，天絕已是怪叫著答道：「少主信不過我的話嗎？不如我們就在這太行山裡抓住那些金線蛇證明一下好了！」

舒蘭英驚呼道：「這麼厲害的毒蛇我們還是少去招惹牠吧？」天絕嬉笑道：「想不到小姑娘一對我家少主好起來，竟是如此的關心！剛才還氣得不理少主的！」

舒蘭英嬌嗔道：「是他不理人家嘛！我當然生氣呢！」

項思龍卻倒真對那金線蛇生出了興趣，轉過話題道：「這山脈這麼大，我們怎麼才能找到那金線蛇呢？」

天絕見項思龍贊成自己提出的去抓金線蛇的話來，大喜道：「這個卻是不難，在我師父天魔尊者的『奇毒真解』裡就曾提到過怎樣引出金線蛇的方法，這事就交由我去辦好了，不過去捉金線蛇時，卻是只能由我兄弟二人和少主在場，免得殃及旁人。」

天絕這話倒是破天荒的第一次顧及他人的性命，項思龍心下訝然，又欣然的正待發話時，舒蘭英則是反對道：「這太危險了！思龍，我看還是算了吧，何必為一句前輩的憤言而去冒險呢？」

項思龍見這美女對自己如此關切，心中一陣激蕩的低聲道：「英兒，你不知道，我有個朋友因身中絕毒，若是能抓到馴服這金線蛇，說不定她就有救了！」

原來項思龍聽得天絕的這一番話，突地生出這金線蛇是否可以解去天山龍女的「移情淫花」奇毒的想法來，所以才想去抓金線蛇，說不定到時可收到奇效，自己也就可免去給天山龍女解毒的尷尬了。

聽了項思龍此說，舒蘭英神色黯然的憂聲道：「那你可得小心點！」

項思龍輕捏住她的纖手笑道：「我剛得到一位如花似玉的大美人的芳心，還沒有細細品嘗，又怎會捨得丟下我的……」

項思龍的話還未說完，舒蘭英伸手輕捂住項思龍的口淒然道：「你……不要說不吉利的話嘛！」

項思龍抓住她伸到嘴邊的小手輕吻了兩下，柔聲道：「放心吧！你未來的夫君可不是省油的燈！至少那什麼金線蛇絕難傷得他分毫！」

舒蘭英嬌羞的投進項思龍的懷中撒嬌道：「蘭英自是相信夫君的能力了！」

這時馬蹄聲清晰的傳來，只聽得其中一個土居族人欣喜的歡呼道：「啊！公主她沒事呢！」

舒蘭英聞聲當即想從項思龍懷中脫出，但項思龍卻是用力的摟緊她的小蠻腰道：「英兒都已經給為夫親過了，你害羞個什麼呢？」

舒蘭英低聲嗔道：「可是那麼多人……」

項思龍打斷她的話道：「這怕什麼？剛才我親你時，天絕不是在旁看著嗎？」

舒蘭英大窘，正在掙扎時，眾人已是到得近前。那些土居族的下馬走到二人身前，同時跪身恭聲道：「恭喜公主和姑爺！」

舒蘭英聞言大羞不堪，可芳心卻是歡喜非常，在項思龍懷中掙脫不出，索性將嬌首深埋在他胸部，不敢與族人對視。項思龍含笑著示意眾人起來。

天絕這時從那些死去的蟾蜍毒蛤身上的特徵部位，用一支小針筒抽出了整筒毒汁，走到項思龍身前滿頭大汗，卻是面帶欣然之色的道：「少主！有了這筒東西，我保證可引出金線蛇來！」

項思龍輕輕的推開懷中嬌羞萬分的舒蘭英，不解地道：「這些蟾蜍毒蛤體內的毒液不是被金線蛇咬光了麼？你取來牠們體內的餘汁有什麼用？」

天絕小心翼翼的收起針筒得意的道：「但是金線蛇卻無法吸去蟾蜍毒蛤眼睛裡的毒液，其實蟾蜍毒蛤因自始至終都難以鬥得過金線蛇，經過進化，牠們學會了把自己體內最強的毒素都移藏到眼睛裡的液體中去。所以不要小看這小小一針筒毒汁，毒死萬把人像踩死一口螞蟻般輕而易舉，中者即斃，哪怕滴了一點點到皮膚上，世上也絕沒有人能救得了他，霸道非常，除了金線蛇毒可解外，世上也絕沒有任何其他藥草可解此毒。」

項思龍咋舌道：「那蟾蜍毒蛤和金線蛇之毒豈不是世上最為厲害的殺人工具了？」

天絕點頭道：「像這些死去的蟾蜍毒蛤體內現在的毒液若取出煉製暗器，當是舉世無匹的歹毒暗器之最。當年許多江湖邪派人物都去謀求這種被金線蛇咬死的蟾蜍毒蛤的屍體，拿回去提取其屍體裡的餘毒煉製暗器。」

項思龍臉色一沉道：「看來我們必須毀去這些蟾蜍毒蛤的屍體了！若是被懂此道的用毒高手發現，豈不要惹得天下大亂！」

說罷叫眾人退後三丈，把「玄陰神功」提至十二層功力，朝那堆蟾蜍毒蛤的屍體劈出一掌，只聽「呼」的一聲，真氣催發出的內家三味真火倏然從項思龍掌心噴出，向蟾蜍毒蛤叢燒去，「嗤嗤嗤」的響聲中交雜著濃烈的焦臭味，不消片刻，這些後患之物全給化成了一堆堆灰燼。

項思龍收掌斂功時，天絕駭然道：「少主，你這又是什麼神功啊？竟能化氣為火？」

項思龍胡編道：「不是跟你說過麼？烈焰神功！還只練到十層功力！」為了能徹底震住這魔頭，項思龍不得不胡吹一遍。天絕心下果是對項思龍更是懼怕和恭敬，嘿然笑道：「少主若是練成了烈焰神功的至高境界！豈不是可以熔金化鐵了？」

舒蘭英則是對項思龍更是愛煞的深情望了他一眼，那眼神要說有多動人就有多動人，使得項思龍見了心神一蕩，恨不得把這嬌嬌女摟在懷裡再痛吻個夠。

如此念頭閃過時，項思龍心中也不禁暗自訝然自己為何自「被迫」接受了這舒蘭英後，慾念如此易發生衝動呢？其實項思龍是繼承了父親項少龍的風流個性，天生是個多情種子，又因自通天島與蘭蘭、芳芳諸女分別後，已是有一個多月未曾觸及女人了，所以這刻有像舒蘭英這樣一個大美人對他投懷送抱，自是壓制的情欲頓找著了發洩的對象，情難自控起來了！

正當項思龍被舒蘭英「勾引」得慾念大漲時，天絕又發話道：「少主，看這些蟾蜍毒蛤剛死不久的樣子，那金線蛇也定在附近，我們還是著手準備抓蛇吧！」

項思龍抬頭看了看天色，已是太陽斜掛西邊半天空，點了點頭，吩咐舒蘭英領眾人回到谷中的別院去靜候自己三人。舒蘭英自是一番千叮萬囑，弄得項思龍連連點頭應「是」！

待送走了舒蘭英眾人後，項思龍大鬆了一口氣，對天絕道：「好了，可以施法去引出那金線蛇了！」

天絕沉聲應命，著地滅到草叢深處去抓一隻平常的蛤蟆來。自己邊用針筒往地上射出毒蛤毒液邊對項思龍道：「金線蛇對絕毒之味甚是敏感，這些毒液定可引出這些小乖乖，我們就在此地靜觀動靜好了。不過可得小心戒備，以防這傢伙突然向我們發動襲擊。」

項思龍點了點頭，這時天絕把針筒裡剩餘的毒液全都射在了地滅抓來的一隻平常蛤蟆身上，那蛤蟆慘叫幾聲，在地上一陣翻滾就驟然不動，看到項思龍臉上的訝異神色，地滅解釋道：「這是用以迷惑那金線蛇的。在這蛤蟆身上注多一點毒液，毒味也就深濃，金線蛇會聞得毒味趕至，以為這蛤蟆是修行功力較深的蟾蜍毒蛤，而獵取這『美味』的，那時我們就可用功力把牠們擊殺或收馴了。」

項思龍聞言忙道：「最好是抓活的把牠們收馴，我還要用牠們來救人呢！」天絕弄好了這假毒蛤的佈置，站直身子舒了口氣道：「要收服這小傢伙可很難，不過少主有命，我們自是會盡力而為。對了，金線蛇唯一脆弱的部位就是尾腹的一個紅色小斑點，而不是常蛇一樣的七寸。若是能制住牠們身上的紅斑點，這小傢伙就會對你服服貼貼的，那時再對牠們體內貫以自己的內力，金線蛇自此就會視向牠們注真氣的人為主人，聽命得很。

「因為這貫注的真力可以使金線蛇能對主人產生氣機感應，再加上牠們身上的紅斑點可接受施功者的體味和些許意念。所以只要制住那紅斑點，金線蛇就會對你降服。不過這金線蛇卻也狡猾多端，那紅斑點會隨周圍的事物顏色而發生改變，只有當牠全身功力意念集中起來時，才會顯露出來。」

項思龍對這些自然中動物的怪異特徵真是聞所未聞，幾乎懷疑是在聽神話，呆了好一陣才道：「這世上竟有如此怪異的傢伙？嘿，真新鮮！」

天絕不以為然的道：「怪東西可多著呢！『奇毒真解』裡就介紹有二十幾種之多！」

項思龍笑道：「那我以後可得好好研究研究這本『真解』了！」

天絕正待再答話時，地滅突地「噓」了一聲壓低聲音道：「有動靜了！」

項思龍和天絕聞言心神一斂，都凝神靜氣的傾耳聽去，卻果聽得左方的密林裡傳來「竄竄」的怪草叢觸動聲。項思龍緊張得連大氣都不敢喘，天絕這時低聲道：「少主，運功準備，隨時戒備出擊！」

項思龍聽了，頓即把鬼冥神功和北冥神功都提高到至高層次，氣機感應即使讓他感覺到左邊的密林裡傳來一種沉重的壓迫之感。這時林中的異響卻突地豁然而止。

天絕湊到項思龍耳邊有些焦急的道：「少主，不要讓真氣的無形壓力釋放出去與金線蛇相抗，這傢伙很機靈，一旦發現有高手想捕捉牠們，牠們就會溜掉的。」

項思龍真想不到這金線蛇竟然如此通靈，也可感應到人體對牠所釋發的真氣壓力，當即也便斂去氣機感應。果然過得片刻，那「竄竄」的聲音再度響起，且聲音愈來愈密集和快捷。

天絕聞得響聲大喜，用「傳音入密」的神功把聲音凝成一絲絲的送入項思龍耳中道：「少主，想不到你剛才錯打正著，那金線蛇還以為你所釋發的氣機是蟾蜍毒蛤發出的，被牠們打敗了呢！這刻牠們是信心十足的加快速度了！」

項思龍聽得不置可否的笑笑，沒有答話，這時地滅卻也凝聲成絲的緊張而興奮地道：「金線蛇出來了！」

二人聞聲頓即斂神往左邊叢林邊沿邊望去，卻見兩隻通體金黃，約有一尺來長，全身粗細幾乎一致的兩隻小蛇，全身發出金光，瞪大著眼睛注視著那被地滅貫注了真力如活著般的「蟾蜍毒蛤」，神態甚是專注，成兩翼包圍之勢向那「蟾蜍」圍去，口中不時發出清脆的怪叫聲，似是在對「蟾蜍毒蛤」示威。

天絕這時抑不住興奮的臉上盡是喜色，凝聲道：「啊！看這對金線蛇身上的金色如此之深，一定修練到了千年以上！」

項思龍也顯得甚是緊張和興奮的道：「我們準備何時出手？」

天絕沉吟了片刻後道：「待牠們距離假蟾蜍毒蛤只有五尺來遠時，我們三人同時發動出擊。要用真氣把牠們困住，不要讓牠們溜了。這金線蛇可攻破一般的內勁阻力的，我們要注意牠們的動向，把功力凝聚起來才行。」

項思龍點了點頭，再次凝神向那對金線蛇望去時，卻見牠們距離「蟾蜍」只有二米之遠了，當即把功力運聚掌心，這時天絕突地低喝一聲道：「動手！」

話音剛落，三道身形從叢林中突地快捷飛出，三道罕世無匹的內家真氣從空中分成三個角度向兩條聞聲已是準備飛起逃竄的金線蛇擊去。

強大的真氣網中兩隻金線蛇連連叫著左飛右撞，但怎奈圍攻牠們的是三大絕世高手，功力之高足可開山碎石，更何況是三人聯手出擊，牠們怎可輕易逃脫得出呢？兩金線蛇見突圍無效，卻突地由口中噴了一縷縷的金色煙霧來。天絕見了心中大是駭然的大喊道：「少主，小心了！這毒霧可是劇毒無比，沾上可就完了！必須把牠用內勁阻住！」

項思龍聽了心神一震，當即再把玄陰神功也給提起來，雙掌二陰一陽三種罕世功力同時發出，左掌所發玄陰神功功力凝化為三味真火，右掌所發鬼冥神功和北冥神功力導發出體內蘊藏的萬年寒冰床的至陰寒氣，陰陽交合下頓然威力大增。

三味真火把金線蛇所噴出的毒霧悉數焚化無形，寒冰真氣則把包圍金線蛇的真氣一點點的凝固為空氣冰層，使得金線蛇靈活度大減。金蛇線似被激怒，突地金黃色的身上金光大作，且金光在牠們口中所吐出的兩顆金光爍爍的內丹引導下，成螺旋狀向三人真氣硬攔起來。

「轟轟轟」三人所發真氣都不同程度地被震散，一金線蛇瞧準良機，身形從被擊破的真氣網中沖天竄出，但另一隻則仍被陷身氣網之中，竄逃出的金線蛇淒厲地怪叫一聲，向項思龍快若閃電的飛擊過來。

項思龍見了心神劇震，快捷無比的收回左掌，「鏘」的一聲拔出了腰間的鬼王劍，運功貫注劍身，「鬼王千絕斬」應手而發，血紅的劍光頓時把項思龍全身上下防守得密不透風，天絕這時高叫道：「少主，你去專心應付那隻金線蛇吧！這隻交給我們兄弟倆了！」

項思龍略一遲疑，也頓即收回右掌，把功力轉化為道魔神功，鬼王劍發出一陣陣的破空龍吟之聲，紅光也光亮大熾許多。金線蛇似有些懼怕項思龍鬼王劍的強大無比之劍氣，一時卻是不敢近得項思龍的身來，但卻突地又怪叫一聲轉移目標向天絕和地滅二人飛擊過去。

項思龍怎會讓牠偷襲得逞，功力加強至十二層道魔神功，凝成一束劍光，向金線蛇阻去。「噹」的一聲脆響，金線蛇內丹所發金光與項思龍的劍氣相碰，發出如鐵器相擊之聲。

金線蛇似想不到項思龍還有如此厲害的殺著，氣急得「七竅生煙」。放棄了對天絕地滅的偷襲，掉轉過身來向項思龍怪叫著凶神惡煞的飛撲過來，竟是一派兩敗俱傷的拚死打法。

項思龍可不想殺這小傢伙，劍勢揮起陣陣堅若鋼鐵的罡氣阻住金線蛇的攻擊。這時鬼王劍劍柄的龍眼寶珠又被項思龍強大的氣機催逼出光亮往金線蛇射去，並且觸到牠的身體時突地光芒一散，成罩狀把金線蛇全身給限在不足一個立方的空間。

金線蛇慘淒的怪叫著，在金光中翻滾不停，似是極度痛苦且尾腹部的紅斑點也陡然現出，那罩住金線蛇全身的紅色珠光正一絲一絲的向牠那紅斑點射去，並斂進了金線蛇體內，盞茶工夫過去，金線蛇終於怪叫一停，吞回內丹，金色的小頭連連向項思龍恭點頭。天絕見了大喜的喊道：「少主，那金線蛇已對你臣服了！」

項思龍聞言有些遲疑的只把功力斂去兩成，珠光頓然收去，金線蛇則是緩緩的向項思龍飛來，神態對他恭敬之極。

項思龍抱著試試看的心理沉聲道：「小傢伙，你真的服我了嗎?是的話就把頭輕點三下！」

那金線蛇果然依言乖巧的輕點了三下小頭，在項思龍罡氣的阻止下「嗚嗚」的怪叫著，但叫聲顯出溫馴許多，再也沒有一絲凶殘之味。項思龍放下心來收了內力，但卻仍是有些忐忑的向那金線蛇招了招手道：「小傢伙！過來！」

金線蛇見狀聞聲「呼」的一聲飛回項思龍手中，嚇得項思龍差點把手收回，但金線蛇已飛落至他的手掌，入手並不冰涼，且與人體體溫差不多，一雙金色小眼睛馴服的看著項思龍一陣，又轉向被天絕地滅困住的金線蛇望去，口中發出低低的哀叫聲，又轉望向項思龍，金色小頭不住的向他點著，似是在求他救救自己的同伴。

項思龍此時見金線蛇果對自己懼服有加，心神鎮定下來，伸出空著的一隻手摸了摸牠的金色身軀道：「你是叫我放過你的同伴嗎？」

金線蛇聞言連連點頭，且發出哀叫聲。項思龍甚覺這小東西好玩有趣，也不禁憐意大起，但仍是戒備的道：「好！我可以放過你的同伴，但你可不可保證牠不傷害我們？」

金線蛇歡快的又點點頭，項思龍伸指輕點了一下牠的小頭道：「那我就信過你吧！」

說著正準備向天絕地滅打招呼吩咐他們收功時，手中的金線蛇突地自手中飛出。項思龍嚇了一大跳，舉目望去，卻見這金線蛇飛至距離氣網二尺來遠時，用牠們蛇類的語言衝著氣網內掙扎的金線蛇叭哩呱啦的「說」了一大堆什麼，氣網中的金線蛇卻果也軟服下來，衝著項思龍「嗚嗚」的怪叫兩聲，且朝他點了點頭。項思龍見狀鬆下一口氣，叫天絕地滅收了真氣，那從氣網中脫困而出的金線蛇歡呼著與被項思龍馴服的金線蛇在空中戲耍了一陣，雙雙向項思龍手中飛去。

項思龍已知這金線蛇甚通人性，伸手接過那隻被自己馴服的金線蛇，對另外一隻卻是深懷戒備的不敢去接。那金線蛇似是知道項思龍的心思，尾腹中的紅斑點倏地現出，衝項思龍怪叫著，似是在示意他實施控制手段。

項思龍卻為了小心起見，倒是毫不客氣的凌空用指射出一束真氣往那金線蛇尾腹的紅斑點貫注進去，直待過得約有五六分鐘光景才收功住指，伸出手去把這隻金線蛇也給接在手中，口中同時對牠們道：「你先向我降服，我就奉你作老大，取名為『大飛』，你呢，後向我降服就自是作老二了，取名為『小飛』。以後我就用這名字喚你們，可要各自把自己的名字記清楚了！」

兩金線蛇同時歡聲點頭。

天絕這時走到項思龍身前笑著賀道：「恭喜少主再添二猛將！嘿嘿，有了這對小傢伙相助少主，少主當真是天下無敵了！」

頓了頓又道：「想不到這對小傢伙的道行竟然這麼深，若不是有少主，我們兄弟二人可真降不住牠們。」

項思龍心情大佳，大笑道：「你們二人的功勞可也大得很，回去我讓蘭英拜你作乾爹！」

項思龍見天絕對舒蘭英的異樣感情也已看出端倪，知道他對這小妮子喜歡疼愛非常，所以這刻索性順了他的心意，說出這等話來，想著或許因此而可斂去天絕地滅的凶性，而喚起他們的良知和親情呢！

天絕聽得項思龍的這話，果是興奮得跳了起來道：「少主，你……你這話可是真的？」

項思龍故意把臉色一沉道：「你以為我是個言而無信的人嗎？」

天絕拉著也是高興異常的地滅，向項思龍跪下躬身行了一個大禮，二人同時恭聲道：「謝少主對屬下的厚愛！屬下二人將永遠效忠少主！誓死不辭！」

項思龍把兩金線蛇收入革囊中上前扶起二人誠聲道：「你們收了蘭英作義女，也將就是我乾爹了，日後不必如此多禮了！」

天絕臉上一陣激動道：「少主，這個屬下等怎敢？」

項思龍生氣道：「你今天怎麼也囉囉嗦嗦起來了？我說的話難道你們也不聽？還有，日後不要再叫我『少主』『少主』的了，喚我的名字就行！」

天絕聞言愣了愣，但過得片刻卻突地仰天發出一陣悲情的哈哈大笑後淒聲道：「想不到我兄弟倆一輩子惡貫滿盈，到了晚年卻能收得如此兩個優秀的義子義女！好！少主——你就讓我再這樣稱呼你一次吧，以後我們就依你之言就是了！」

地滅也訥訥的哽咽道：「少主，你這教屬下怎麼承受得起呢？我們可是你的手下敗將！」

項思龍這刻也跪地向天絕地滅二人行了個大禮道：「孩兒思龍拜見兩位義父！」

天絕顯得有些手足無措的慌忙扶起項思龍道：「少主，這……」

項思龍責聲道：「義父，你剛才不是還說再不如此稱呼了的麼？怎麼現在又犯規了？」

天絕老臉一紅道：「這個……屬下如此稱呼慣了，一時卻是難以改得口來呢！」

項思龍啼笑皆非道：「既是如此，那就隨得你們怎樣稱呼我吧！」

天絕緩和了一下臉色，大喜道：「這樣最好了，在未習慣過來前我們還是叫作少主！」

頓了頓抬頭看著西邊山頭上就快落山的太陽又道：「少主，天色不晚了呢！我們還是去與舒姑娘他們會合，準備回土居村落去吧。」

項思龍聞言點了點頭，三人頓即展開身形向山谷中匪徒留下的別院奔去，不消片刻功夫，三人到得谷中別院，卻見一別院門口有二十多個姿色尚算不錯的少婦少女，正在向舒蘭英等頻頻道謝著，有的竟是與其中的土居族武士抱頭痛哭。

舒蘭英卻顯得有些魂不守舍，不時向山谷路口望著，對眾女的道謝聲倒是漫不經心。見項思龍、天絕地滅三人飛奔馳回，舒蘭英嬌聲歡呼，拔開人群，向三人衝迎上去，一頭扎入項思龍的懷中，聲音顫抖而喜悅地道：「思龍，可把我擔心死了呢！」

項思龍輕吻了一下她的額頭柔聲道：「小傻瓜，我不是跟你說過，你未來的夫君不會有事的麼？瞧你緊張成這個樣子！衣衫都給汗濕了。」

邊說著邊伸手拂了拂她眼角被汗水浸濕的秀髮，同時另一手緩和的朝她背部天機穴上輸入一股真氣，在她全身運動了一個周天，待烘乾了舒蘭英被汗水浸濕的衣衫後才收功。

舒蘭英俏臉一紅，秀目閃過一絲幸福之色，低聲道：「項郎，你對英兒真好！我這一輩都誓死跟定你了，你可不許丟下人家不管哩！」

項思龍摟著舒蘭英的小蠻腰，用手輕搓著她背部沒有半點脂肪的充滿彈性的肌膚，低頭去輕咬著她晶瑩柔嫩的耳珠道：「我怎麼會捨得丟下你這麼個大美人呢？嘿，你知不知道，在峽谷崖上當我抱著你的時候，我就好想一口把你吞進肚子裡，讓我永遠的擁有你呢！你這小妮子啊！早就把我的七魂六魄都給勾引去了！」

舒蘭英受不住項思龍往耳朵裡故意吹氣帶來的癢，花枝亂顫的發出一陣「咯咯」嬌笑道：「可你為何先前還裝出一副正襟危坐的樣子呢？」

項思龍露出吃醋的神色道：「因為我先前還以為你喜歡那朱雲飛呢！卻教我怎好意思去拆散人家一對恩愛的小夫妻呢？」

舒蘭英吐氣如蘭的道：「可我在你面前表現出了對朱雲飛的拒絕啊！而你卻仍對我冷冰冰的！」

項思龍抑笑著道：「好！那今晚就讓我用一把熱情的火，去把我小娘子身上的冰給融化掉好了！」

舒蘭英羞咳的道：「你說什麼啊？我身上可沒結冰呢！」

項思龍壓低聲音道：「怎麼會沒有呢？你的處女之冰還沒融化呢，自是要讓為夫來幫忙了！」

舒蘭英這下狠揪了項思龍背部的肌肉道：「你再說我就要咬你一口了！」

項思龍痛得臉上扭曲的嬉笑道：「打是情，罵是愛，看來小娘子是答應為夫今晚來親你愛你了！」

舒蘭英見得項思龍的怪樣，又是心痛又是氣惱的湊到他耳際，音若蚊蚋地道：「夫君要妾身怎樣妾身自會依你的了，可是你不要這個時候在這種場合下說得這麼大聲嘛！」

項思龍聞言心中一蕩，怪聲道：「那娘子這話是不是挑逗為夫，說在沒人的場合，我就可以對你為所欲為呢？」

舒蘭英見項思龍說話這麼無賴，嬌斥道：「誰在挑逗你了嘛！」

舒蘭英說這話時忘卻了斂聲，一時聲音傳到天絕地滅二人耳中，天絕怪眼中透出笑意道：「小姑娘在說什麼？男歡女愛是人之常情嘛！即便你挑逗少主也是合情合理的呢！不過卻不能給他戴綠帽子就行！」

舒蘭英大羞的怒嗔道：「前輩你盡幫著他說話！他剛才……對我說的話很是

難聽呢！」

天絕見著她的羞嗔之態大樂道：「小夫妻兩人說些調情的話，更能融洽感情呢！」

項思龍見舒蘭英被天絕逗得大窘，直往自己懷裡鑽，也不由得哈哈大笑道：「娘子，我幫你認了兩個義父，你高不高興啊？」

舒蘭英聽了微微一愣後，偷眼望了天絕地滅二人一眼，見他們正一臉激動迫切之色的望著自己，心中已是明白過項思龍的話來，脆笑道：「當然高興啦！那以後就有人護我，不盡受你的欺負啦！」

天絕地滅一聽她這話，樂得有點手舞足蹈的嘿嘿望著舒蘭英怪笑著，項思龍扳正了舒蘭英的嬌軀，指了指天絕地滅二人微笑著道：「那你還不快去拜見兩個義父？說不定他們會有什麼好東西送給你呢！」

舒蘭英其實對天絕的時而怪言怪語的風趣幽默也甚是喜歡，雖然他時常取笑自己和項思龍，但說來自己和項思龍這段姻緣的合成，確也全靠天絕幽默玩笑的功勞呢！更何況這兩天來處處均表露出對自己的關心呢！能得這樣兩個絕世高手作自己的義父，倒是自己的福氣呢！

心下想來，舒蘭英頓即走到天絕地滅二人身前，盈盈跪地下拜道：「兩位義父在上，請受英兒一拜！」

說著「咚咚咚」的叩了三個響頭，喜得天絕和地滅二人禁不住熱淚滿眶的慌忙上前扶起舒蘭英，一人拉著她一手。天絕從懷中掏出一卷舊色的黃帛塞給她道：「英兒，義父沒有什麼東西送給你，這卷『天魔神功』秘本就算作是給你的見面禮吧。」

地滅也從革囊中掏出一個精緻的黑匣道：「英兒，這把『天魔軟劍』是義父唯一的家當了，裡面有一套『天魔無影劍法』，也算是我送給你的禮物吧。」

舒蘭英聽得全是什麼「神功」、「劍法」之類的東西，心下甚是不大感興趣，因為她自小雖也習武，但最怕難練的武功。這刻天絕地滅二人送給自己的「玩意兒」定是高深得很了，自己哪會有得心思去練嘛！

心下雖是如此想來，卻也不好意思拒絕二人的一番好意，苦著臉的向項思龍瞧了一眼，心念倏地一動：「對了，思龍可是好武非常，自己何不收下來交給他去學呢？」

想到這裡苦著的臉色倏地一展，欣然的接過兩人禮物收好後，盈盈躬身道：「謝兩位義父對英兒的厚愛！」

天絕和地滅正突見舒蘭英見得自己兄弟送給她的禮物而秀眉一皺，正心中不大自然時，又突見她笑顏如花的接受了二人之禮物，心情頓時大是暢快，前者哈哈大笑道：「今天真是老夫一生以來最開心的日子！少主，我們兄弟二人謝謝你對我們的關照，讓蘭英做了我們的乾女兒！我有一個請求，就是希望少主日後能自始至終的善待英兒！」

說著與地滅一起跪到項思龍身前向他行了個大禮，慌得項思龍和舒蘭英忙上前扶起二人還禮，項思龍道：「義父，龍兒豈敢受你們如此大禮呢？我項思龍向天發誓，這一輩子若有負英妹，便教我……」

話未說完，舒蘭英已是淚意盈盈的伸手輕捂住項思龍的嘴，顫聲道：「龍哥，英妹相信你的話就是了！要知道若是你有什麼事，英妹也不會獨活的了！」說著更是滿面淚漬了。

項思龍心中一陣感動，把她輕摟進懷中，舉袖為她拭去玉臉上的淚跡，慰哄道：「我這一生最怕女孩子掉淚了！為了讓你的夫君少痛心些，娘子就憐愛憐愛你夫君，不要哭了罷！」

第九章 卑鄙小人

舒蘭英聞得項思龍這俏皮話，破涕為笑的羞嗔道：「你就只會耍無賴手段哄人家了！」

項思龍見得舒蘭英這梨花帶雨的嗔喜之態，心神一蕩，用手指撥弄著她的下巴，柔聲道：「英妹，你這刻的姿態真美麗動人了！為夫想親你一下可以嗎？」

沒有一個女人不喜歡自己心愛的男人誇讚自己的，舒蘭英聞言粉臉一紅，更是嬌羞不堪的在項思龍懷中撒嬌起來，但仍是用只有項思龍才聽得清的聲音道：「你想怎樣就怎樣嘛！人家又沒有你力氣大，逃不出你的手掌心！」

項思龍聽得舒蘭英這欲拒實迎的話，頓刻慾念大漲，可顧不得天絕地滅二人就站在身旁，低下頭去就在舒蘭英性感迷人的櫻桃小口上淋漓盡致的痛吻起來。

舒蘭英「嚶嚀」一聲，只作了兩下象徵性的反抗，很快就被項思龍的熱情瓦解，反主動的與項思龍唇舌相交的纏綿起來。堅挺豐滿的酥胸急劇的起伏著，秀目泛起了春情蕩漾的桃紅，口中也不自禁的發出了輕輕的呻吟聲。

天絕和地滅在一旁只看得目瞪口呆，想不到這平時看起來挺羞澀的小姑娘「色急」起來，卻是比項思龍還厲害。這時那些土居族武士也發現了這邊的「異狀」，一時人人都目光訝異的望著進入「忘我之境」的正在親熱的項思龍和舒蘭英。

那些剛被救出來的少婦少女則是看得春心也是一蕩，都羞紅著臉頰低下頭去不敢再看，但卻又禁不住用眼角餘光偷窺著二人。場中的氣氛一時怪異的寂靜起來。舒蘭英似覺察到了四周的異常，甚想推開項思龍，然生理上的刺激卻又讓她渾身沒有一絲力氣，且芳心甚是抗拒不了項思龍對自己的攻擊，只得索性不去理會，任由項思龍對自己侵犯著。

這一吻足有一刻鐘之餘，項思龍才緩緩鬆開了舒蘭英，抬起頭來剛好碰到天絕看著自己的目光，心下不以為然的朝他笑笑。但突地覺得舒蘭英又投進了自己懷中，且把嬌首深埋在胸前，雙手把自己腰部摟得緊緊的，酥胸的起伏急劇清晰可感，不由訝異的向四周掃視過去，見得在場所有人的目光都落在自己和舒蘭英身上怔怔的看著，不由得俊臉也刷地一紅，收回目光怒瞪了天絕一下，且朝他使了個眼色，示意他想個辦法轉移開眾人的視線。

天絕見了嘿嘿一笑，突地轉過身面對著院落的眾人「兇神惡煞」的大吼道：「看什麼看啊？沒見過小媳婦和新郎親熱嗎？真是少見多怪？去去去！都給我做自己的事去！」

話剛出口，倏覺自己這話把自己兄弟二人也給罵了，不由心中大呼倒楣。見到眾人被天絕給喝散，項思龍心神緩緩平靜下來，輕推開玉臉有若火燒的舒蘭英，赧然笑著低聲道：「英妹，我們準備回你們土居村吧！」

舒蘭英嬌羞的白了他一眼，卻是沒有說什麼的默默點了點頭。項思龍走到天絕身前有些「惡狠狠」的命令道：「去吩咐眾人把屋中的衣物和珠寶之類收拾起來帶走，每個被匪徒抓來的婦女都分給她們一些銀兩讓她們回去，再把這些院落放一把火給燒掉！」

天絕強忍住心中的笑意，正色應「是」，與地滅一起向院落前的眾人走去，把項思龍的命令給複述了一遍。眾土居族武士和地冥鬼府的教徒當即領命而散，向各座院落搜去，項思龍在眾人散去之前高喊了一聲道：「注意察看一下屋中有沒有機關密室、地下室一類的！」

說著拉著嬌羞仍存的舒蘭英柔嫩的纖手，向那些匪徒抓來的少婦少女所站之別院走去。剛到得眾女身前，即時有四個體態豐滿，姿色較清秀的少女向項思龍跪下，其中一個作代表哭哭啼啼的哽聲道：「這位大爺，小女子等都是家中親人全被那幫惡賊給殺害，現在已是無家可歸，求大爺可憐可憐我們，收下我們吧！為奴為婢，小女子等也都心甘情願！」

說完四人頻頻向項思龍叩起頭來。這一下可把項思龍弄得措手無策，唯唯諾諾的不知怎麼回答是好。用求助的目光望了舒蘭英一眼，卻見她竟是被四女的哭聲和淒淒憐人的慘態給感動得兩目通紅，對自己的求助目光恍如未見。

這時項思龍見得其中一女的額頭竟給叩起血絲來，心中不由大急的顧不得男女有別之嫌，躬身去扶那少婦，豈知此女卻是不肯起來的哭聲道：「大爺若不收留小女子，小女子就一輩子跪著！」

項思龍頓時頭大如斗的不知所措喏喏道：「這個……這個……」

正當項思龍吞吞吐吐時，舒蘭英卻也發話道：「思龍，她們也確是夠可憐的，你就答應收下她們吧！」

四女聽得舒蘭英這話，臉露喜色，一臉迫切的望著項思龍，卻是忘了叩頭了。

項思龍掃視了四女一眼，歎了一口氣道：「你們先起來吧！以後你們就服侍我夫人好了。」

四女見項思龍應承收留她們，忙向項思龍和舒蘭英再次行禮恭聲道：「謝少爺和少夫人的恩賜！」

舒蘭英這次卻是不待項思龍示意，已是親切的上前扶起了四人，從腰間掏出了一塊白色絲巾輕輕的拭去額頭出血的那名二十三四歲的少女，又轉過身對呆站著的項思龍嗔道：「思龍，你也來幫幫忙嘛！你那裡不是有金創藥嗎？快拿來給這位大姐敷上！」

那女人聽了忙道：「夫人，奴婢叫葉秀芬，你就直呼我的名字好呢！」

其他三女也作了介紹，分別叫作李湘華、陳慧珍和周郁芳。全是在這太行山各處居住的村婦，被趙灰等匪徒抓來都不到兩個月，都是受盡了毒打和淫辱，其中那叫李湘華的少婦還示出本是白若蓮藕般的手臂，現在卻見上面滿是一條一條還未消腫的烏黑鞭痕。

項思龍看得心下一陣惻然和憤怒，從革囊裡掏出「鬼谷子」的金創藥和其他療傷藥粉藥水，把藥水遞給舒蘭英，教了她使用方法，著她去給眾少婦療身上的傷痕。自己則細心的為額角叩破的葉秀芬額上縛上金創藥，又撕了衣衫為她綁好。只讓得葉秀芬見了秀目淚珠滾滾而下，嬌軀不斷的抽抖著。

二人忙得個滿頭大汗，才為四女縛傷完畢。其他諸女都怔怔的看著項思龍和舒蘭英二人，目光顯得意亂迷離。項思龍見了諸女之神態，心中甚憐，但卻還是不由得暗暗大呼道：「我的天啊！不會這麼多女人全部都要跟著自己吧！」

正如此怪怪想著時，天絕地滅和眾土居族武士、地冥鬼府教徒已是連續不斷的從各院落中走出，向項思龍這邊行來。項思龍見了如逢大赦，狠下心腸，不理諸女的目光，向天絕走去道：「事情都辦妥了嗎？」

天絕沉聲答道：「共查出穀物類一萬多斤，黃金五百餘兩，其他珍寶一百多件，都已悉數搬出；各院中的焚燒木柴也已備好。就等少主的最後命令了。」

項思龍點了點頭道：「嗯！給那些婦女每人分發十兩黃金，贈送一匹馬，遣送她們回去好了。」

天絕應命而去，著扛著黃金珠寶的武士跟自己走到那些婦人面前，依項思龍之言每人分發了十兩黃金，又給了她們每人一些乾糧，再著人牽了二十幾匹馬分送給她們。

諸婦人向天絕等千謝萬謝之後，又有幾個深深的向項思龍望了幾眼，全都騎上馬背，戀戀不捨的辭別眾人。剩下有七八個土居族婦女則是由土居族武士把她們安慰下來。

終於解決了一件讓自己甚感頭痛的事，項思龍大緩了口氣，吩咐眾人把穀物之類的都搬放到馬背上，整裝待發，最後自己也與舒蘭英合乘一騎，劈空揮出一道道由真氣凝成的火舌向別院擊去。

傾刻間別院全部大火熊熊燒起。望了一眼那火焰沖天漫空的匪徒別院，項思龍哈哈大笑一陣後，沉聲大喝道：「咱們返回去也！」

話音剛落，夕陽黃昏的山谷間頓即又是馬蹄聲四起，劃破山谷的平靜，驚得歸巢的飛鳥也給展翅驚鳴飛出。

回到土居族所隱居的峽谷，天色已是深黑，舒蘭英著人點火發出信號，告訴谷中族人自己等已經平安歸來。果然不消得盞茶工夫，峽谷中就隱隱約約的透出大片的火把來，且火把越來越亮，模糊中亦有人聲傳來。

項思龍想著那被自己氣得傷心病狂的朱雲飛，這刻見了自己和舒蘭英親親熱熱，不知又會是個什麼樣子？但願人不要跟自己搗亂就好，否則自己一怒之下，說不定可真會把這本就看不順眼的傢伙給宰了。

又想到那些傷殘的地冥府教徒，心下不禁一陣神傷魂斷，也不知他們是否與朱彥等土居族人相處甚好？要是出什麼矛盾來，自己等倒是務必小心為是了！這裡可是人家的地盤，自己等縱然武功高強，可若真是與這些凶蠻的土居族人鬧翻了，可就將是個兩敗俱傷的結局。

項思龍心下正如此怪怪的想著時，人聲已是愈來愈清晰，只聽得一個渾沉的聲音傳來道：「可是公主與項將軍等回來了嗎？」

項思龍聽出是朱彥的聲音時，舒蘭英已是大聲的回覆道：「朱伯伯，正是我們！」

朱彥似是大喜地道：「這下可好了，我們正掛念著你們呢！」

話語間雙方已是在火把光亮的映照下彼此可見，跟朱彥一起來迎接的約有三百多個土居族武士。人人武裝整齊，且手中都緊握硬弓，看得項思龍眉頭一皺，心神暗斂，忙向身旁的天絕和地滅使了個顏色，二人卻早也看出端倪，見著項思龍投來的目光都輕輕點了點頭，兩雙怪目都緊緊的盯著面含笑意的朱彥。

舒蘭英亦也大感訝然地道：「朱伯伯，你帶這麼多人來迎接我們幹嘛！」

朱彥嘿嘿笑道：「公主和項將軍等凱旋歸來，族人們都歡躍萬丈，爭著要來迎接你們呢！若不是我出言止住，來的人又豈止這麼些？」

頓了頓，卻又忽地神色一默的淒然道：「公主，你爹病倒了！」

舒蘭英聞言失聲驚呼道：「什麼？我爹病了？病情怎麼樣？嚴不嚴重？」

朱彥歎了一口長氣道：「唉！這個……你回去看看就知道了！」

舒蘭英心頭一沉，玉容慘變的顫聲道：「朱伯伯，你……你這麼說就是示意爹爹的病情很嚴重了？這……怎麼會這樣呢？我在家時，爹爹的身體還很硬朗的呀！」

朱彥悵然道：「自你哥哥舒克強死後，可汗就時時心臟病發作，這次你又去與那趙灰交戰而沒告訴可汗，所以……可汗氣憂交加之下就給病倒了。」

舒蘭英這時已是泣聲道：「那找大夫給我爹醫治了嗎？大夫對我爹的病情怎麼說？」

朱彥搖頭道：「我請了族中醫術最為高明的唐神醫給可汗看過了，他說可汗因為心病而觸發了他的心肌梗塞病和腎臟出血病，可汗他……現在已經病入骨髓了！」

舒蘭英悲吟一聲撲進項思龍懷中，嬌軀劇顫著悲聲道：「思龍，你可得想個辦法救救我爹啊！」說著竟然昏了過去。

朱彥看著項思龍懷中的舒蘭英，目中厲芒一閃即逝，走向項思龍道：「項將軍，公主一時驚憂過度，就交給我們吧！」

項思龍已隱隱感覺出這土居族可汗的病情可能內中大有問題，對朱彥不由生出戒心，淡淡道：「這個不勞閣下費神了，我自會安慰照顧蘭英的！」

朱彥臉色微微一變，但旋即便逝的笑道：「項將軍原來已得到我們公主的歡心了，那可真是可喜可賀啊！嘿，將軍要是娶了我們公主，可就是我們土居族的駙馬了呢！」

項思龍不想把這朱彥想得太壞，因為他先前與自己相見時的態度確是坦誠，給自己留下了甚好的印象，當下轉過話題道：「對了，在下的一眾屬下煩得朱老照顧了他們幾天，不知他們有沒有給你們添麻煩啊？」

朱彥沉吟了一番後道：「這個……唉，貴屬下火氣也真是太大了，他們在你們離去的當天晚上就因私恨，殺了我們照顧他們的八個族人，引起了我們族人的憤怒，所以可汗下令把他們全給關押起來了！項將軍，這都怪我照顧不周！」

項思龍心下倏地一沉，心下雖是惱急，卻還是冷靜地道：「這只怪他們咎由自取，朱老你卻是盡了心了！」

頓了頓又道：「我想去看看他們，不知是否可以呢？」

朱彥一怔道：「這需要我們可汗批准才行，我卻是沒有權力的。」

項思龍點了點頭道：「那好，你就帶我去見你們可汗吧！」

朱彥默思了片刻後道：「好吧，我就帶你去見可汗！不過只允許你和公主進入到可汗的寢宮裡去，且不得佩帶兵刃！」

項思龍應承了以後，一行人浩浩蕩蕩的向峽谷中的土居族村落走去。到得村落邊沿，卻見四處都是巡邏的土居族武士，村落中燈火一片，從燈火分佈的範圍來看，此村差不多有四平方公里面積左右。

進了村中，還時時可聞歡聲笑語，不少族人聞得公主剿滅匪徒趙灰一夥，竟是到得村屋邊上朝著舒蘭英禮拜。項思龍卻是一路默默無語，看著倒在懷中秀目淚珠不時落下滿面淒然的舒蘭英，心中又是憐愛又是沉重。

這朱彥定是有鬼，憑自己的直覺似感受到他不時對自己傳來的殺機感應，莫不是朱雲飛這小子回來搬弄了什麼是非，使得朱彥對自己充滿敵意？俗話說「虎毒不食子」，做父親的自是疼愛自己的子女了。要是朱彥真的為了朱雲飛而對自己洩恨，那境況可真是大為不妙了。

因為他手上還掌握著自己二十幾個屬下的性命做人質呢！自己投鼠忌器，難以放開手腳，這可是如何是好呢？唉，但願事情不會如自己所想的這般糟就好了！項思龍心下長歎了一口氣，這時朱彥的聲音打斷了項思龍的沉思，只聽得他道：「已經到了我們可汗的府第了！項將軍，請你吩咐你的屬下站在這門外，且把你腰間的佩劍解下！」

項思龍聞聲舉目望去，卻見一座庭院式佈局的四合院，建於一有十多尺來高的白石台階之上，正門處有石雕裝飾的門樓和照壁。門樓上方有書著「可汗府」三字的門第牌匾，金光閃閃，氣象萬千，顯示出主人的崇高地位。

整個院落均被高牆圍起，在夜色深濃中，數十盞八角型宮燈照得城堡前眾人所站的廣場明如白晝。項思龍解下鬼王劍遞給天絕道：「外面的事就交給你來打點了！絕對不可輕舉妄動！」

說罷扶了扶心急如焚的舒蘭英，隨著朱彥在二十多名土居族武士的「護衛」之下向「可汗府」行動。

走過二重別院，來到了一座院落前有花木假山作點綴的大院前，院子四周泉池錯落有致，布列有大量盆景，環境確是優美，在這濃濃夜色中更增幾分迷人香味。

舒蘭英拉著項思龍急不可待的向此院衝了進去，在內中一陣東轉西轉過來，到了一裝飾精雅的屋門前，嬌呼一聲「爹爹」，拉著項思龍推門走了進去。這是間寬大而陳設華麗的房間，正中靠牆處放置有一張特別巨大有帳幃垂掛的軟榻，地上鋪著厚厚的氈毯。

項思龍見榻上空無一人，心神大震，剛暗呼「糟糕」，拉著舒蘭英想往屋外衝去時，卻突聽得「砰」的一聲巨響，房門驟然自動關閉，且聽這聲音似是金屬碰撞之聲。大喝一聲，項思龍提起十層的北冥神功向屋壁擊去。

「蓬」的一聲巨響再度響起，可那房壁除了表層的裝飾物被擊得粉碎外，卻並沒有像預想的那樣被炸出一個洞來，反是露出了裝飾物內烏黑的鋼板，項思龍也給反震得「蹬蹬蹬」的連退了好幾步才穩住身形。

這時屋外傳來了朱雲飛嘿嘿的狠笑聲道：「小子，不要白廢力氣了，這屋子六面都是由精鋼鑄成，就是你的功力通天也沒有用武之地了！哈哈，我說過終有一日我要叫你在我腳下跪地求饒的！想不到還沒過兩天我這個願望就實現了！現在你求我啊！只要你向我叩頭求饒，說不定我會放過你的！」

項思龍心中憤怒已極的狠聲喝道：「朱雲飛！你這個狼心狗肺的卑鄙小人！本公子救了你，想不到你卻恩將仇報！」

朱雲飛冷笑道：「我恩將仇報？哼！你這狗雜種搶了老子的女人，老子怎麼會放過你呢？」

項思龍在現代裡時最忌恨的就是別人罵自己「狗雜種」，這刻聽得朱雲飛如此咒罵自己，氣得虎目圓瞪，臂上青筋條條暴起，咬牙切齒道：「朱雲飛！本少爺一旦脫困，我不把你和朱彥碎屍萬段才怪！」

朱雲飛似是也被項思龍這話給唬住了，靜默了一陣道：「小子，你這輩子都別想出來了！老子這下就準備燒死你們！嘿，蘭英，你也不要怪我太狠心了！這只能怪你對我太無情！在你臨死之前，你可得好好的把握時間與這小子風流快活一下，否則你死了也不知道男女之間的最大快樂滋味是怎樣的！」

舒蘭英氣得嬌軀劇抖，杏眉倒豎的恨聲道：「朱雲飛，算我舒蘭英看清了你的奸險面目了！你們……你們父子倆把我爹怎樣了？」

朱彥的聲音這時響起了：「你爹那老鬼早就該死去了！二十年前若不是你爹救了我父王一命，把我姐許配給了你爹，你爹又怎會坐上可汗的位子呢？這位子本身是我的，可恨我父王那老糊塗說什麼我的性子太過陰險毒辣，把可汗的位子傳給了你爹！哼！我忍辱吞聲了這麼多年，一直沒有動你爹，還不是看在我姐的份上？本想讓雲飛娶了你，讓你爹把可汗的位子傳給雲飛的，誰知你卻喜歡上了那個項思龍，破壞了我的計畫。所以我就只好先下手為強了！」

舒蘭英聽得最後一句話嚇得魂飛魄散地道：「你……你們害死了我爹？」

朱彥嘿嘿道：「那倒沒有！我們本以為不會這麼容易就擒住你們的，為了防項思龍那小子，我們又怎會殺了你爹呢？只是暫且把他軟禁起來罷了。」

項思龍接住面無人色的舒蘭英輕歎道：「英妹，這卻是我害慘你們了！」

舒蘭英搖了搖頭道：「思龍，要發生的事遲早還是會發生的，他們父子倆早就陰謀奪位了，只是被你給逼出狐狸尾巴罷了。」

項思龍苦笑道：「但卻要你陪我死在一起，我心裡總是難安啊！」

舒蘭英摟緊項思龍，突地臉色通紅的低吟道：「項郎啊，會不安的人是我呢！若不是我要跟你一起去殺趙灰，你又怎會被牽進我們這族內的勾心鬥角來呢？」

說著卻是主動的與項思龍痛吻起來。音若蚊蚋的道：「項郎，讓英兒把潔白無暇的身子獻給你好嗎？這是英兒唯一能送給你的禮物了！」

說著淚珠兒又是滾滾落下。項思龍用舌頭輕舔去她臉上不斷流下的淚漬，搖頭道：「其實我項思龍能得到你一顆相愛的心和一份不渝的情，就是我此生最大的滿足了！英兒，朱雲飛那惡毒的小子定在偷窺著我們，我怎願讓他看到我英兒聖潔的身體呢？」

舒蘭英激動而嬌羞道：「項郎啊，但願我們來世再做夫妻，讓英兒好好的侍候你吧。」

二人正郎情妾意的密語著，朱雲飛氣恨之極的喝道：「看你們這對姦婦淫婦還能親熱多久？哼！我要把你們變成一對『烤鴛鴦』才洩心頭之恨！」

聞得這話，項思龍和舒蘭英驟然發覺室內的氣溫非常悶熱，且腳底的地板甚是灼燙。項思龍大驚的把舒蘭英攔腰抱起飛身到榻上，把她放躺在上面。舒蘭英還以為項思龍想佔有她，不由羞得滿臉通紅，緊閉上了秀目，酥胸急劇的起伏著，但卻聞項思龍狠聲罵道：「好賊子，竟然想把我們燒死！哼，看看本少爺的道魔神功威力再說！」

說著項思龍已是把道魔神功提至了十二層功力的最高境界，同時輔以十層功力的北冥神功，暴喝一聲，雙掌全力向屋頂擊去。卻見一股龍捲風般的強大內力氣流擊得屋頂發出「轟轟轟」的一陣巨響，整個屋子都給震得劇烈的搖晃起來，屋內的什物都給震得滾跌一地，舒蘭英強忍住差點欲驚叫出聲的衝動。

項思龍這時再次大喝一聲，功力如長江大河般的傾洩而出，封閉的鐵屋倏地沖天而起，在空中一陣急旋，再「轟」的一聲跌落一座水池之中。

鐵屋四壁頓時發出「茲茲茲」的聲音，顯是燒紅的鐵壁給水降溫了下去。

屋外傳來朱雲飛和朱彥等的驚叫聲，項思龍舒心望著驚若小鳥的舒蘭英一笑道：「這鐵屋看來用掌力是擊不破的了！唯一我能做到的就是把它震到這院外的水池來，只要兩位義父一驚動，憑他們的功力用鬼王劍或許可以劈裂這鐵屋，那時我們就有救了。」

說到這裡語氣憤地轉冷道：「哼！要害死我項思龍，憑他們這幾塊料還不夠資格！我倒要親眼看著他們父子倆怎麼死！」

聽著項思龍這冷酷的話，舒蘭英只覺他像完全變了一個人似的，讓自己心底不由自主的生出一股涼氣之餘，又是對他愛煞。

其實項思龍自從來到這古代，經歷了許許多多的坎坎坷坷之後，為了幫助劉邦完成一統天下的這個願望，已經讓項思龍不得不狠下心腸去殺一切阻礙自己的敵人了，更何況這朱彥、朱雲飛父子倆確是讓項思龍恨之入骨！

不但想殺舒蘭英的父親，還想殺自己和舒蘭英，此等惡毒的人物留在世上確是一大禍害！項思龍心下想著，看了沉默不語的舒蘭英一眼，知道她在哀歎蒼天。天絕地滅等與朱彥、朱雲飛等若廝殺起來，不知會有多少土居族人將要做犧牲品而難過，但還是狠下心腸的運功凝聲大喝道：「天絕地滅聽令！給我殺死一切與我們為敵之人！叫追魂二使者出動攻擊！哼！我要殺光這些殺千刀的傢伙！還有，朱雲飛要留待你們用鬼王劍劈開這鐵屋救我們出來後，由我來定奪他們的生死！」

天絕聽得項思龍的聲音，大呼道：「咱們少主遭暗算了！現在少主有令，除了朱雲飛父子外，殺光一切與我們為敵的傢伙！我現在去救少主和夫人，你們可不要讓朱雲飛父子給溜了！」

話音剛落不久，只聽得「咔嚓」「咔嚓」幾聲鋼壁破裂之聲傳來，從破了的縫隙中，鬼王劍的紅光已是隱約可見，且喊殺聲慘叫聲也頓然清晰可聞。

項思龍大鬆一口氣，朝著那被天絕用鬼王劍劈碎的鋼板推出一掌，「轟」然聲中鋼壁頓被作出一個約一平方見丈的出口，項思龍抱起舒蘭英的纖腰「嗖」的一聲已是從出口竄出。

待項思龍剛剛落地時，天絕飛到他身旁遞過鬼王劍，關切地道：「少主，你們沒事吧？」

項思龍冷然一笑道：「想要我的命？他朱雲飛還不夠資格！」頓了頓又道：「你馬上去給我把他們父子倆抓來！不要殺了他們，可汗和我們地冥鬼府的幾十兄弟的性命還給握在他們手中呢！」

天絕沉聲應「是」，身形一閃，幾個起落就已不見，舒蘭英看著那朱彥父子自食其果，想燒死自己和項思龍卻反被項思龍給震飛了火種而大火熊熊的別院歎了口氣，望著項思龍道：「思龍，你叫你的屬下不要殺死我們太多的族人，好嗎？這……太殘酷了呢！」

項思龍一愣，沉默了片刻道：「好吧！」

說著抱起舒蘭英凌空飛渡而起，落至地滅身旁道：「叫兄弟們不要濫殺無辜，抓住主凶朱彥父子就夠了！」

地滅雖大是不解項思龍又為何叫大家不要殺敵了，但也沒有多問，領命而去。項思龍這刻見得前方兩頭被自己收服的鬼殭屍正在怪叫著狂揮雙掌，殺得那些土居族武士肢飛解體，忙喚回他們道：「追魂二使者，回來！」

兩鬼殭屍卻果是對項思龍的命令謹遵不誤，轉過身向項思龍行動笨拙卻快捷的飛來。這時突聽得朱彥慘叫連聲，卻還是凶狠的聲音傳來道：「你們若敢殺我們，我定叫你們的夥伴全都慘死！」

天絕卻是喋喋怪笑道：「你敢殺他們，我就殺你們土居族個片甲不留！」

朱彥狂笑道：「若是連我們父子倆也死了，我哪還管得了什麼族人？你儘管去殺他們好了！」

項思龍聽得這話心頭火起，這是人說的話麼？真是個自私自利之極的變態狂！心下氣著想來。招了追魂二使者，抱著舒蘭英往發聲處奔去。

卻見朱雲飛和朱彥等四十幾個垂死掙扎的土居族叛黨，正用刀劍架在已是被他們折磨得不成人形的二十幾個地冥鬼府教徒的脖子上，已有四個被他們殺死。

其中一個神情呆滯，面色蒼白的中年老者卻是被朱彥抓在左手，右手用一柄短匕指著老者胸前，朱雲飛則是用左臂扼住一披頭散髮，姿色絕美但卻已是昏迷不醒的少婦，另一手還淫笑著在少婦堅挺的酥胸上搓揉不停。

舒蘭英見得那中年老者和少婦淒叫一聲：「爹！娘！」說著就又給昏倒在項思龍懷中。項思龍眼睛都快要噴出火來，這世上竟有如此禽獸不如的傢伙，連自己的姑媽也敢淫樂！這朱雲飛敢在眾目睽睽之下如此放肆，而朱彥卻又恍如未見，這對殺千刀的傢伙定然違背常倫的對這少婦曾進行淫威了。她……她可是自己未來的岳母啊！項思龍怒火中燒，但卻又不得不迫自己冷靜下來。

把昏迷的舒蘭英交給身後的葉秀芬等新收的四名婢女，項思龍目光殺機一閃的冷聲道：「你們還是束手就擒吧！這樣我或許會給你們留一具全屍！」

朱彥獰笑道：「不顧他們的性命就儘管來殺我們吧，大不了同歸於盡！」

朱雲飛這時「嘶」的一聲撕開了那少婦胸前的衣衫，露出一對渾圓堅挺的乳房，怪笑道：「你玩我曾心愛的女人，我就玩你未來的岳母！哈哈，舒蘭英那小賊人是這賊婦生下來的，想來滋味是一個樣吧！」

項思龍看得牙齒格格作響的厲聲道：「朱雲飛！我定要把你挫骨揚灰才洩心

頭之恨！」

看到項思龍的恨極之態，朱雲飛反大是開心的邊用手揉搓著婦人堅挺的乳房邊大笑道：「牡丹花下死，做鬼也風流。玩弄了這賤婦，老子死了又何妨！只是你這丈母娘卻是給老子玩弄過的，你想著一輩子都會氣得吐血。嘿，你知不知道，這賤婦在床上的功夫確有一套呢，把老子樂得爽歪歪，所以才不忍心殺了她！那老鬼因得了一種怪病，他那『小兄弟』在十年前就沒用了，這賊婦哪耐得住寂寞，在五年前就給老子勾引上了。哈哈，她是心甘情願的被老子玩弄的！」

舒蘭英這時在四女的推拉之下悠悠醒轉過來，聽得朱雲飛最後的幾句話，牙齒咬得下唇冒出血絲來，暴喝道：「朱雲飛！你無恥！」

說著縱起身形竟向朱雲飛空手撲去，嚇得項思龍忙把她攔截了下來。朱雲飛見得舒蘭英的憤怒駭人模樣，更是哈哈笑著口不擇言地道：「小賤人，老子玩弄了你娘親你還不知道吧？不過你那死鬼老爹卻是知道，他還親眼看著老子玩弄你娘親呢！嘿，告訴你一個秘密吧，你娘親還為你生了個同母異父的弟弟呢！不過夭折死了，當然，你這死去的弟弟就是老子的兒子了！」

說著又是一陣野獸般的瘋狂大笑。舒蘭英氣得「嘩」的吐出一口鮮血，脆弱的道：「思龍，給我殺了這畜生！」

項思龍駭得忙朝她體內輸入一股真氣，惶聲道：「英兒，你可不要嚇我啊！這小子我定不會饒過他的了。」

朱彥聽了項思龍這狠話，知自己父子二人必死無疑，竟然幫著朱雲飛荒唐到底道：「飛兒，你現在就地與這賊婦表演一場肉搏戲給這幫傢伙看看吧。嘿，咱們父子倆死前也要讓他們一輩子都記得我們給他們留下的仇恨！不做英雄做鬼雄，我們父子此舉也堪稱空前絕後了吧！」

朱雲飛聞言猙獰的面目中顯出狼一般的凶色，「嘶嘶嘶」，雙手一陣亂扯，片刻間少婦已是光溜溜的只剩下一條短褲了。春光在眾人眼前顯露無遺。但項思龍這刻哪有得心情去欣賞這美麗的胴體，更何況此少婦是自己未來的丈母娘呢？

項思龍雙目似欲暴裂，終是忍將不住的推出一掌朝朱雲飛擊去，但豈料朱雲飛竟用少婦的胴體來格阻項思龍的掌力。慌得項思龍又忙用「吸」字訣把內力吸了回來。

朱彥想不到項思龍真會出手，還幸得朱雲飛變得快，目中凶光一閃，朝身旁的一名土居族武士微一點頭，那武士頓刻手中長劍朝押在旁邊武士手中的一名地冥鬼府的教徒頸部揮去，只聽「啊」的一聲慘叫之後又是「咚」的一聲，那教徒的人頭已被砍下滾落在地。

朱彥這時冷喝道：「項思龍，你若是再敢出手偷襲，我就殺了你未來的岳丈！」

說著短劍往那中年老者耳朵揮去，劍光一閃中又是一聲慘叫，那中年老者的左耳已被削去，鮮血不斷地順著他耳根冒出。

舒蘭英驚叫一聲：「爹！」又欲從項思龍懷中掙出，項思龍心中雖是氣得肺都快要炸了，但卻知道朱彥父子此時精神已在瘋狂的凶性當中，是不宜去觸怒他們的，虎軀顫抖著把舒蘭英用力抱緊。

朱彥見項思龍被自己鎮住了，對朱雲飛道：「飛兒，繼續你的表演吧！」

朱雲飛有些膽怯的望了項思龍一眼，但卻轉瞬又怪笑著從革囊中掏出一粒藥丸塞入少婦口中，同時在她白若凝脂的嬌軀上的幾大穴道一點，少婦「嚶嚀」一聲醒了過來，見著朱雲飛，竟是對眾人視若無睹，如餓狼一般的把他一把抱住，嬌喊著道：「雲飛！我要！我要！」

說話時胸部劇烈的起伏著，嬌軀如人抓魚般緊纏住朱雲飛，性感迷人的小嘴更是在朱雲飛的臉上、耳上、頸部色急的疾吻起來。

朱彥見一眾土居族人「津津有味」的看著眼前這幅活生生的「春宮圖」，朱雲飛則也似被少婦的浪態生出慾念來，口中粗喘著，配合著少婦的動作。

項思龍心下再也忍受不住這種人格的辱汙了，但見著眾惡賊的迷醉之態，向一旁也是氣得鬍子都快冒煙的天絕地滅二人使了個眼色，二人會意過來後，項思龍用「傳音入密」的功夫低喝一聲道：「動手！」

話音剛落，三道快若閃電的身影向眾賊掠去。項思龍身形掠至朱雲飛，指中透出一股罡氣直射他的死穴，同時點了少婦的軟麻穴。天絕則掠向朱彥，先用罡氣射向他握劍的手腕，同時快捷的把中年老者奪了過來挾在腰間。

地滅飛向的是眾土居族武士的頭領人物，點了他們的麻穴，同時又把他們手中的長劍架在了他們脖子上，慘叫聲驚呼聲同時叫起，朱雲飛應聲而當即倒地身亡，朱彥握劍手腕被射出一口血洞，武士頭領被地滅的一聲低喝「不准動」給駭住，僵持的危機被破解了！

項思龍快捷的撕下外衣包住少婦的赤身，飛到葉秀芬諸女身邊，把她交給她們照顧，又縱至面無人色的朱彥身旁狠聲道：「狗賊!本公子要你受盡天下酷刑而死！」

話未說完，卻倏見朱彥手中寒光一閃，跟著就是慘叫一聲，朱彥竟自殺了！

項思龍阻止不及，氣恨的踢了他兩腳，來到那幫驚若寒蟬的眾土居族叛賊武士面前冷冷地道：「你們的頭頭已經斃命了，你們還想作殊死抵抗嗎？」

項思龍這話說得如地獄冒出的寒氣一般陰冷，眾武士渾身打了個寒顫，「噹噹」的紛紛拋去了手中長劍，顫巍巍的朝項思龍跪下道：「求公子開恩，饒過我等狗命！」

項思龍著人扶走被當作人質的眾教徒，憂慮盡去，恨聲道：「哼！饒過你們這些人渣？給我拉下去全殺了！」

那幫跟隨項思龍等去攻打趙灰匪徒的土居族武士沉聲應「是」，怒氣沖沖的上前給了那些叛徒每人幾記狠狠的耳光後，就拖著那些已被項思龍和天絕地滅點了穴道大呼「饒命」的武士走了開去。

項思龍走到正抱著呆滯的中年老者的舒蘭英身邊，滿懷淒然憤意的歎了一聲，強壓心中傷感安慰道：「英妹，伯父他是中了什麼特別的毒，我會醫好他的！」

舒蘭英恍如未聽，只是伏在老者身上更加悲傷的大哭著，這時葉秀芬突地惶聲喊道：「公子，夫人，不好了，這位婦人她……她全身火般的燙呢！連嘴角也溢出血來了！」

項思龍聞言心神大驚的向葉秀芬諸女奔去。

第十章　銷魂之夜

項思龍奔得諸女身前，往葉秀芬懷中的婦人望去，卻見她雙目泛出深深的桃紅之色，臉上也是通紅一片，渾身不斷的抽搐著，甚是春情蕩漾氾濫。

天絕這時也奔至項思龍身邊，見了婦人痛苦之狀，失聲驚呼道：「啊？極樂淫花毒！」

項思龍聞言心神大震道：「有沒有解藥可解此毒？」

天絕搖頭道：「此毒除了男女交合可解外，無任何藥物可解！」

項思龍似想起了什麼似的道：「金線蛇呢？牠是否可解此毒？」

天絕歎然道：「金線蛇對淫毒極為反感，所以牠的體內沒有可與淫毒抗抵的毒素。」

項思龍想起自己原本抓這金線蛇的目的，就是想讓牠解去天山龍女體內的「移情淫花」奇毒，這刻聽得天絕說金線蛇不能解淫毒，不由大是失望，但還是焦聲問道：「那現在英兒的母親怎麼辦？」

天絕老臉一紅道：「必須得有男人與她行周公之禮！否則她必會全身血脈爆裂而亡！」

項思龍大窘道：「這……難道就沒有別的辦法可救她了嗎？」

天絕苦笑道：「奇毒真解裡面是說除了此法外尚無它藥可解，我也不知該怎麼辦了！且與中了此極樂淫花毒的人交配的務必精力特強，能支持三個時辰以上方行，否則患者體內的毒侵入與之交配的人體內，那這人就必死無疑。」

項思龍大感頭痛道：「但是現刻去哪裡找這樣的人呢？我們難不成就這樣看著她痛苦的死去不成？」

天絕怪怪的看了項思龍一眼，無奈地道：「那我們也沒得辦法的了。」

二人大是苦惱的看著臉色已是愈來愈紅的婦人時，舒蘭英不知何時也已走了上來，看到母親痛苦的神色，哀叫一聲「娘！」就抱住她大哭起來。

婦人的軀體抽搐忽地加劇起來，口角鮮血亦也不斷流出，顯出淫毒已是發作。

舒蘭英放開婦人轉向項思龍悲聲道：「思龍，你快想辦法救救我娘啊！她最是疼愛我的了！朱雲飛那狗賊定是在污辱我娘的，她……她一向都很遵守婦道的啊！朱雲飛定是說的全是假話，她是被他用毒逼得才那麼放浪的啊！思龍，求求你了，救救我娘吧！」

聽著舒蘭英淒涼的苦苦哀求，項思龍突地猛一咬牙，抱起婦人的嬌軀對天絕沉聲道：「你去為我護法！」

天絕聞言臉色大變時，項思龍已是抱著婦人向一房中衝去，同時揮手關了房門，用內力使門栓拴住……

室內的「肉搏大戰」進行得如火如荼，但室外的舒蘭英聽得室內的淫聲浪語卻是淚如雨下。

項思龍是自己選中的未婚夫婿，但這刻為了救自己母親卻不得不讓他「犧牲」自己，這……這卻教日後自己怎麼做人啊！

叫自己放棄項思龍，那還不如叫自己死去算了！

各種矛盾的痛苦心情充塞著舒蘭英心中，讓她不禁伏進天絕的懷中放聲大哭起來。

天絕一時也不知怎麼安慰舒蘭英是好，只是輕拍著她的酥背，歎了一口氣道：「唉，也不知少主能不能堅挺得住？若是功敗，則兩人都會毒發而亡！」

舒蘭英聽得臉色大變道：「那可是怎麼辦才好呢！」

天絕苦笑道：「只有祈禱老天，但願少主能堅持住三個時辰才好，不過就算他能有此精力，對他的體力和功力也是將會大損的了，甚至說不定會有癱瘓的可能。」

舒蘭英悲呼一聲道：「都是我害了思龍！」

說著竟意欲向房中闖去，天絕大驚的拉住了她忙道：「此時二人已是淫毒互轉的時候，你若闖進去亂了他們心神，那可就大羅金仙也難救他們了。」

說到這裡頓了頓又道：「少主的體質比常人超出許多，且他的武功已到了三花集頂的至高境界，而他練的道魔神功有自然的排解化解一切魔障的功能，或許少主會安然無恙呢！何況即便他遇到了麻煩，體內有極樂淫花餘毒，只要用處女的純陰之體就可解了。」

舒蘭英俏臉掠起一抹紅潮，語氣堅定的道：「無論思龍怎樣了，我都會跟著他一輩子的！」

天絕點了點頭，目中忽地閃過一絲殺機道：「只要把今晚所有知道此事的人殺了，此事就不會傳出去了！」

舒蘭英聞言大驚道：「義父，你不要那樣殺我那些族人了，他們……都絕不會洩露此事的！」

頓了頓又低聲道：「只要嚇唬他們一下，嚴令他們不洩秘就是了！」

天絕呆了呆後哈哈一陣低笑道：「好！義父依你之言就是！」

說著招過地滅，叫他去著手辦理好這件事情。

項思龍和婦人已是整個身心都被肉慾的刺激填滿，對室外的話渾然未聞，只是各自都劇烈的「運動」著，身上都已顯出了密集的汗珠來。

在婦人的指引下，二人施展開了各種體位，讓項思龍享受到了男人和女人交合的一次又一次高潮，但是體力也漸漸疲軟下來，只是一種不能自控的狂熱欲潮讓他還是激情如火，臉上的紅潮中顯出蒼白來，嘴裡喘著粗氣，雙目佈滿血絲。婦人臉上的紅潮則已是消退許多，身體的熱度也已大減。

項思龍終於體力不支了，驀地大叫一聲，只覺自己的身體如空殼般再也沒得了一絲力氣，血氣亦也突地一陣急往上湧，「嘩」的一聲，一口鮮血抑將不住的急噴而出，思想跟著一片模糊。

婦人見了驚叫一聲，一陣眩昏也昏迷過去。

乍然聽得房中的驚叫，舒蘭英臉上一陣發白，再也忍不住的向房中撞門，衝了進去。

見得地上昏倒的項思龍和母親，舒蘭英淒叫一聲，竟是一時忘了拿衣物來遮住二人的赤身，就撲上去一把抱起項思龍，坐地哭起來，口中連連喊道：「思龍，你醒醒啊！思龍！」

突地又發覺項思龍的軀體非常冰冷，不由嚇得亡魂大冒的悲呼道：「思龍，你可不要嚇唬英兒啊！若你出了什麼事，英兒也不會獨活了！」

天絕聽得舒蘭英搶天呼地的大哭悲呼，以為項思龍真的出了事，心中一陣劇痛，目中淚光隱現，再也顧不得避嫌，也閃身衝進房中，順手揮關房門，見了婦人羞態，飛身掠至房中榻上扯過一條被單蓋在婦人身上，語音焦急而發顫的問舒蘭英道：「英兒，少主怎麼樣了？」

舒蘭英此時腦中已是悲然模糊一片，隨口答道：「死了！」

天絕聞言大震，俯身來抓起項思龍的手，為他把了一陣脈後，大是舒了一口氣，臉色恢復過來道：「可真是嚇死我了，英兒，思龍沒事呢！他只不過是身體極度虛脫昏迷過去罷了，調養一段時間就會好過來的！」

舒蘭英聞言，臉上浮起極度的喜悅之色，一把拉過天絕的手，緊張的道：「真的？義父，這是真的？你不是在騙我吧？那為何思龍的身體如此冰冷呢？他……還吐了血呢！」

天絕平靜下心懷，笑道：「義父怎會騙你呢？少主只是在用鬼冥神功的寒氣在鎮壓他體內慾潮的燥熱罷了！嘿，想不到少主竟然這麼威猛，『大戰』了三個多時辰！」

舒蘭英俏臉一紅，轉過話題道：「那思龍的體內，還會不會有移情淫花的餘毒呢？」

天絕怪眼看了她一眼，抑笑道：「英兒是不是想為少主解毒啊？」

舒蘭英大窘道：「義父！英兒是在跟你說正經話呢！你盡取笑人家！」

天絕笑了笑，正色道：「少主只是極樂過度，毒素是全被解了。我探查他的心脈似乎有被慾火焚燒致傷的現象，他吐出的鮮血正是心脈受損，要讓他快速復元，還是得用處女的純陰。

「因為陰陽交合，可吸納天地陰陽之氣，陰導陽盛，陽盛陰克。少主因被極樂淫花毒激發了體內的陽氣極限，且使他體內屬陽的真氣都被衝亂，雖然有她體內陰屬的真氣與之相克，但如此一來，少主的功力將大大受損。英兒，你明白義父的意思嗎？」

舒蘭英粉臉如火燒般的通紅，低頭細語道：「義父，只要能救思龍，英兒願付出一切代價！」

頓了頓，似想起了什麼似的又道：「義父，我娘她沒事吧？」

天絕邊拉過婦人手臂邊道：「中了移情淫花毒，只要施行男女交合，女方不但不會受到什麼損傷，且會從男方體中吸去大量的精華而有益身心。朱雲飛那小賊也不知怎麼會有這種罕世淫毒？他是存心讓你娘慾火焚身而死的！」

舒蘭英恨聲道：「就那麼一下就了結了他，太便宜他了！」

天絕也是冷聲道：「哼！他們父子倆死後也可以把他們的屍體大切八塊，不！一百塊來洩心頭之恨的嘛！」

舒蘭英懼聲道：「也不用這麼殘忍的呢！狠狠的拿鞭去把他們的屍體打得稀巴爛也就是了！」

天絕失笑道：「你這做法豈不比我所說的還要殘忍？」

舒蘭英嬌聲狡辯道：「可我只是用鞭去打，不是用刀用劍去切嘛！」

天絕不置可否的笑笑，也不願掃了她的興，放下婦人的手道：「你娘沒事！只是身體疲軟，受了驚嚇才昏了過去，休息一下就行。」

舒蘭英放下心來，忽地俏臉又是一紅，音若蚊蚋地道：「義父，是不是現在就為思龍療傷呢？」

天絕聞言一愣，頓即會意過來，大笑道：「小妮子春心蕩漾了！」

舒蘭英羞咳道：「我……我是思龍的未婚妻嘛！遲早都會是他的人嘛！」

第十一章　攜美而歸

天絕強忍住笑意道：「現在為他療傷自是最好時機了！這樣思龍的心脈很快就會恢復過來且無損他的內力。嘿，想不到小妮子如此疼愛自己的老公呢！不過，男女間這其中的交合過程，小妮子是否懂得呢？」

舒蘭英聽得天絕後面的話，羞得連耳根都紅了起來，大是撒嬌地道：「義父盡是些這麼難聽的話，英兒以後不再理你了！」

天絕大急的正待去哄舒蘭英時，卻聽得婦人呻吟一聲，舒蘭英大喜的把項思龍交給天絕，衝上去扶起婦人道：「娘，你醒了！你沒事吧？」

婦人緩緩的睜開了秀目，倏然見著滿眼淚光的舒蘭英，悲喜至極的一把緊摟住她，泣聲道：「英兒！」

舒蘭英也是嬌軀劇抖的悲聲道：「娘！」

二人抱哭一團良久，才各自平靜下情緒。

婦人這時覺察出自己渾身絲無寸縷，且不知何時掩在身上的被單已滑至腰下，露出無限美好的上身，又窺見母女身側不遠處坐著一個長髮怪人和一個也是赤身的青年，不由大羞的抓起被單纏住上身，惶怒地道：「英兒，發生什麼事了？他們……是什麼人？」

舒蘭英聽得這話，想起項思龍為救母親，而逼不得已的與她發生苟合，心下一陣劇痛，眼淚又不由自主的落了下來，默然無語。

天絕是個怪人，倒是覺得發生的事既已發生了，也是沒得奈何的。歎了一口長氣，拿過地上項思龍的長袍為他遮住私處，識趣的出了房去，且拉上了房門。

婦人見項思龍昏迷不醒，心神稍稍安定了些，但預感到自己和那赤身昏迷的男人發生過什麼羞人的關係，緊張的再次低問舒蘭英道：「英兒，到底發生了什麼事？他……他是誰？」

舒蘭英氣哭道：「你……你自己細想一下就知道了！」

倏覺用這麼重的話對母親似是過份了點，又伏進婦人懷中低聲啜泣起來。婦人沉默了一陣，臉色蒼白顫聲的恨聲道：「都是朱雲飛這狗賊害的！他們父子倆不是人！」

舒蘭英也咬牙切齒道：「我一定要把他們大切八塊！不，是一百塊！」

婦人歎了口氣，幽幽道：「可是你爹被他們用藥物控制住了，我們母女又軟弱無力，根本就殺不了他們。唉，你不知道，這狗賊父子倆不但用藥物控制住了你爹，且訓練有五百對他們誓死效忠的死士，娘為了保全族人和你，不得不犧牲自己。」

頓了頓又道：「娘其實並不是朱彥那狗賊的親生姐姐，我是父王收撿的一個棄嬰，連父母是什麼樣的都不知道。當年秦始皇滅了六國，父王為了逃避戰亂和秦始皇的剿殺，所以領了族人四處流浪逃亡。一次父王被秦軍圍殺，你爹冒死拚命救了父王，我也對你爹一見傾心，所以父王把我許配給了你爹。

「但是朱彥早就對我懷有不詭之心，只是一直懾於父王的威信，不敢對我用強。自我許了你爹後，朱彥就對你爹懷恨在心，再加上父王臨終前把可汗之位傳給了你爹，朱彥更是恨中加恨，然因你爹武功高強，致使朱彥不敢對你爹怎樣。

「後來，不知朱雲飛得了什麼奇遇，獲得一本『淫魔毒經』，他用藥物控制了我，對我進行百般凌辱，且用藥物控制了你爹，威脅我說如果我敢反抗他，他就殺了你和你哥，娘沒法，只能委曲求全。這五年來，娘活得好苦好累啊！」

說完抱住舒蘭英又是一陣痛然淒哭。

舒蘭英平靜下來後對婦人道：「娘，朱彥、朱雲飛父子倆已經被殺死了！他們的死士也全部被殺了！」

婦人喜極而泣的顫聲道：「真的？英兒，這狗賊父子真的被殺了？是你殺的嗎？」

舒蘭英想起項思龍，淒然搖頭道：「不是英兒殺的！是他殺的！」

說完一指昏迷不醒的項思龍。

婦人臉上浮起一抹紅潮，顫聲道：「英兒，他……與你是什麼關係？你是不是喜歡上他了？」

舒蘭英赧然點頭，低聲道：「他叫項思龍！」

婦人驚羞的悲呼一聲道：「天啊！這叫我以後怎麼面對你啊！我……我現在心願已了，活著也沒意思了！」

說著伸手突地往舒蘭英腰間長劍拔去，舒蘭英見狀大驚，一把抓住婦人過來搶劍的手，惶聲道：「娘！你想幹什麼？」

婦人見自殺不成，羞愧得狠扯自己的頭髮道：「英兒，娘這輩子到底是做了什麼孽啊！老天竟然要如此的捉弄我？還是讓我去死吧！」

說著突地掙扎著站起，也顧不得被單掉落，赤身往左面的牆壁迎頭準備撞去。

舒蘭英見了大駭的滾地一把抱住婦人的纖足泣聲道：「娘，思龍為了救你差點沒命，你難道就要辜負他的一番心血嗎？」

婦人聞言一怔，嬌軀劇顫，軟坐下來，抱住舒蘭英又是一陣大哭。

舒蘭英哽咽道：「娘，過去的事就讓他過去算了吧！現在朱彥父子已經伏誅，往後的日子我們就可過得太平了！」

婦人漸漸的止住哭聲，長歎了一口氣，臉色還是蒼白淒苦的道：「只是你爹……唉，對毒藥我們又是一無所知，他……」

舒蘭英想起項思龍有一本什麼「奇毒真解」，且收伏了兩隻金線蛇，定有辦法為父親去毒的，愁眉一展的露出幾許笑意道：「這個只要思龍醒來後，他定有辦法救好爹爹的！」

說到這裡，突地粉臉通紅的低聲道：「娘，現在思龍他受了內傷，必須得用少女的……純陰之體才可醫好他，這……女兒……」

看著舒蘭英的嬌羞之態，婦人頓然明白過來，臉上也顯出一抹紅潮，失笑道：「英兒是不是……」

舒蘭英羞嗔道：「娘，你……」

婦人截斷她的話道：「是不是現在就得開始為他療傷？」

舒蘭英羞澀的點了點頭，鼻中發出輕輕的應承聲，目光不敢與婦人對視。

婦人「咯咯」嬌笑一聲，瞧了地上的項思龍一眼，目中閃過一絲幽怨之色。咬了咬下唇，突地湊到舒蘭英耳邊道：「那你還不把他抱到榻上去？」

舒蘭英大窘的手足無措時，婦人正色道：「英兒，你這可是在救人呢！不要那麼害羞了。」

舒蘭英羞態嘮嘮道：「這……我……」

吞吞吐吐了好一陣，卻也湊到婦人耳邊道：「娘，你幫幫我嘛！英兒可是一下子情緒適應不過來呢！」

婦人愣了愣，面上通紅的盯了舒蘭英好一陣，才輕輕道：「英兒，你不怪娘曾與思龍發生過肉體關係嗎？」

舒蘭英輕歎道：「這已成為無可奈何的事實，我……何況那情形確實是不容人去多作考慮的！娘，我不會記在心上的。」

婦人聽出她話中的酸澀，苦笑道：「這事若是傳了出去，不成為千古笑柄才怪！娘在這土居族中是待不下去了，只想從此出家去，長伴木魚青燈了結此殘生了！這樣或許可減去我骯髒身體的罪惡，使我獲得幾許心靈的平靜吧！英兒，是我對不起你和思龍！」

說到這裡卻是突地又羞澀的低聲道：「英兒，娘還有最後一個請求，不知你能答應我嗎？」

舒蘭英已是被婦人的話感染得淚流滿面，聞言哭聲點頭道：「娘，你說吧！無論是什麼事情，英兒也會答應你的！」

婦人默然的神色中閃過一絲喜色，音若蚊蚋地道：「我想……在我出家之前能……能再與思龍痛痛快快的恩愛一場！」

舒蘭英聽了怔得一怔，望著婦人沉默良久後，才輕輕點了點頭道：「娘，說來你也算是思龍的女人，若是你真喜歡他，不若……你也嫁給他算了吧！」

哇卡，這是什麼話？母女倆同嫁一夫？是不是在開什麼國際玩笑啊？這……其實說來這土居族古時因為是個非常閉塞的少數民族部落，所以對亂倫關係看得比較淡薄，只要是沒有直系血統關係，甚至是兒子也可繼承父親留下的女人。

舒蘭英生活在土居族的上層階級，對許多糊裡糊塗的男女關係見得多了，心性自然也開放些，見得婦人如此淒苦，所以童心大發地說出這話來。

婦人聽得舒蘭英這話，嬌羞中搖了搖頭的苦笑道：「英兒不要說出如此傻話來！即便你能接受我，思龍呢？我跟了他，只會讓他更是一輩子都難以抬起頭來做人！英兒，只要能跟思龍有一夕之緣，我就心滿意足了！」

頓了頓又道：「英兒，我和思龍的事，有多少人知道？」

舒蘭英道：「除了英兒和兩位義父、四婢女知道詳情以外，其他思龍的一眾手下和我們一百多個土居族武士也可能會猜出一點點。」

婦人默然道：「我被朱雲飛那惡賊凌辱時，有多少人見到了？」

舒蘭英答道：「他們……都不會洩漏出去的。」

頓了頓厲芒一閃道：「我已經叫義父去封住眾人的口了，想來沒有人敢說起這事的吧！」

婦人大是鬆了口氣的點了點頭道：「這樣最好！絕對不要讓任何人洩露此事，這樣會對思龍的聲譽大有損害的！」

舒蘭英沉聲應「是」時，婦人又羞不自勝的轉過話題道：「英兒，把思龍抱到榻上去吧！娘在一旁指導你該怎麼做就是。」

舒蘭英垂下嬌首，低聲道：「娘，你與思龍有過關係，還是你抱他去榻上吧！」

婦人聽了也不推辭，赤身裸體的走到項思龍身前，俯身一把抱起項思龍後，嬌聲低呼道：「啊！好重！」

把項思龍放在榻上之後，婦人招了招舒蘭英道：「英兒，淨站在那裡幹什麼？快過來啊！為思龍療傷的是你可不是我呢！」

項思龍的意識在矇矇朧朧中似醒非醒，但身體的興奮卻是讓他不由自主的呻吟出聲來。

舒蘭英正被刺激得已是意亂神迷，乍然聞得項思龍的呻吟聲，嚇得頓即不敢動了，心下是又羞又驚又喜，伸手輕輕的摸了摸項思龍的俊臉，低聲喚道：「思龍！思龍！」

連叫了七八聲，見項思龍還是默然無聲，不由得轉頭望了身後的婦人一眼。

婦人咯咯輕笑道：「你的少女純陰之氣已經起到效應了呢！」

項思龍體內的真氣愈轉愈快，感覺渾身精力充沛之外，更是有一種飄飄欲仙的刺激，思想慢慢的集中起來，記起了自己為救婦人而……這……難道中途我給昏過去了？

那依天絕之言，我和那婦人應該是毒發身亡了啊？這裡難道是陰間？如此想著，項思龍頓刻心中一陣猛震，要是我真的死了，那誰能去阻止父親項少龍想圖謀改變歷史的企圖？還有舒蘭英、呂姿、張碧瑩、曾盈等諸女，豈不是會為自己傷心欲絕？

不！我不會死的！我不會死的！惶急之下，項思龍猛的一下睜開了雙眼，落入眼簾的卻是舒蘭英的俏麗玉容和她那無限美好的上身。

舒蘭英的目光與項思龍的目光剛一相觸，大羞中卻是喜極地道：「思龍，你醒了！」

倏然發覺項思龍的目光又落在了自己豐滿堅挺的酥胸上，舒蘭英低呼一聲，雙手緊抱住胸前，但卻還是擋不住外洩的春光。

項思龍被舒蘭英的嬌呼聲驚回心神，愣愣的突地問道：「英兒，這是怎麼回事？我……難道沒死麼？」

舒蘭英見狀聞言不禁「撲哧」笑道：「你要是出了什麼事，叫英兒可怎麼活啊！」

說著無限風情的看了項思龍一眼，卻又被項思龍的怪異目光看得渾身一陣燥熱，「嚶嚀」一聲倒撲伏在項思龍身上低聲道：「你……你好壞啊！」

邊說著邊用小嘴輕咬項思龍的耳朵。

項思龍這刻完全清醒過來，知道自己安然無恙，心下大喜，頓被舒蘭英的嬌媚之態挑起慾火，翻身過來把舒蘭英壓在身下，正欲操戈挺進時，舒蘭英抱住他的頸項，附在他耳邊吐氣如蘭的羞聲道：「娘就在旁邊呢！」

項思龍聞言用餘光向四周掃去，卻見自己「施救」的那婦人就跪坐在身側，赤裸的身體在眼前暴露無遺，正用一雙幽怨而又春情流溢的目光，看著自己和舒蘭英。

項思龍臉上一紅，但想著自己荒唐的事既已做出了，那就不如索性荒唐到底吧！當下伸手去把婦人也拉靠在自己身上，低聲道：「好！今天我就來個一箭雙雕！」

接著室內自又是一番無限的春光，湊起了「戰鬥進行曲」。

待得項思龍和舒蘭英母女二人出得房來時，太陽已是升得日上三竿了。

見著天絕，項思龍的目光真是不敢與他相觸，低頭道：「義父，外面的情況怎麼樣了？」

天絕嘿然一笑道：「已經全部平息下來了，昨晚的事也已經進行了全面封鎖，沒有幾人會知道此秘密的！

「至於朱彥、朱雲飛父子，已經宣告土居族人，因他們意圖作反，所以被當場格殺。土居族人似乎對他們父子兩人沒有多大好感，還拍手稱快呢！」

項思龍「噢」了一聲道：「嗯，辦得好！對了，可汗怎麼樣了？」

天絕皺眉道：「他也不知是被什麼毒藥迷失了心智，如同個呆人一樣了！」

項思龍想起金線蛇可解奇毒，忙道：「義父，你現在去把可汗帶到房裡來，讓我試試金線蛇是否可解此毒。」

頓了頓又紅著臉道：「其他的人除了四婢外我均不想見，你就著她們為我們端來早膳就是了！」

天絕啞然失笑道：「那難道你就準備一輩子不見外人嗎？放心的啦！我向你保證決沒人敢提此事和敢對你不恭敬！」

項思龍正待出言斥責，天絕已是飛身溜了。

項思龍看著天絕遠去的背影，心中湧起一股異樣的感覺。是啊，古語云：「人之初，性本善。」

看來這話果也不錯，每一個人都會有善性的一面，哪怕是個大惡人，只要以情感情，也會導發這大惡人心底深層處善性的一面。天絕地滅雖曾是殺人不眨眼的大魔頭，但自被自己收服以後，凶性已是大斂。知過能改，善莫大焉？一個人性子的好與壞，善與惡，卻是與後天周圍環境事物的影響有著很大的關係的吧！

項思龍欣慰的想著，當目光解及身旁的二女時，卻又是頭大如斗了。唉，自己與二女發過關係這事，日後若是傳與姥姥上官蓮和幾位愛妻嬌妾知道，也不知她們會怎樣看待自己了！

若是被她們看不起，那自己這一輩子都難以挺起胸膛來做人的吧！項思龍正如此垂頭喪氣的想著，卻見天絕已是挾著神情呆滯的可汗飛奔而來。

到得項思龍身前，天絕放下可汗，朝項思龍行了一禮後道：「少主，可汗帶到了！」

項思龍點了點頭，看了可汗一眼，想起他被朱彥父子控制了五六年之久，心下長長的歎了一口氣。

舒蘭英則是見著這中年漢子，悲呼一聲「爹爹」，就已投進漢子懷中，低聲啜泣起來，倒是那婦人卻是顯得「做賊心虛」的低垂著頭，沒有移動腳步。

待舒蘭英平息過情緒後，項思龍走上前去，拍了拍她肩頭安慰道：「英兒，沒事的！我一定會為他驅毒，讓可汗好起來的！」

舒蘭英嬌弱無力，眼淚汪汪的倒伏進項思龍的懷中，淒然道：「思龍，你一定要治好我爹的毒！」

項思龍低頭輕吻了一下舒蘭英梨花帶雨的嬌面道：「你夫君答應了你的事，就一定會做到的！英兒，笑一笑嘛，你這楚楚樣兒，看得讓我的心都在痛了！」

舒蘭英聽了這話，果真羞澀的甜甜一笑，低聲道：「你就會哄人家開心的啦！」

項思龍正色道：「若是我所說之言有半句謊話，就教我……教我生兒子沒屁眼！」

舒蘭英「撲哧」一笑，嫵媚地白了項思龍一眼道：「你這人哩！人家沒有說不相信你的話嘛！只是……只是向你撒撒嬌，想讓你多疼愛人家一些嘛！」

說完無限風情的在項思龍懷中扭動起嬌軀來。只讓得項思龍傻愣愣不置可否的笑了笑，轉過話題道：「還是先去為可汗療毒吧！」

舒蘭英聞言脫開項思龍懷中，走到那中年漢子面前挽住他的手臂向先前與項思龍行巫山雲雨的房中走去。

婦人跟在她後面，項思龍朝天絕望了一眼，卻見他正朝自己擠眼弄眉的做怪臉，心下又氣又羞，也不敢斥責他，忙也向房中走去。

還好，天絕並沒有跟進來，免去了項思龍和二女的尷尬。看著房中一片狼籍景象，項思龍的目光剛觸及二女時，三人臉上均是一紅，沉默無語起來了。

舒蘭英率先打敗沉寂，低聲道：「思龍，準備為我爹療毒吧！」

項思龍「噢」了一聲，也頓斂起了心神，伸手探進革囊中，口中發出一聲哨嗚，等他的手從革囊中拿出來時，卻見兩隻通體金黃的小蛇，在他手掌中漫漫起舞著，嚇得二女齊聲驚叫出聲，倒是那中年漢子卻是「夷然不懼」，反傻呼呼地笑了起來。

項思龍見了二女的驚嚇之態，笑道：「不用懼怕呢！這兩隻小傢伙非常聽話的，沒有我的命令，牠們絕對不敢冒然向別人發動出擊！」

說著朝其中一隻身體稍粗壯些的金線蛇一指道：「大飛，現在有任務交給你去做了！那對面的中年漢子身中奇毒，你去把他身上的毒給吸出來，知道嗎？」

這金線蛇當即連連點頭，只聽「哩」的一聲，一道金光一閃，金線蛇已是從項思龍手中飛出，向那中年漢子飛去，在他的口邊鼻邊不斷的嗅來嗅去，猶如遇到什麼難題似的發出「咕咕」的怪叫，但過得片刻，卻又竟是向中年漢子的口中欲鑽進去。

這中年漢子本是見金線蛇在自己頭部轉來轉去大覺好玩，正一雙眼睛直勾勾的盯著金線蛇，這刻見得金線蛇要鑽進自己口中去，頓即把嘴巴閉得嚴嚴的，目中也露出了幾許驚恐之色。

舒蘭英母女二人這時卻是又都驚叫出聲，驚惶的向項思龍望去。項思龍雖對這金線蛇此舉大是不解，但卻也知道牠此舉必有用意，朝一臉驚惶之色的二女笑了笑，左手雙指一併，向中年漢子射出兩縷罡氣。

卻聽得中年漢子「啊」的一聲痛叫出聲，接著在項思龍內力的支撐下，緩緩向地上倒去，人卻是昏迷了過去。金線蛇已趁著中年漢子痛叫張口的那一刻，閃身竄進了他的口中。

二女駭異得張口結舌的呆望著那中年漢子，只聽得他的喉間發出一陣「骨碌」的怪響，想是那金線蛇已鑽入了漢子的胃腹中。

項思龍心下雖也是緊張得很，但裝出輕鬆的神情走到舒蘭英身邊，輕扶著她的酥肩道：「放心吧！大飛如此做來，想是自有牠的道理，牠自從被我收服以後就非常聽我的話，絕對不敢做出抗命的事來。」

舒蘭英輕輕的點了點頭，但卻還是有些擔心的道：「可萬一這小傢伙不小心咬了我爹一口，那豈不是……糟糕得很了！」

項思龍失聲笑道：「怎麼會呢？這小傢伙修練的道行已有千年以上，極通人性，且有了牠自己獨特的思維，如此做來，也許可汗身上的毒素蘊藏在他的體內，所以金線蛇才要鑽入可汗體中去吸解可汗體內的毒素罷了！」

舒蘭英歎了口氣，放鬆了一下情緒，聳聳香肩無可奈何地道：「但願是這樣的了！」

二人在親熱時，舒蘭英眼角的餘光瞧見婦人正在收拾房中之物，俏臉一紅，頓即脫開項思龍懷中，也默然無聲的去與婦人一起收拾起來。

項思龍不自然的笑了笑，湊近到中年漢子身旁，細細的察看起他身體的變化來，卻見中年漢子原來只是蒼白木然的臉上，現刻卻罩上了一層烏黑之色，且臉上的肌肉不斷地抽動著，顯是非常痛苦，但鼻孔裡卻正冒出一絲一絲的毒煙，胸部和腹部都是高高腫起，手上十指已塗一層烏黑。

項思龍看得心下一陣駭然之餘，卻又大是焦急起來。哇，好厲害的毒！不知金線蛇是否可解此毒？

正如此憂心忡忡的想著，漢子的胸部突地傳出金線蛇低微的叫聲。項思龍革囊中的二飛頓聞一陣燥動，連連怪叫出聲。

項思龍覺著大有問題之下也便打開了革囊，正待伸手喚出二飛，卻突地

「哩」的一聲眼前金光一閃，二飛已是不待項思龍命令的自革囊中飛出落入中年漢子的額上，一對小眼睛察看了漢子臉上的神色一番後，尖嘴巴向漢子上唇的人中穴咬去。

不大一會兒，中年漢子臉上的烏黑之色就漸漸褪去，又露出了紅潤之色來，且胸部和腹部的腫脹也漸漸消去，手指也已轉紅。

項思龍正大大的緩了一口氣時，但漢子的面部卻又倏然黑色變濃變深，在二飛的吸解之下仍是愈來愈黑，不過胸部和腹部再沒腫起，手臂也還是正常人的膚色。

項思龍知道解毒已是到了緊要關頭，凝神靜氣的屏住呼吸，直盯著漢子臉上的顏色變化，不知什麼時候，舒蘭英已是到了項思龍背後，緊緊的抱住了他的虎軀，酥胸急劇的起伏著，氣息也顯得比較渾重。

項思龍伸手緊握住舒蘭英抱緊在自己腰間的纖手，示意她不要驚呼亂動。

婦人本是站在舒蘭英身後，由於受得場中氣氛的渲染，不知不覺的也偎依到了項思龍身邊，靜寂的氣氛足足有半個多時辰，中年漢子臉上的烏黑之色才緩緩消散，呼吸也漸趨正常。

項思龍、舒蘭英、婦人三人同時長長的舒了一口氣，精神放鬆下來。

舒蘭英更是喜極而淚下的輕聲啜泣起來，嬌軀微微的抽搐著。

婦人則是無限深情的望著項思龍，但臉上卻又有一抹掩飾不住的憂鬱之色。

突地中年漢子的口中又傳來了大飛的呼聲，項思龍心神倏然一斂，知道大飛已完成任務要出來了。

忙又射出兩束罡氣，中年漢子「啊」的一聲張開口來時，大飛已是自他口中穿出，落在項思龍手中，小嘴中也喘著氣，金色的身體上微微現出顆顆小小的汗珠來。

項思龍心中大是憐愛的伸手輕拂去大飛身上的汗珠，柔聲道：「好傢伙！這次你又立下大功了！」

二飛似是有些嫉妒的望著項思龍怪叫，似是在說道：「主人，我的功勞可也不小呢！你幹嘛也不誇我兩句，安慰安慰我嘛！」

項思龍看著二飛的滑稽之態不禁失笑道：「嘿！當然啦，你這小傢伙也是功不可沒，我記下就是了嘛！生什麼氣呢？」

二飛聽得項思龍這話，頓刻「歡聲雀躍」的與大飛嬉鬧起來。

舒蘭英見了不勝羨慕的道：「哇，龍哥，這對小傢伙好可愛噢！」

項思龍把托有兩隻金線蛇的手往舒蘭英一伸，笑道：「你既然喜歡，那我送給你好了！」

舒蘭英嚇得驚叫一聲，嬌軀連連後退的擺手道：「我才不要呢！牠們又不聽我的話！你……你快把牠們收起來嘛！是不是想嚇死我啊！」

項思龍聽了，邊收起兩隻金線蛇邊笑道：「我怎麼捨得嚇著我的俏夫人呢？若是把你給嚇壞了，不心痛得我十天十夜睡不著覺吃不下飯才怪呢！」

舒蘭英嬌羞的道：「油嘴滑舌的！看我今天還理你不！」說完倒真是翹起了小嘴巴轉過身去，「不理」項思龍了。

項思龍大喊冤枉道：「哇，剛才英兒還說想讓我多疼愛你一些呢！現在我真疼愛你起來，你卻又不領我的情反生起氣來，這是什麼道理嘛？看來我還是對英兒凶一些的好，索性以後就來個『霸王硬上弓』好了。」說著已是上前抱住舒蘭英的嬌軀，就欲痛吻她性感豐滿的小嘴巴來。

舒蘭英卻是把頭一偏道：「什麼叫做霸王硬上弓啊？」

項思龍聞言哈哈一笑道：「就是現在這樣我強行的要吻我的夫人了！」

舒蘭英似明白了這句話的真正含義來，羞得俏臉通紅的嬌聲道：「你好壞呢！就只知道欺負人家！」

項思龍邪笑著低聲道：「難道你不喜歡被我『欺負』嗎？」

舒蘭英「嚶嚀」一聲，擰了一把項思龍的腰肌道：「你說什麼啊？誰……誰會不喜歡被你欺負呢？」

見著項思龍臉上的痛苦之色，又咯咯嬌笑道：「哼！你以後再敢對我動手動腳，我就這樣對付你！」

項思龍哭喪著臉的歎了口氣道：「唉，又娶了個母老虎！往後我的日子可是更難過了！」

舒蘭英白了他一眼低聲道：「只要你對人家溫柔些，我又怎會做『母老虎』呢？」

說完自己已是禁不住率先失聲笑出。

項思龍大感與這美女打情罵俏的興趣，正待再出言調笑舒蘭英時，卻突地聞得那中年漢子呻吟聲，二人頓刻鬆了開來。

往那漢子望去，卻見他已睜開了眼睛，目光甚是訝然的看著項思龍、舒蘭英、婦人等三人，口中卻是突地道：「你們……你們是什麼人？我……我怎麼會在這裡？」

說著時已是站起身來。項思龍等三人聽得漢子這話，一時都是面面相覷起來。怎麼可汗的毒被解之後，他以前的記憶也給忘掉了嗎？要不為何不認識婦人和舒蘭英呢？

項思龍心下正如此怪怪駭然的想著，舒蘭英已是詫聲道：「爹，你不認識我和娘了嗎？我是英兒啊！」

中年漢子聞言愣了愣，似突地想起了些什麼似的道：「你是英兒？你真的是英兒？朱彥父子那對狗賊沒有對你怎麼樣吧？」

舒蘭英見漢子沒有忘卻記憶，歡呼一聲撲進他的懷中失聲道：「爹！剛才可真把英兒嚇壞了呢！你的毒全解了嗎？身上還有沒有感到什麼不適的地方？」

中年漢子聽得這話，卻是臉色大變的懼恨道：「毒？朱彥父子好狠，他們殺了可汗！」

這話一出，舒蘭英、項思龍、婦人三人同時驚呼出聲道：「什麼？可汗被朱彥父子殺了？」

中年漢子神情淒然的點了點頭道：「是的，可汗在五年前就被那對狗賊毒死了！我只是他的替身而已！」

舒蘭英悲呼一聲，脫開漢子懷中厲聲道：「那……那你是誰？」

中年漢子激動地道：「我自然是你的親生父親了！」

舒蘭英聽得一頭霧水的緩和語氣道：「你剛才不是說我爹被朱彥父子那對狗

賊給害了麼？現在為何又說什麼……你……是我爹呢？」

中年漢子長歎了一口氣，似進入了回憶之中的緩緩道：「這事說來話長了！」

原來中年漢子是可汗舒鋒的孿生兄弟，二人長相一模一樣。

二十一年前，舒鋒失蹤，中年漢子舒寒曾四處打聽過他的下落，但幾年過去，仍是杳無音訊，於是決定放棄尋找兄弟舒鋒，娶了個農家女一起生活起來。

誰知這種平靜的生活過了還不到一年，突然有一夜來了二十幾個黑衣蒙面人抓住舒寒的妻子，要脅他跟他們一起走。

舒寒雖有一身家傳的高超武功，但因妻子有了身孕，再加賊子人多勢眾，無奈之下便也只得束手就擒，從了賊子之言，被他們綁住且蒙了眼睛跟他們一起去了他們所帶至的地方。

賊人也沒有對他們夫妻倆用刑，只是把他們分開囚禁起來。這種囚禁式的生活過了半年多，舒寒的妻子生下一女，夫妻倆本是高興非常，可誰知不待三天，賊子就強搶去了他們的女兒。

舒寒心下大是憤怒的破口大罵，但其中一個賊子對他說道：「只要你聽話，乖乖的待在這裡，過不了幾年你自會見到你女兒的！但若是搗亂！哼！那就休怪我心狠手辣，不但殺了你女兒，還會殺了你婦人！或許連你的狗命也難保！」

舒寒聽得這話，只得強忍憤怒，苟且活了下來，開始幾年還平安無事，賊子甚至大發善心的時常讓他們夫妻倆同居一室，讓他們享受一下夫妻的歡樂。

但過得不到四年，一日，賊子惡性大發的把他的妻子給強姦了，以後就時常的到地牢中來淫姦舒寒的妻子，並威脅他們說若是他們自殺，就殺了他們的女兒。

為了穩住他們夫婦的心，且偶爾的把睡著的女兒讓他們看看，因他們孩子生下時，臍上有一塊紅色小指般大的胎記。

知道女兒果真還活著，夫婦倆只得忍辱偷生的活了下來。可誰知更大的災難卻又光臨到他們夫婦身上來了。

舒寒的妻子竟被那賊人的首領姦淫得脫陰而亡。舒寒怒極攻心的也欲自殺，但那賊首卻又拿出他們的女兒來威脅他，且還說過不了幾年就可讓他們父女倆終日相處在一起了。

為了女兒，舒寒只得苦忍住心中所有的悲憤和仇恨。果然，五年前那賊首也即是朱彥帶他出了地牢，卻給他服下了一粒叫作「茴香迷魂草」的毒丸，想迷住他的心神。

但豈料舒寒在地牢中的十幾年來把他家傳的「寒冰神功」練至了十二層的至高境界，所以用內力強行的暫且鎮住了毒藥的發作，但裝出心智被迷的樣子，對朱彥的話百般聽從。

朱彥果也被他騙了過去，一日卻把他帶到一豪華的別院中，說讓他去見一個人。到得別院中一房中，舒寒見到了自己闊別多年的兄長舒鋒，但舒鋒已是中毒身亡。

情緒激動之下，舒寒忘卻了偽裝，頓即撲到舒鋒身上悲聲痛哭起來。

朱彥似早就知道他們二人是兄弟關係，但見舒寒竟沒有被自己的毒藥控住心神，還是禁不住大驚，拔劍趁舒寒痛失兄長的悲痛中，挺劍抵住了他的頸部。舒寒心下雖是對朱彥痛恨已極，卻想到自己的女兒還掌握在這賊子手中，於是只得強忍悲痛，裝瘋賣傻起來。

朱彥心下自是對他的舉止有些懷疑，但為了達到他控制土居族的目的，剷除族中對他構成威脅的強硬對手和隱瞞舒鋒被他毒死的真相，還是只得做作相信舒寒真的瘋了般讓他充當起他的傀儡來，因他自信還有舒寒女兒這一張王牌在手中，舒寒絕對不敢亂來的。

舒寒與他死去的孿生兄長舒鋒長得一模一樣，果真瞞過了所有的族人。朱彥心中大喜，一邊逐步實施他的奪權計畫。把族中支持可汗的異己勢力一個一個的拔去，一邊又告訴了他女兒的現況來穩住舒寒。

舒寒從朱彥口中得知，當年妻子生下女兒後的三天，他兄長舒鋒的妻子也生下了一個女兒，於是朱彥用李代桃僵之計，用他的女兒換走了他兄長的女兒，因為舒鋒妻子接生的接生婆和衛守的武士都被朱彥收買，所以此事當時並沒有被察覺。

其實朱彥那時如此做來，是想為他今後的謀反計畫作準備，想到得事敗之時，用舒鋒的女兒保住自己父子一命。

但豈料五年前，朱彥之子朱雲飛在這太行山脈打獵時，不小心躍進了一個山洞之中，讓他因禍得福的得到了六百年前「淫魔毒君」的遺物。

朱彥父子倆大喜若狂，於是急不可待的發動了這次政變，同時朱雲飛強姦了舒鋒的真正親生女兒，使得這可憐的女孩咬牙自盡了。

舒寒知道兄長舒鋒之女被朱雲飛強逼自盡後，急怒攻心之下欲殺朱彥，但豈料真氣一動，體內的「茴香迷魂草」的劇毒一時失控發作開來，讓得他成了真正的一個只有生命沒有思想的空殼人，朱彥被舒寒一擊之下，也被其強大的內力震成重傷，但見舒寒毒性真正發作又是大喜。

一年後朱彥的內傷治癒，此時他已控制住了土居族絕大部分的頭領，且暗中培訓了一批死士準備策動謀反，但怎料半路上殺出個程咬金來，趙灰的出現打亂了他們父子倆的全盤計畫。

他們此時計上心來。借討伐馬賊為名，讓舒鋒之子舒克強領了一批與他們為敵的族人去攻打趙灰。

因事先約好讓舒克強等人去引出馬賊，再由朱雲飛率領埋伏的大批族人去包圍住眾馬賊來個一網打盡的，可誰知朱雲飛狼子野心狠毒之極，竟是沒有出兵接應，使得舒克強等所有的土居族武士全軍覆沒，舒克強也被馬賊頭子趙灰殺死。

待得項思龍等到來時，朱彥見項思龍武功高強又生一計，讓他去消滅趙灰等一眾馬賊，好除去自己的心腹大患，可豈料舒蘭英卻也纏著要跟項思龍一起去。

對舒蘭英十幾年的撫養，朱彥確是對她生出了些許父子之情，且朱雲飛與舒蘭英自小一起相處長大，也確是愛了自己這「表妹」。

權衡之下，朱彥覺得項思龍武功如此之高，此戰必勝，為了獲得族人的民心，於是叫朱雲飛一起與項思龍等去消滅趙灰一夥馬賊，卻又假意假心的藉讓項思龍的一眾受傷屬下便於養傷為由，把他們留了下來，好作為自己的人質。

然人算不如天算，朱雲飛因見舒蘭英對項思龍特別親熱，妒火中燒之下露出了凶殘虛偽怕死的本性，與舒蘭英和族中武士徹底鬧翻，於是氣沖沖的趕了回來，把氣全發洩到了那些受傷的地冥鬼府教徒身上，對他們百般烤打摧殘，且淫姦舒鋒的妻子，因舒鋒妻子五年前就已被朱雲飛用淫藥控制姦污過，而舒鋒卻又於十年前練功走火入魔而喪失了性功能，所以此婦人在知悉他們父子倆的奪權陰謀後，也只忍辱吞聲，虛與委蛇與朱彥朱雲飛父子倆應付起來，不過婦人卻並不知其中諸多的內幕實情。但總算是法網恢恢，疏而不漏，這對大惡人終被項思龍等給徹底的「就地正法」了。

聽完中年漢子舒寒的這一番陳說，項思龍、舒蘭英、婦人心下不勝唏噓之餘卻又各有所想。

項思龍是大罵的道：「如此可惡的賊子的確是罪該萬死！」

舒蘭英則是愣愣的看著舒寒，有一種陌生而又親切的感覺，想起自己的親生娘親已被朱彥害死，又不禁淚如湧泉，嬌軀劇顫的悲呼一聲：「爹！」撲進舒寒懷中放聲大哭起來。

而婦人卻是一臉的木然，想起自己丈夫、兒子、女兒都被朱彥父子害死，眼前的「可汗」和「女兒」都是虛假的，禁不住悲從中來的也掩面大哭起來。

項思龍看著眼前的這副淒景，眼角也只覺一陣濕潤，想著那婦人確是可憐，又想到她曾與自己有過肉體關係而不是舒蘭英的親娘，心下釋然之餘又是憐意大生，走上前去輕摟住婦人的酥肩，輕拍了兩下柔聲道：「哭吧！痛快的哭吧！哭完了心中的悲痛也會舒服些！」

婦人聞得項思龍此說，更是也一頭撲進項思龍懷中，嬌軀直顫的放聲大哭起來。

房中一時是哭聲漫空。過得良久，二女才漸漸的斂起哭聲。舒蘭英率先正起嬌軀，蒼白帶淚的臉上略顯羞紅的一指項思龍道：「爹，他叫……」

舒蘭英的話還沒說完，舒寒已是接口道：「是項思龍少俠對不對？」

舒蘭英聽了大訝道：「爹，你怎麼會知道他的名字啊？」

舒寒淡然一笑道：「我不但知道他的名字，還知道他是英兒的未來夫婿呢！」

舒蘭英大窘的嬌嗔道：「爹取笑英兒呢！」

頓了頓又道：「爹，你不是……」

舒寒笑道：「是不是想問我既中了朱彥的『茴香迷魂草』的毒，卻仍知道這些事情對不對？」

項思龍心中正有此疑問，忙豎起耳朵側耳傾聽起來。

只聽得舒寒長歎了一口氣後，接著解釋道：「不錯，我是在急怒攻心之下被『茴香迷魂草』之毒侵入了心脈，但幸虧我功力還算深厚，且有家傳的『經脈倒轉驅毒大法』。讓我控制住了毒素，不致侵入大腦的中樞神經，所以我沒有完全迷失心志，只要我巨耗功力施行『經脈倒轉驅毒大法』就可把毒素疑聚於一點，藏在心臟之中，使心神獲得暫刻的清醒，但是卻不能把此毒完全驅出體外。

「因為此毒太過於霸道了，只要一進入血脈之中，運行真氣時就會如萬針穿心般的刺痛。當得知項少俠來此之後，我就曾幾次施行此驅毒大法來探聽消息，所以才知曉這些事情的。

「但朱彥父子見大勢已去之時，用金針封住了我的氣海穴，使得我的真氣沒法運行，毒素漫遍全身，才真正的成了個廢人。若不是項少俠出手相救，或許我一輩子都不要想甦醒過來了。」

說完走到項思龍身前，朝他躬身深深行了一禮道：「少俠的救命之恩，我舒寒父女倆當永世銘記在心！願為少俠效犬馬之勞！」

項思龍手足無措的輕推開懷中的婦人，伸手扶過舒寒訥訥道：「這個……

嘿，在下怎敢受此大禮呢？說來你可是我……」

婦人見著項思龍那惶然之態，失笑接口道：「你可是我的岳丈大人呢！」這話羞得項思龍和舒蘭英均都滿面通紅，後者更是撲進舒寒懷中不勝嬌羞的把嬌首深埋在他懷中不敢與項思龍對視。

舒寒瞧了瞧項思龍，又低頭看了看懷中的舒蘭英，突地發出一陣哈哈大笑，虎目中悄然流下兩行熱淚道：「英兒她娘，你好好安息吧！我們的大仇人不但已經伏誅，且英兒已經長大成人了，找到了她心愛的男人，我們這女婿可是個了不起的英雄，英兒跟了他，一輩子不會吃苦的！」

舒蘭英聽得這話，芳心又是一陣悲然，禁不住又悲聲啜泣起來。

項思龍心下也是一陣傷感，長長的歎了一口氣。

婦人則是一副楚楚動人的悲苦模樣。舒蘭英平靜過情緒來了後，見著婦人的落漠之態，走到她身邊低聲道：「你……以後也就與我一起跟了思龍吧！」

婦人臉上略起紅潤，但卻是淒然道：「我朱玲玲已是殘花敗柳之身，又怎配得上項少俠呢？我能擁有一段讓我此生難忘的回憶，已經是余願足矣！英兒，項少俠是一個好男人，你可要好好的珍惜這段情緣。至於我嘛，身入空門乃是我這一生最好的歸宿了。」說完秀目淚珠兒已是滾滾落下。

項思龍是個極負責任的人，想著自己曾與這朱玲玲銷魂風流過一夜，不由脫口道：「這怎麼可以呢？你如入了空門，我豈不要對你牽腸掛肚？」

朱玲玲聽得這話，目中閃過一絲異彩，卻又轉瞬即逝的黯然道：「項少俠對妾身的一片憐愛之心，妾身當是足可安慰了！想我們不但年齡懸殊太大，且我……又乃是英兒的大叔母，我如跟在你身邊，卻是會令少俠很難做人的呢！」

項思龍也不知自己怎會鬼使神差的說出那句話來，但只覺心中對這婦人確有許多的留戀，想來是她給自己的那種肉欲的滿足，讓自己對她心生愛意吧！

正愣愣不知怎答時，舒蘭英卻正是怕項思龍不願接納婦人，聞得他剛才那話忙道：「玲……姐姐！思龍已經願意接受你了呢！你就留下來吧！思龍不是那種拘泥於思想束縛的人，他不會計較你的過去的，別人的閑言算得什麼呢？玲姐姐，留下來，陪我一起與思龍一起重新開始，好嗎？」

說完又附在婦人耳際低聲道：「英兒還要向你多學些侍候男人的功夫呢！陪英兒一起留下來侍候思龍吧！他那等威猛勁兒，英兒恐怕一個人應付不來呢！那時他又會出去拈花惹草了！玲姐姐，就算我求你幫英兒拴緊思龍好嗎？你也見過了，他那猛勁只有你才能應付得來呢！」

朱玲玲聽了舒蘭英這等大膽的話，不禁羞得連耳根都給紅了起來，又羞又嗔道：「小妮子，你作死啊！這等無恥的話你也說得出口？」

舒蘭英哂笑道：「這有什麼的嘛？我們已經一起侍候思龍那等羞人事兒都做出來了，我說說又有什麼大不了的呢？何況那時我還以為你是我娘親，說來我們三人可是稀裡糊塗的亂倫了呢！還好不是，那我們以後就可像姐妹一樣沒有顧忌的去侍候思龍啦！難道你不喜歡思龍啊？」

婦人聽她說得越來越不像話，但心中卻又是禁不住的一陣陣激情蕩漾，想起項思龍給她的那種享受，更是心如鹿撞，伸手暗捏了一把舒蘭英的大腿內側，低聲道：「你這小妮子說話好肉麻噢！好啦，我答應你了，但是得要思龍再次親口說一遍叫人家留下來才行！要不然可是羞死人了！我剛才可是拒絕過他呢！看他一臉沒精打采的模樣，也不知是否在生我的氣了呢！」

舒蘭英聽得她答應留下來，高興得親了一口婦人的俏面低聲道：「這事包在我身上了！嗯，我的話肉麻嗎？在床上與思龍行巫山雲雨才真肉麻呢！」

朱玲玲大咳，待又要擰舒蘭英的大腿時，舒蘭英已是脫身逃了開來，衝項思龍揚眉笑道：「玲姐姐已經答應留下來了，不過她叫我告訴你，要你再對她說一遍叫她留下來！」

朱玲玲聽得舒蘭英竟洩露了二人的「秘話」，一時羞得大窘，垂下頭去且轉過嬌軀背對著項思龍。

項思龍卻也是一臉的尷尬之色，啱啱道：「這……這……」

見得項思龍吞吞吐吐的還不表態，舒蘭英嗔怒道：「這什麼這啊！快說嘛！可不要把玲姐姐氣跑了，你再說那可是後悔已晚囉！」

朱玲玲這刻倒真被項思龍的吱吱吾吾，給氣得秀目中眼淚直在眼眶中打著圈，以為項思龍根本只是同情她或戲耍她才說出方才那話來，而絲毫就沒有對自己產生半點的感情。不由嬌軀一陣劇顫，掩面舉步就向房門外衝去。

項思龍見了大急的閃身衝上去，一把抱住朱玲玲的嬌軀，附在她耳邊惶急低聲道：「玲姐，我……我確是喜歡著你呢！留下來好嗎？」

朱玲玲嬌軀一扭，終於忍不住哭出聲來，但卻還是掙扎著欲脫開項思龍的懷中。

項思龍心亂如麻，卻是突地提高聲音道：「玲玲姐，求求你嫁給我項思龍好嗎？」

這話讓得舒蘭英和正退避至窗戶邊背對著項思龍的舒寒都禁不住嚇了一跳，朱玲玲更是不用說的嬌軀完全癱軟下來，纖手緊摟住項思龍的虎腰，不斷的輕泣抽搐著。

項思龍伸手抬起婦人的嬌面，低頭吻去她臉上的淚漬，又柔聲道：「玲姐，嫁給我好嗎？」

朱玲玲「嚶嚀」一聲，再也控制不住對項思龍深埋心中的感情，伸手勾住他的頸脖，湊上熱唇與項思龍口舌交纏起來。

過了好一會兒，二人分開後，舒蘭英才拍手笑道：「好精彩噢！玲姐姐剛才的嬌態最是迷人了，看得我都禁不住有點心猿意馬呢！」

朱玲玲羞罵著向舒蘭英撲去，口中哼道：「你這死丫頭，沒遮沒攔的盡取笑我！看我抓住你，不咬你兩口才怪！」

舒蘭英卻是跑避在項思龍身邊笑道：「你來咬呀！先把這大壞蛋咬幾口再說！不過卻不知道你捨不捨得？」

朱玲玲追到項思龍身側，狠白了舒蘭英一眼，卻是靜站著沒有再嬉鬧了。

項思龍看了看左右各具特色的兩大美女，心中大是愜意，一手摟住一人的纖腰故作嚴肅的道：「從今以後我是你們的夫君大人，出嫁以夫，你們當然是全都要聽從為夫的話了，對不對？」

二女對望一眼，似是有了什麼默契似的同聲道：「對啊！」

項思龍聞言得意洋洋的又道：「好！那為夫現在就命令你們今後要遵守三從四德，不可……」

項思龍的話還沒說完，二女一人拿起一隻臭鞋往項思龍口中「貼去」道：「不可你個大頭鬼！先聞聞我們的臭鞋再說！」

但豈料項思龍只是皺了一下眉頭，即刻又大笑道：「哇！好香嗅！兩位夫人的腳原來是天生的『香水』發源地，為夫今晚倒是要來細細研究研究了！」

二女聽得面面相覷，但卻隨即又同時「撲哧」大笑道：「今晚你就先將我的『香鞋』拿去『研究研究』吧！」

說著二人把手上的鞋子都塞入項思龍的懷中。

誰知項思龍卻更是「受寵若驚」的道：「唉呀，兩位娘子真是太抬舉為夫了！古語有云『男人的頭，女人的腳，只准看不准摸』，今日兩位娘子把你們的香鞋都給了為夫，那不是告訴我，今晚可得去品味品味你們的『香腳』麼？啊！為夫真是太榮幸了！」

二女聽得項思龍如此一番怪僻的解釋，知道自己二人說不過他，舒蘭英嗔罵道：「無賴！」

朱玲玲羞惱道：「無恥！」

項思龍卻還是笑嬉嬉的道：「兩位娘子對為夫真是太瞭解了！對付自己老婆的方法，我真是無賴加無恥！」

說著已是飛快的左右親了一口，二女大羞的正待再與項思龍糾纏時，天絕在門口道：「少主，秀芬她們送早膳來了！」

項思龍忙放開二女，正了正身形道：「好了，進來吧！」

話音剛落，天絕已是推門進來，躍至項思龍身邊低聲笑道：「少主，泡妞的功夫你可真有一套！嘿，現在釋然了吧！」

項思龍聞言一愣，但頓即醒悟過來大窘，低聲斥道：「原來你一直都在窗外偷聽啊！」

天絕向後退一步，搖頭道：「沒有！我沒有故意偷聽！只是耳朵有時候特別尖，所以不經意的給聽著了些什麼罷了！」

項思龍正還要斥責天絕，葉秀芬四女已是盈盈走來，放好端進的食物後，走到項思龍身前拂了拂身子道：「請公子用餐！」

天絕忙朝舒蘭英和朱玲玲指了指，低聲對葉秀芬諸女道：「還不去向二位夫人請安！還有窗戶那邊公子的老丈人！」

四女聽了當即又走到舒蘭英和朱玲玲跟前施了一禮後道：「請二位夫人用

膳！」

舒蘭英和朱玲玲俏臉同時一紅，低著頭向餐桌旁走去。

這時舒寒也已走了過來，慌得舒蘭英、朱玲玲和項思龍忙都從座上站了起來。

舒蘭英上前扶過舒寒道：「爹，你先入坐吧！」

舒寒也不推讓，坐了下來後，目光慈愛的一掃項思龍和二女呵呵笑道：「你們也別站著嘛！對了，天絕前輩也請來坐坐吧！」

天絕嘿然一笑道：「我怎敢與少主同坐呢！何況我早就吃過了！還有啊，我認了英兒作乾女兒了，我們是老兄老弟關係呢，你可不要稱呼我為前輩了！要不然英兒再叫我作義父，那豈不是稀裡糊塗麼？」

聽得天絕這幽默風趣的話，舒寒尷尬一笑道：「那小弟就恭敬不如從命了！」

舒蘭英卻是突地興奮的拉著朱玲玲的手，走到天絕身前嬌聲道：「義父，我與玲姐姐現在是姐妹關係了，你也認了玲姐姐作乾女兒好不好嘛？」

天絕聽了微微一怔，旋即又是樂得手舞足蹈的道：「天上掉下來個大美人的乾女兒，我怎麼會不同意呢？就怕人家嫌我這老頭子窮了，已經是再也沒有禮物送給她了呢！」

朱玲玲聞言想起自己在這世已是再無親人，「撲通」一聲跪下向天絕「咚咚」的叩了三個響頭，悲然淚下的道：「義父在上，玲兒給你叩頭了！」

天絕見得此狀，忙俯下身去扶起朱玲玲道：「嘿，受了你三個響頭之禮，義父卻是沒有什麼禮物回送給你呢！對了，少主，我請你代我送給玲兒一件禮物好嗎？」

項思龍知道天絕此話之意，由自己送給朱玲玲一件禮物，那敢情就是一件定情之物了，無論自己送什麼，朱玲玲自是都會歡喜，當下看了天絕一眼，點頭笑道：「好！這件禮物我就代義父送了！」

說著從脖上取下在現代裡的母親周香媚從他來這古代前送給他的一塊綠玉佩，站起掛在嬌羞含笑的朱玲玲脖上，柔聲道：「玲姐，小弟這玉佩乃是我母親傳給我的唯一信物，你可喜歡嗎？」

朱玲玲垂首細語道：「我會像珍惜生命一樣珍惜這塊玉佩的！」

舒蘭英這時卻是翹起嘴巴附到天絕耳邊撒嬌的低聲道：「義父，你也叫思龍送一件禮物給我嘛！」

天絕故意大聲道：「什麼？我不是送過禮物給你了嗎？嘿，你要少主送你定情禮物啊，你自己向他要好了！」

舒蘭英的心事被天絕當眾說了出來，羞得嬌吟一聲撲進了朱玲玲的懷中，不敢抬起頭來。

天絕這時卻是歎了一口氣又道：「唉，少主，看來今天是要讓你破財了！英兒既然開口叫你要給她個定情之物，那你也就隨便的從身上拔下一根頭髮給她吧！要是還有什麼玉佩之類的，你就忍痛割愛也給她一個吧！」

項思龍啞然失笑，忙在自己身上東摸西摸一陣，給他觸著了手指上的金戒指。忙取了下來，走到已被朱玲玲扳正過來的舒蘭英身前，唱了個喏道：「英兒小姐，願意嫁給我嗎？嘿，你既然把女人最珍貴的鞋都送給我了，就是不嫁給我也不行！來，小乖乖，伸出手來，讓我給你戴上我們的訂婚戒指！」

舒蘭英大是不依時，纖手已是被強忍著笑的朱玲玲給拉舉起了一隻。項思龍卻是皺眉道：「我要英兒自願的伸出手來呢！要不然好像是勉強嫁給我的，那我還有什麼快樂可言？」

舒蘭英聞言嬌聲道：「人家是自願伸出手來的嘛！要不然玲姐怎麼拉得出我的手呢？」

見舒蘭英中了自己的語言算計，項思龍哈哈大笑道：「好！好英兒！那就讓為夫來給你戴上我們的訂婚信物吧！」

說著拉過舒蘭英的纖手，把戒指戴在她的中指上，再俯首輕吻了一下她的手背道：「好了，在這以後你們就是我項思龍的妻子了！誰若是敢動你們的歪主意，我就閹割了他的命根子！」

天絕抑然道：「哇！那自這以後，我這兩個閨女兒豈不成了你的私有財產了？」

項思龍哂道：「那是當然了！入我項家的門，自是要受到特別的保護！對了，以後我兩位好娘子的安全就交給義父你了！」

天絕想不到自己一句話卻為自己招來個大包袱，哭喪著臉道：「那我又得少活一年了！」

二女則是均都翹起小嘴巴，似乎不服項思龍對她們的「愛護」，卻是惱意中又帶一臉喜色，那嬌嗔模樣兒可愛動人到極點。

第十二章　預踏征途

項思龍看著二女的嬌嗔媚態，心下一陣爽然，哈哈大笑的對天絕道：「義父有得如此兩位如花似玉的乾女兒相伴，應該是會愈發老當益壯，長命五百歲才對！」

天絕嘿然笑道：「你這小子，就會拍馬屁！我可是與你不同啊，你可以對著我的兩個乾女兒左擁右抱，當然是樂此不疲啦！可是我呢，卻是今後每天都得為我兩個乾女兒擔心著，要不她們少了一根汗毛，我都沒法向少主交代了！」

舒蘭英這時插口道：「哼！你把我們當三歲小孩還要人照顧啊？告訴你們，我們自會自己照顧自己的啦！」

項思龍皺眉道：「唉！就怕你們……」

朱玲玲打斷他的話道：「怕我們什麼？你們這些男人都是一副大男人主義，把我們女人看扁了！」

項思龍苦笑道：「誰說的呢？自古英雄難過美人關，我可是……嘿，被我的兩個美娘子給迷得神魂顛倒，要是你們少了半個指……指甲，我可是會看在眼裡，痛在心裡的了。」

舒蘭英咯咯笑道：「義父說得沒錯，你……你這小滑頭泡妞的確是有一手，油嘴滑舌的，我看沒有幾家姑娘能不被你給騙上的。」

項思龍「傲然」笑道：「這個當然了！要不然我可愛的小公主老婆又怎會對為夫投懷送抱呢？」

舒蘭英俏臉一紅，哼道：「誰對你投懷送抱了嘛？只是你這傢伙臉皮太厚硬……是霸王硬上弓罷了！」

項思龍聽得舒蘭英對自己教給她的詞彙竟給用得不倫不類，捧腹大笑道：「誰霸王硬上弓啊？是英兒吧！」

朱玲玲領悟出了項思龍話中的調戲意味，杏眉一揚道：「不是英兒，是我啦！」

天絕見二女對項思龍「群起而攻之」，忙解圍道：「好啦！飯菜都涼了！待吃過飯後，你們小夫妻三人再關起房門來咿呀呀的親熱個痛快吧！」

項思龍頓然想起自己一行可是已出來三四天了，姥姥上官蓮定是為自己等擔心得整天嘮叨著，忙道：「對了！我還得快點帶我的兩位夫人去給姥姥審批呢！」

舒蘭英湊到項思龍耳邊道：「姥姥她老人家凶不凶啊？」

項思龍捉挾道：「嗯……這個嘛，她老人家對我自是疼愛得很！不過呢，她對每一個孫媳婦啊……嘿嘿……想知道是怎樣嗎？」

舒蘭英點了點頭，呼吸有點緊張的道：「到底會怎樣嘛？」

項思龍見得舒蘭英的模樣，肚裡暗笑，嘴上卻是搖頭晃腦的道：「自然是得看在我的面子上，表面上會很是疼愛，但實質上呢？卻是要看哪個孫媳婦對她孝順些了！不夠孝順的呢，她就會命令我讓她坐冷板凳，睡硬板床的了！」

舒蘭英脫口道：「我一定會很孝順的了！你可千萬不要讓我一個坐冷板凳，睡硬板床噢！」

這話大聲說來，讓得舒寒、朱玲玲、四婢等都是不明所以，顯得有點訝異的向舒蘭英望去，天絕則似是猜出了些什麼來，哈哈笑道：「想不到英兒原來卻是個如此聽話的乖媳婦呢！」

舒寒笑道：「在家從父，出嫁從夫，她自是應該聽思龍的話啦！」

項思龍這時見舒蘭英俏臉上「烏雲密佈」，知她從天絕的話中測知自己在戲耍她，要向自己發動「進攻」了，瞪了天絕一眼，三步並作兩步跑進席間，拿起筷子夾了一塊糕點塞進嘴裡，邊嚼邊發音不清的道：「嘿！肚子餓了，大家快來吃飯！有話待吃過飯後再說吧！」

舒蘭英見得項思龍的滑稽樣子，「撲哧」一笑的白了他一眼，奔到項思龍身邊低聲道：「你敢耍弄我？看我待會再找你算帳！」

項思龍剛咽下糕點，聞言嘿嘿笑道：「岳丈大人也說『出嫁從夫』，你敢欺負為夫，我就……叫姥姥對你凶一點！」

舒蘭英翹起嘴巴咳道：「原來你就只會耍無賴手段要脅人家啊！」

項思龍哂道：「誰說的？為夫自會有一套叫你欲死欲仙的妙法，讓你乖乖的聽我的話的！」

舒蘭英粉臉通紅的道：「不跟你說了！嘴巴這麼不乾淨！」

項思龍怪笑道：「是嗎？我的嘴巴不乾淨？可是英兒卻與我親嘴時還對它親得津津有味呢！」

舒蘭英知道自己說不過項思龍，氣得暗掐了一下他的背脊道：「你再胡說八道，我就這樣對付你了！」

項思龍咧了咧嘴道：「哇！原本以為英兒會很是溫柔馴貼的，想不到又是娶了個惡婆娘！」

舒蘭英正要再次向項思龍發動攻擊時，舒寒、天絕和朱玲玲三人已是到得床前坐下，項思龍忙拉住朱玲玲隔開舒蘭英，低聲道：「玲姐，英妹可真是凶極了，日後你可得幫我管管她噢！」

朱玲玲淺淺一笑道：「那定是你得罪她了！」

項思龍忙道：「小白兔哪敢去招惹母老虎呢，那不是自討苦吃麼？」

朱玲玲失笑道：「英兒可溫婉得很，並不是什麼母老虎！再說我的項思龍大俠武功天下第一，也不是什麼小白兔嘛！」

項思龍苦笑道：「可是我這人啊，天不怕地不怕就是最怕老婆，若是得罪了老婆大人，那晚上我可豈不是沒得『席夢思』睡了！」

朱玲玲咯咯嬌笑的正待問項思龍「席夢思」是什麼東西時，舒寒突地發話道：「對了，思龍，你平反土居族內的叛亂有功，再加上你是公主英兒的夫婿，且土居族的武士都很信服你，我看這土居族的可汗，從今以後就由你來當吧！」

項思龍聽了連連擺手道：「不行！不行！我過慣了流浪的生活，叫我在這裡住下來，那可是比要我的命還要我難受，更何況我還有得其他的許多事要去辦呢！岳父，我看你還是在這裡繼續當你的可汗吧！現在外敵內患都已除去，土居族人應該可以過上一段平靜的日子的。」

舒寒遲疑道：「思龍，你真的準備去角逐天下？戰爭是很殘酷的！」

項思龍長歎了口氣道：「戰爭的殘酷我已經見得多了！可是千千萬萬百姓的困苦生活卻更是讓我感覺心痛心碎。這社會本是一個弱肉強食的社會，只有以殺止殺，以暴制暴，統一現今天下戰火四起的局面，建立一個新的王朝，制定一套能夠適應當前生產力發展的新社會機制，人民才會有平靜的生活。」

舒寒靜默了一陣道：「好吧，思龍，既然你志在天下，那我也就不阻攔你了！不過你若是有用得著我的地方，可不要忘了岳父永遠會誓死也來助你的！」

天絕拍了一下他的肩頭道：「放心了啦！有好差事，兄弟我自會來通知你一聲的！說不定思龍到時打下了天下，我們也可沾沾光，弄個什麼國父做做呢！」

項思龍不置可否的笑笑道：「義父，這個你恐怕要失望了，因為到時打下了天下，做皇帝的不是我，而是我那拜把兄弟劉邦！」

天絕嗤道：「那劉邦的能耐會比少主你還大嗎？有得地冥鬼府和北冥宮兩大勢力助你，天下可以說是你的囊中之物！當年的顯王不知有多害怕這兩大幫派聯手對付他，所以才陰謀殺害鬼王歐陽明，藉以瓦解兩大派的合併之勢，不過他殺了歐陽明後，自己勢力也是元氣大傷，再也沒得能力去剿滅孤獨無情的北冥宮了。

「雖然歷經了一百多年，兩大幫派聲勢大不如前，但經過這麼多年的養精蓄銳，他們的實力定是大勝從前。

「少主現在既是地冥鬼府的新任鬼王，又是北冥宮的新任宮主，只要你集起這兩大派系的人馬，少說也有十四五萬人，且個個身手不凡，再加上高手如雲，我們要殺誰就可刺殺誰，天下間又有誰可與少主你爭鋒呢？」

項思龍頭大如斗的道：「我可不想讓這兩大派系都捲入戰爭。江湖是江湖，王權是王權，二者絕不可混為一談。」

天絕見得項思龍面呈苦色，當下又笑道：「當然啦，少主是毫無意於爭天下的！可不，像現在這等其樂融融的日子，可是羨煞神仙呢！」

舒寒則是搖頭道：「可惜思龍卻不願留下來！」

項思龍忙道：「有得閒暇，我會帶英兒回來看望岳父大人的！」

天絕笑著點頭道：「是啊！說不定那時還會給你抱個孫子回來呢！」

舒蘭英俏臉一紅，白了天絕一眼道：「難道不能是個孫女兒啊！」

天絕聽了，差點把口中剛吃進去的一團飯給噴了出來的笑道：「當然可以了！就是一個孫子一個孫女兒，我寒老弟都不會嫌多的！」

舒蘭英這刻才覺出自己語病，羞得把頭撲進朱玲玲的懷中不敢抬起來時，雍齒的聲音在門外突地響起來，顯得喜悅的道：「稟少主，鬼青王和四大執法他們來了！不過卻被土居族的武士給阻攔在村外！」

項思龍聞言，頓從座上跳了起來，往房門走去，邊開門邊急問道：「雙方有沒有發生衝突？」

雍齒朝項思龍施了一禮，恭聲道：「因有地滅前輩從中調解，雙方沒有發生衝突。但土居族武士卻不讓鬼青王他們進村，說非要你去認定後才放行。」

項思龍緩了口氣，轉過身來對天絕、舒寒等人道：「我們一起去看看吧！」說完又對雍齒道：「快！帶路！」

話音剛落，頓即有幾個教徒牽來馬匹至門前，雍齒率先翻身上馬，策騎向院外馳去。項思龍等也隨後策騎緊跟而飛馳。

到得村口峽谷入口處，迢迢可見一百多個土居族武士正劍拔弩張的戒備著鬼青王等二十幾人，地滅則是在兩者之間急得哇哇怪叫不已。

片刻，項思龍等已是近得前來，鬼青王見了項思龍，語音激動的高喊道：

「少主，你……你沒事吧？」

項思龍從馬背上飛起，向前一陣飛掠，著地後大笑道：「怎麼對我這麼沒信心啊？我當然沒事來著了！對了，你們的事情辦得怎麼樣了？」

鬼青王走到項思龍身前躬身施禮道：「托少主洪福，屬下等順利完成任務。挑了賊子四個窩點，共擒賤人一千五百來人，殺了賊子的全部首領，繳獲了大批的糧食珍寶，救得一百二十四名婦女！」

項思龍嘿然笑道：「戰績不錯嘛！我可是一個賊子也沒抓著呢！」頓了頓又道：「你們怎麼又跑來這裡了？」

鬼青王答道：「是夫人她叫屬下等來接應少主的！嘿，少主不但降服了兩個鬼殭屍，還征服了兩隻千年道行的金線蛇，又得了兩個漂亮的少夫人，才真是收穫豐盛呢！」

項思龍叱道：「別糗我了！排市鎮裡沒事吧？」

鬼青王放鬆了精神道：「沒事！不過聽說陳勝王昨天戰敗，退至下城父時被他的御者莊賈殺死，提了他的人頭去向章邯請功呢！」

項思龍聽得心神倏地一震，失聲道：「什麼？陳勝王死了？」

說著時，心中已是掀起了滔天浪潮。

陳勝王一死，也就預示著中國歷史上第一次大型的農民起義宣告失敗，此後的日子就是劉邦和項羽大軍正式與秦軍正面交鋒的時候了。

這……在這段與項羽一起共抗秦軍時期，劉邦曾投靠過項羽，若是被父親項少龍……項思龍不敢再想下去了，臉上刹時一片蒼白。

這時舒寒已揮退眾土居族武士，舒蘭英和朱玲玲也走至項思龍身邊，見得他的異態，舒蘭英駭然道：「思龍，你……你怎麼啦？」

天絕這時也走了近前，聞得舒蘭英之言，舉目向項思龍望去，亦是不解的衝鬼青王喝道：「小子，你對少主說了些什麼？是不是發生什麼事了？」

鬼青王惶恐道：「沒發生什麼事，我也沒對少主說什麼啊！我只是說陳勝王被殺了嘛！這……少主……」

項思龍被眾人的七嘴八舌震回心神，忙神色嚴肅的道：「我們得趕快趕回去！劉邦或許將會出事的！」

天絕愣然道：「陳勝死了關劉邦什麼事啊？劉邦不是你拜把兄弟嗎？他難道連自保的能力也沒有？」

項思龍心煩意亂的道：「這其中的複雜情況一時是說不清楚的了！對了，岳父大人，我們現在就此作別吧！鬼青王隨天絕去把村中我們的武士領回，還有四婢。」

說到這裡口中發出一聲清嘯，喚回二鬼殭屍。只聽得嘯聲剛落，又是「哩哩哩」的一陣破空之聲，兩鬼殭屍已是聞聲飛至。

項思龍翻身上馬時，舒寒忙高喊道：「哎！思龍，也不要急在這一刻嘛！你的眾位兄弟剛剛趕到，也要讓他們略略休息一會，順便讓我盡盡地主之宜嘛！」

舒蘭英接口道：「是啊！思龍，你那劉邦兄弟既是意欲爭霸天下的英雄人物，即便遇到什麼危險，也不會這麼不堪一擊吧！再說，你要趕去助他，也得從長計議，商量出個對策來嘛！」

朱玲玲也道：「思龍，英妹說得不錯！遇事也得臨危不亂才行！」

地滅也加入道：「少主，你做事一向很穩沉的，那劉邦到底會有什麼大不了的，竟然讓得你如此著緊？」

項思龍被四人的接連不斷埋怨給怨清醒了些，想來也是，陳勝王剛死，按史記上記載，劉邦是先投靠楚王景駒，半年後再投靠項梁的，那麼自己倒確是擔心得過早了些。

何況劉邦身邊還有十八鬼魅使者相護，天下間能有幾人能夠刺殺得了劉邦呢？

只要劉邦沒落入項羽他們手裡，父親項少龍就沒奈何得了劉邦！

不過自己倒是得快些回到劉邦身邊去，現在天下的局勢愈來愈是緊張，若是一個失著，那將造成歷史的遺恨。

想到這裡，思龍心下平靜了些，尷尬的笑著喏喏道：「這個……你們不知道，那秦將章邯可很是厲害呢！他現在打敗了陳勝王，我義弟劉邦的反秦義軍首當其衝，將要遭到章邯的攻擊呢！所以我才如此焦急失態的。」

雍齒沉吟了一番後道：「劉邦據聞只是一支二三萬人的隊伍首領，而各復興的六國倒是秦朝的心腹大患，所以依屬下看來，章邯最主要的任務乃是去剿滅各國復興勢力，至於劉邦嘛，他倒是不大在意的！何況還有個起兵於吳地的項梁，說起來他的實力比劉邦可是強大得多了，章邯要去消滅各路義軍，項梁首當其衝才是最有可能，少主倒是不必為那劉邦太過擔心的！」

思龍大訝道：「看來你對當今的天下形勢倒是挺熟悉的嘛！」

雍齒得意的道：「張耳將軍在天下各處都分佈耳目，專門收集各路義軍的情況，再用飛鴿傳書送至陰絕谷，而屬下以前身為陳餘將軍的心腹，自是能夠得以知道這些情形。」

項思龍卻是突地冷冷道：「劉邦現在雖然勢弱，但將來的天下卻一定是他的！我奉勸你一句，到時我把你編入劉邦軍中，你可不要朝三暮四，否則……哼！」

雍齒剛被思龍誇了一句，喜得屁股都樂歪歪，這刻見得他又用如此嚴厲冷淡的語氣對自己說話，嚇得忙跪地道：「屬下豈敢對少主有什麼二心！少主就是叫屬下去上刀山下油鍋，屬下也會萬死不辭的！」

思龍緩和了一下語氣道：「如此自是最好了！但你記著，以後劉邦的命令就是我的命令，對他，你一樣要忠心耿耿才行！」說到這裡頓了頓又道：「只要你對他絕對忠心，我擔保你日後定會出人頭地的！」

雍齒聽得這話啊，是比聽了十句誇獎還要高興，當下向思龍深深施了一禮，恭聲道：「謝少主的賞識！」

項思龍漫聲道：「好了，起來吧！」

雍齒剛剛站起，天絕和鬼青王已領了眾地冥鬼府的教徒和葉秀芬等四婢進來，身後還跟了先前曾與思龍一起去攻打趙府的四十多個土居族武士，卻見他們一齊奔至思龍身前齊聲道：「在下等願意追隨少俠，保護我們公主！」

項思龍頭痛道：「這個……你們可汗卻更需要像你們這樣忠誠的武士的幫

助，想想你們族中內亂剛平，很需要一批人手來消除後患，穩定你們族中的內政，所以我看你們還是留下來幫助可汗吧！至於公主嘛，我想我還有能力保護她的啦！」

舒寒這時卻也道：「思龍，我看他們是誠心跟你，你就收留下他們吧！」

四十幾個武士也跪地躬身道：「屬下等願意效忠少主！誓死追隨少主！」

思龍苦笑道：「其實你們留在族中幫助可汗，也就是幫助我思龍了！」

頓了頓突地大聲道：「好！我便收編下你們！不過你們的任務卻是留在族中挑選壯青年，給我培訓出一批勇敢善戰的武士出來，到時我會派人來跟你們聯絡的！」

舒蘭英也擔心著父親，忙道：「是啊！有思龍保護我，我不會有什麼事的呢！你們的一番好意我心領了！待你們依思龍的吩咐訓練出一批武士來後，我們再相見吧！」

舒寒聽得項思龍語氣，自己等再堅持也是會沒得個結果，當下衝著面上呈一臉失望之色的眾武士道：「少主吩咐給你們的這個任務是任重而道遠的！你們將被少主視為一支後備軍，當少主出現什麼危急時，就是你們效力的時候了！所以你們定得不負少主所托，為他培訓出一支出色的後備軍！」

思龍見舒寒為自己打圓場，忙也嚴肅神情道：「不錯，可汗這番話真是我的動機和目的！我們土居族有著優良的先天善戰的條件，你們若能組建起一支出色的後備軍，那你們對我的幫助可就真是太大了。不讓你們跟在我身邊並不是冷落你們，而是我需要一批對我盡忠的人馬來負責組建後備軍，你們就是最佳的人選。這事我本與可汗商量好了，讓他來告訴你們的，現在既然說出來了，那我現在就把這個重任正式委託給你們。兩年後，我將會來親自驗看你們的成績，希望你們不會讓我失望！」

四十幾名武士此時目中放光的大聲道：「屬下等一定會盡力依少主吩咐去做！不負所托的！」

請續看《尋龍記》卷六　蠱毒

無極作品集

尋龍記 卷五 虎穴

作者：無極
發行人：陳曉林
出版所：風雲時代出版股份有限公司
地址：10576台北市民生東路五段178號7樓之3
電話：(02) 2756-0949
傳真：(02) 2765-3799
執行主編：劉宇青
美術設計：許惠芳
業務總監：張瑋鳳
出版日期：2024年11月
版權授權：蔡雷平
ISBN：978-626-7464-67-0
風雲書網：http://www.eastbooks.com.tw
官方部落格：http://eastbooks.pixnet.net/blog
Facebook：http://www.facebook.com/h7560949
E-mail：h7560949@ms15.hinet.net
劃撥帳號：12043291
戶名：風雲時代出版股份有限公司

風雲發行所：33373桃園市龜山區公西村2鄰復興街304巷96號
電話：(03) 318-1378　　傳真：(03) 318-1378
法律顧問：永然法律事務所 李永然律師
　　　　　北辰著作權事務所 蕭雄淋律師

行政院新聞局局版台業字第3595號 營利事業統一編號22759935

國家圖書館出版品預行編目資料

尋龍記／無極 著. -- 臺北市：風雲時代出版股份有限公司，2024.11 -- 冊；公分
ISBN：978-626-7464-67-0（第5冊：平裝）

857.7　　113007119